Sergio Ramírez

UNA REGIÓN DE HISTORIAS
Panorama del cuento centroamericano

Una región de historias
Panorama del cuento centroamericano

Una región de historias
Panorama del cuento centroamericano
Primera Edición
Sobre esta edición: © La Pereza Ediciones, Corp
Diseño de cubierta: Eric Silva

Impreso en Estados Unidos de América

ISBN–13: 978-0692322987 (La Pereza Ediciones)
ISBN–10: 0692322981

La Pereza Ediciones, Corp
10909sw 134ct
Miami, Fl, 33186
United States of America
www.laperezaediciones.com

ÍNDICE

GUATEMALA

Rodrigo Rey Rosa (1958)
Eduardo Halfon (1971)
Maurice Echeverría (1976)
Denise Phé-Funchal (1977)
Rodrigo Fuentes (1984)

EL ÚLTIMO CAFÉ TURCO
Eduardo Halfon

Eduardo Halfon (Ciudad de Guatemala, 1971). Escritor, autor de Esto no es una pipa, Saturno *(Guatemala, 2003),* De cabo roto *(España, 2003),* Siete minutos de desasosiego *(Colombia, 2007),* Clases de hebreo *(España, 2008),* El boxeador polaco *(España, 2008),* Morirse un poco *(España, 2009),* Mañana nunca lo hablamos *(España, 2011) y* Elocuencias de un tartamudo *(España, 2012). Ha merecido diversos reconocimientos, como el XV Premio Literario Café Bretón & Bodegas Olarra con* Clases de dibujo *(España, 2009) y el XIV Premio de Novela Corta José María de Pereda con* La pirueta *(España, 2010). Con* El ángel literario *(España, 2004) fue semifinalista del Premio Herralde de Novela. En 2007 fue parte del proyecto Bogotá39 en el Hay Festival de Bogotá. En 2011 recibió la beca Guggenheim.*

"El último café turco" fue publicado originalmente en Mañana nunca lo hablamos.

Mis abuelos vivían en un palacio. Para mí, al menos, era un palacio. Contaban que mi abuelo, en un largo viaje por México a mediados de los años cuarenta, se había enamorado de una casa y luego había hecho llegar a Guatemala al mismo arquitecto mexicano, con los mismos planos azules enrollados bajo el brazo, y construirle esa misma casa en un enorme terreno que recién había comprado sobre la avenida Reforma. No sé si esa historia es cierta. Probablemente no, o no tanto. Pero poco importa. Toda casa tiene su historia, y toda casa para alguien es un palacio.

Aunque no lo recuerdo, por supuesto, conocí la casa de mis abuelos a los nueve días de haber nacido. Fue un domingo. Lo sé porque mi mamá aún mantiene guardada una tarjeta blanca con listón celeste que anuncia, allí mismo, un domingo 29 de agosto, mi próxima y concurrida circuncisión. Tiene ella además una película insonora de ocho milímetros que me registra en un ridículo traje merengue, y pegando alaridos en los brazos de mi abuelo, y de repente proyectando una sutil fuente de orina cuando me desnudan las manos heladas del rabino.

Pero ésta es la historia de una casa. Es de la casa de mis abuelos de lo que quiero hablar. Quisiera poder describir su aroma. Todas las mañanas, una sirvienta muy chaparra y muy brava llamada Aracely recorría la casa entera —el inmenso vestíbulo, las tres salas, los dos comedores y dos estudios, el salón de billar y los seis dormitorios del segundo nivel— sosteniendo un incensario de hojas de eucalipto. Mi hermano y yo le teníamos miedo a aquella viejita de nuestra misma altura, gritona, canosa, uniformada de negro, que parecía flotar como un espectro entre una nube de humo blanco. Pero me es imposible describir aquí el efecto que esa dosis diaria de eucalipto, que décadas de ese humo de eucalipto había tenido en las paredes y la duela de madera y las alfombras persas que mi abuelo había traído consigo de Beirut. Aunque eso no es todo. Falta. La casa no sólo olía a eucalipto. Era un aroma mucho más complejo,

13

mucho más exquisito, acaso formado también por todas las fragancias y especias que emanaban como almas desde la cocina. Allí se mantenía Berta, la cocinera, que mi abuela egipcia se había robado de un restaurante de comida guatemalteca (El Gran Pavo), y a quien luego había adiestrado ella misma en el arte culinario árabe y el arte culinario israelí (aunque seguro que la hay, yo, afortunadamente, nunca supe la diferencia). Allí freían *falafel* y *kibbes.* Horneaban *bagels*, pan pita, *sambuseks* de queso, de espinaca, de berenjena. Hacían *mujaddara* (*jaddara*, decía mi abuelo): exquisito plato de arroz y lentejas servido con una salsa de yogurt, rodajas de pepino y hierbabuena. Hacían *yapraks*: hojas de uva rellenas de arroz, carne de ternera, piñones y tamarindo. Preparaban, en ocasiones muy especiales, un guiso sefardí, de hervido largo y lento (veinticuatro horas), llamado *jamín.* Hacían yogurt fresco, diferentes quesos y mermeladas. Siempre había botes con rosquitas de anís, latas con rombos de *baklavá*, unos enormes barriles de madera con las aceitunas (negras, moradas, verdes) que mi abuelo importaba de Líbano. Pero Berta, allí, en la cocina, también volvía a sus raíces guatemaltecas y hacía hilachas de carne y pollo en jocón y tamales y pepián y caquic y un maravillosamente espeso atol de elote. Y también allí, todas las noches, en una pequeña jarrilla de cobre, Berta le preparaba a mi abuelo su café turco con semillas tostadas de cardamomo, pues necesitaba él una tacita de café turco para poder dormir.

Decía mi abuelo del café turco: negro como el infierno, fuerte como la muerte, dulce como el amor.

Recuerdo a mi abuelo sentado a la cabecera del comedor, con la jarrilla de cobre en la mano y su meñique ligeramente elevado (chispaba su anillo de tres quilates), sirviéndoles a todos una tacita de café turco, quisieran o no. Recuerdo sus gritos en árabe si aquél no estaba hirviendo. Recuerdo sus sorbos recios, maleducados. Recuerdo que en la casa de mis abuelos el café turco era mucho más que café: era un rito, una cadencia, un capricho, un hechizo, un punto final a cosas dulces y amargas, la última de las cuales coincidió con la visita de una prima argentina, llamada Berenice.

—Ella es tu prima Berenice.

Yo estaba hincado en la alfombra persa del vestíbulo, haciendo columnas con las fichas de póquer de mi abuela. Justo encima de mí

14

brillaba el espléndido candelabro de mis abuelos, que siempre creí de diamantes y que requería un complicado sistema de poleas y manivelas para poder limpiarlo. Era de noche. Sentí vergüenza de estar en pijama y pantuflas.

—A ver, niños, salúdense —y nos dejaron solos.

Coloqué fuerte una ficha. Se derrumbó la columna roja.

—¿Todas de un mismo color?

Berenice se sentó frente a mí. En su boca había un hoyo negro en lugar de dos o tres incisivos. Tenía el pelo más rubio que yo había visto jamás: casi plateado. Llevaba puesto un ligero vestido rosa. Sus rodillas estaban todas raspadas.

—Escuchame, ¿las torres tienen que ser de un mismo color?

—No sé —logré balbucir.

Rápido quedó establecida la jerarquía. Yo aún no había perdido ningún diente.

—Más bonito mezclar colores.

Los adultos bebían y charlaban en la sala mientras a nosotros parecían caernos encima los jadeos y ronquidos desde el segundo nivel.

—¿Qué es eso? —me preguntó, su frente arrugada, su mirada hacia arriba.

—Eso —le dije— es el Nono.

Berenice había llegado de Buenos Aires con sus papás, a visitar al Nono.

Así le decíamos al marido de una las hermanas de mi abuela. Nono. Quizás porque era francés o porque siempre hablaba en francés. De él sólo recuerdo tres cosas. Uno: que era un viejo muy amable, muy dulce, y un puntual feligrés de películas de vaqueros. Dos: que huyó de París, recién casado con una de las hermanas de mi abuela, pocos días antes de la ocupación alemana, dejando intacto y amueblado el apartamento que ellos habían comprado en Vaugirard, el cual perdieron. Tres: que de pronto apareció postrado en un camastro blanco en la galería del segundo nivel de la casa de mis abuelos.

Nunca entendí por qué el anciano se mudó a la casa de mis abuelos, ni tampoco por qué se le instaló allí fuera, en la galería, y no en una de las seis habitaciones que se mantenían desocupadas. Pero de pronto allí apareció: muy enfermo, muy raquítico, siempre acompañado por una enfermera y siempre en un camisón color crema, murmurando incoherencias y tendido boca arriba en aquel camastro blanco que habían colocado en el fondo de la galería del segundo nivel –frente a tres grandes ventanales–, una galería que bordeaba todo el perímetro del segundo nivel y cuya baranda de hierro daba hacia el inmenso vestíbulo de entrada.

Desde entonces empezaron a llegar familiares de otros países, a visitarlo. Y desde entonces empezaron a resonar los jadeos y ronquidos del Nono como una perpetua tempestad por toda la casa.

–Más bonito así –susurró.

Los dedos largos de Berenice seguían deshaciendo mis columnas azules, negras, amarillas, y luego formando nuevas columnas, intercalando las fichas de póquer con calma y desteridad. Parecía concentrada. Por el hoyo negro de su sonrisa se asomó un pedacito de lengua.

–¿Qué me mirás, vos?

–Nada.

–Nada será.

–No miro nada.

–Algo me mirás.

Me quedé callado y Berenice continuó colocando las fichas, despacio, cuidadosa.

–Más tarde –dijo– te enseño mis nalgas.

Las gradas de la casa de mis abuelos eran majestuosas. O al menos yo las recuerdo majestuosas.

–Subí dos, ahora bajá una. Así.

Uno empezaba a subir las gradas, sobre la alfombra color vino tinto, hasta llegar a una especie de descansillo, a medio camino.

–Ahora, vos quedate aquí.

Obedecí y me quedé en el descansillo, donde las gradas se bifurcaban y donde uno entonces tenía que decidir si seguía subiendo por la izquierda o por la derecha, o sea, hacia los tres dormitorios de la izquierda o los tres dormitorios de la derecha (aunque la amplia galería era una sola y le daba vuelta a todo el perímetro del segundo nivel).

16

—Ahora, metete abajo.

Allí, en el descansillo, había una mesita de cedro con rosas frescas y una balanza de bronce y fotografías enmarcadas: por si acaso, suponía yo, le era difícil a uno decidir si continuaba subiendo por la derecha o la izquierda y quería permanecer un rato en el descansillo, descansando.

—Pero qué feos son.

Encima de la mesita de cedro, colgado muy alto en la pared, había un grandioso relieve de hierro forjado de dos caballos relinchando: un diseño que mi abuelo había copiado de un vaso de jaibol.

—Mejor me escondo aquí, con vos.

No cabíamos bajo la mesita de cedro, pero tampoco importaba.

—Cuando cuente hasta tres —dijo Berenice—, vos subís por la derecha y yo subo por la izquierda y entonces gana el primero en llegar y tocar al Nono. ¿Listo?

—Ajá.

Contó hasta tres. La dejé ganar. Ni loco quería tocar al Nono.

Los niños estábamos cenando en la mesa de los niños, en el pantry, y los adultos en el comedor, justo a un costado. De vez en cuando Berta llegaba desde la cocina con una bandeja de kibbes recién fritos, con más gajos de limón, con más tahina, con otro pichel de horchata o agua de canela. Berenice había movido a mi hermano de lugar para situarse a mi lado, y me habló todo el tiempo de sus amigas en Buenos Aires, de su apartamento en Buenos Aires, de sus dos gatos en Buenos Aires. Cuando sirvieron los postres, mi papá se asomó al pantry y anunció que fuéramos al comedor, rápido, que el tío Salomón estaba por leer el café turco.

—¿Leer el qué? —me preguntó Berenice, agarrándome fuerte el antebrazo mientras todos los primos empujaban sillas y se iban corriendo y gritando.

—El café turco —le dije.

—¿Y cómo se lee eso?

Berenice seguía sentada, seguía sujetándome el antebrazo.

Le expliqué que primero alguien se tomaba una tacita de café turco, y que después el tío Salomón agarraba la tacita y se quedaba mirando los granos de café en el fondo y le decía a esa persona su futuro.

—Mentira —soltándome.

—Es verdad.

Berenice abrió más los ojos.

—¿Y a vos te ha leído tu café?

—Sólo funciona con gente grande.

—Yo quiero que me lea mi café —exclamó.

—Pero si no sos grande.

—Casi.

Berenice ya se había puesto de pie y estaba caminando deprisa hacia el comedor, yo me fui tras ella: más por ella, desde luego, que por el espectáculo del tío Salomón y el café turco.

El tío Salomón no era mi tío sino un primo de mi abuela. Pero igual todos le decíamos tío Salomón. Era un viejo alto, delgado, apenas calvo, de voz áspera, ojos celestes y tez beduina. Siempre iba vestido impecable: en saco y corbata y gemelos de oro y mocasines tan lustrosos que hasta parecían nuevos. Era el único que constantemente le ganaba a mi abuelo en el *backgammon* (*tawle* o *shesh besh*, en árabe), en la hermosa mesa de concha y perla que mi abuelo había traído en los años veinte de Damasco y que se abría y desdoblaba como una enorme caja china. Podía quitarse medio pulgar, el tío Salomón. Podía silbar con la boca cerrada. Podía sacar pequeñas monedas de mi oreja o cigarrillos de mi nariz. Me introdujo, en naipes que me obsequiaba en secreto, a mis primeras mujeres desnudas. No sé por qué, acaso por una sensación de equilibrio o simetría, me gustaba saber que él y su hermano se habían casado con dos hermanas.

—¿Te lo tomaste todo, querida? —preguntó.

La madre de Berenice se limpió los labios, hizo una mueca compungida y le dijo que sí, que todo.

—Ahora coloca el platito encima de tu taza, pero hacia abajo, volteado hacia abajo.

El comedor se había llenado de niños y adultos. La mayoría estábamos de pie, cerca del tío Salomón.

18

—Bien. Ahora levanta la taza y el platito y despacio, con cuidado, gira todo tres veces hacia tu izquierda. Es decir, en sentido contrario al reloj.

Hubo un corto silencio. La madre de Berenice, sonriendo nerviosa y contando en recio, giró la tacita tres veces. Desde su camastro del segundo nivel también se hizo presente el Nono.

—Muy bien —dijo el tío Salomón—. Ahora, siempre con cuidado, siempre sosteniendo la taza con tu mano derecha, coloca tu mano izquierda encima del platito. Eso es. Y ahora, en un solo movimiento, rápido, quiero que voltees todo a la vez, hacia abajo.

—¿Cómo que voltee todo hacia abajo? ¿La taza y el plato, juntos?

—Exacto, juntos. Para que la taza quede boca abajo sobre el platito. Sin botar ni derramar nada, ¿entiendes?

—Ya, ya —y tras suspirar, la madre de Berenice logró voltear la tacita y el plato y no derramó nada.

Alguien aplaudió.

—Terminamos, querida, puedes dejar todo sobre la mesa —susurró el tío Salomón, con calma, sacando una cajetilla blanca de la bolsa interior de su saco de gamuza—. Y un cigarrillo, ¿no?, mientras esperamos a que los granos de café se sequen y se asienten y nos digan algo.

Sus pasos. Eso fue lo primero. Oímos sus pasos sobre la duela de madera mucho antes de verlos parados en el umbral del comedor. Serios, bigotudos, en sus ceñidos uniformes verde caqui.

—¿El señor de la casa? —anunció uno de los militares, más como mandato que como pregunta.

Creo que nadie había oído el timbre, ni visto a Aracely atravesar el comedor en dirección a la puerta principal, para abrirles.

Mi abuelo se puso de pie. Caminó hacia ellos. Recuerdo que no se saludaron, no se estrecharon la mano. El mismo militar que había hablado dio media vuelta y salió del comedor con mi abuelo detrás de él. Poco después sonó el chirrido de la puerta del estudio al cerrarse.

Uno de los militares siguió a Aracely hacia la cocina, otros dos se fueron a vigilar el vestíbulo y la puerta principal, y dos más permanecieron en el mismo lugar, observándonos en silencio.

Mi papá intentó levantarse.

—Mejor quédese sentadito, caballero —dijo uno de ellos.

—Quería ver si necesitaban algo, en el estudio.

—Sentadito nomás, ¿me oyó? —una mano sobre su revólver—. No necesitan nada.

Había alguien afuera, en el jardín de atrás. Me volví hacia el ventanal que daba hacia el jardín de la piscina (el lugar favorito de mi abuelo para fumar a escondidas), y vi en la oscuridad una sombra aún más oscura, cargando un oscuro fusil.

—¿Desean ustedes tomar algo, oficiales, tal vez un café? —les preguntó mi abuela con recato, quizás sólo por llenar un poco el silencio, pero ninguno de los dos contestó.

De pronto alguien botó o quebró algo en la cocina. Nos llegaron gritos extraños desde el estudio. Escuchamos los golpes y jadeos y ronquidos del segundo nivel.

—¿Qué mierdas es eso?

No supe en qué momento Berenice había agarrado mi mano.

—Es una enfermera, arriba, cuidando a mi marido —dijo la esposa del Nono, su voz un poco quebrada.

El militar, mirando hacia la galería del segundo nivel, encendió un cigarrillo.

—Espero eso sea, señora, y no algo más —dijo con humo.

—Voy a ver —susurró ella.

—Usted no va a ningún lado, señora —espetó el militar, después le susurró algo a su compañero y éste salió rápido del comedor y empezó a subir las gradas y yo me lo imaginé en el descansillo, observando las fotografías y las rosas frescas y los dos caballos relinchando.

—¿Qué es esto? —preguntó el militar mientras manoseaba la *mezuzá* de bronce clavada en el marco del dintel.

Una de mis tías le dijo que era un talismán judío, que se llamaba *mezuzá*, que adentro tenía un pergamino enrollado con algunos versículos de la Torá, que se ponía allí, en los marcos de puertas de una casa, para traer buena suerte.

El militar se quedó forcejeándolo, golpeándolo con el puño, como si quisiera quitarlo del dintel y llevárselo y así también llevarse la buena suerte.

Nadie le decía nada. Nadie se movía. Los adultos intentaban calmar a los niños con caricias y susurros mientras también intentaban descifrar qué estaba ocurriendo, qué querían tantos militares con mi abuelo, quiénes eran esas voces intrusas que ahora nos llegaban desde toda la casa. Unas desde el inmenso vestíbulo de la entrada. Otras como en sordina desde el estudio. Otras mezcladas con ronquidos y jadeos desde las gradas y el segundo nivel. Otras desde la cocina o el jardín de atrás. Recuerdo pensar que me hubiera gustado ser sordo, pensar que me hubiera gustado meterme los dedos en los oídos y ser sordo y así no tener que escuchar aquellas voces que yo, de una manera muy infantil, entendía que no eran del todo buenas, que no pertenecían allí, a mi mundo de eucalipto y baklavá y coloridas fichas de póquer. De pronto la enorme casa de mis abuelos se volvió demasiado pequeña. Solté la mano de Berenice.

—Pero mirá —me murmuró ella, con un codazo.

El tío Salomón estaba leyendo el café.

En algún momento el tío Salomón se había inclinado hacia la mesa y había cogido la taza de café y el platito y estaba ahora estudiando las distintas formas y sombras de los granos secos. Todos lo mirábamos en silencio, maravillados —salvo el militar, que seguía fumando y muy serio en el umbral del comedor y no tenía ni idea de qué estaba haciendo el tío Salomón—. Todos lo mirábamos manipular la taza y rotar el platito y de repente alzar las cejas o sacudir la cabeza o suspirar muy ligero o hasta sonreír a medias. Y todos también sonreímos a medias o quisimos sonreír a medias o al menos nos calmamos un poco. Pero el tío Salomón no dijo nada. Nunca dijo nada. Nunca quiso decir qué leyó en aquellos granos, y tampoco quiso decir por qué nunca más aceptó volver a leer otro café turco. Algunos familiares creían que había visto allí la próxima muerte del Nono. Otros, que había visto el retorno precipitado y ansioso de Berenice y sus padres a Buenos Aires. Otros, que había visto el reflejo del presente, de ese momento, de todos los militares merodeando por la casa de mis abuelos como bichos salvajes. Yo siempre estuve convencido de que en aquellos granos secos, en aquellas manchitas de café, logró vislumbrar la eventual destrucción de todo el palacio. Pero nunca supimos. Nunca dijo nada. El tío Salomón sólo terminó de leer ese último café turco y colocó la tacita y el plato sobre la mesa y encendió otro cigarrillo como si nada importante

hubiese ocurrido, medio sonriendo, medio fumando, medio bur-
lándose de algo con todo su rostro beduino.

PURA SANGRE DIECIOCHERA
Maurice Echeverría

Maurice Echeverría (Ciudad de Guatemala, 1976). Periodista y escritor, ganador de los Premios Centroamericanos Miguel Ángel Asturias 2011 y Mario Monteforte Toledo 2005; así como de los Juegos Florales de Quetzaltenango, en cuento, en 2003 y 2004 y del Premio Federico García Lorca de Poesía en 2006. Es autor de una decena de libros, los más recientes, las novelas Machete (2010) y Los dados torcidos (2011). *Su obra figura en diferentes recopilaciones, entre ellas* Los Centroamericanos (2002); Pequeñas resistencias 2 (2003); El futuro no es nuestro, narradores de América Latina nacidos entre 1970 y 1980 (2008); 22 Escarabajos. Antología Hispánica del cuento Beatle (2009) y Puertos abiertos. Antología del cuento centroamericano (2011).

"Pura sangre dieciochera" mereció en 2012 el I Premio Centroamericano Carátula de Cuento Breve.

24

¿Cómo se llama la calle ésa? La del mercado de la placita, a un lado del Gran Teatro. La que va dar a la Muni. Bueno, allí le roban el celular a Héctor, un iphone nuevito. Por mula: iba con la ventana bien abierta. Qué rápidos, qué invisibles se acercan: el Nero y el Catracho. Cuando Héctor se da cuenta, ya le tienen puesto el cuete.

—El celular, culero, ¿dónde tenés el celular? —le gritan.

¿Dónde tiene Héctor el celular? Lo busca sí, atenazado por la impaciencia evidente del ojo / boquita de la pistola. El pánico de la situación contrapuntea la parálisis del tránsito, que está a la espera del semáforo en verde. Apúrate serote o te vas al otro barrio. Pese al nerviosismo, Héctor lo encuentra: el iphone, y sus cuarenta aplicaciones. Se los entrega en seguida. El Nero y el Catracho desaparecen como fantasmas. El semáforo cambia. Mil bocinazos. Este egoísmo general de la gente se hace ver en la manera en qué te tratan mal hasta por ser asaltado. En tanto, Héctor está un poco cagado, pese a todo agradecido. Sigue neciamente su camino.

Héctor llega a su casa, en la zona 14, llama a Cristina su novia para contarle lo que ha pasado, toma una larga ducha caliente, sale a comprarse un chai al Barista de la esquina: se reaburguesa, se reinsulariza; y pone a ver un partido en ESPN, en bata. Si algo nos puede hacer olvidar la condición humana, es el sonido susurrativo de un partido de ESPN. Y una bata, naturalmente.

Y luego se le ocurre: llamar. Por mera curiosidad. Llamar a su iphone, a ver si los ladrones contestan. Así que agarra su blackberry (aparte del iphone Héctor usa una blackberry, hasta qué punto es pretencioso) y marca. Directo a buzón.

Héctor se viste, con el pensamiento tendencial de salir. Conecta con un par de amigos, con quienes va a comer a ese restaurante tai, no sin ponerse una borrachera franca y abierta. Cuando al fin regresa a casa (rebotando contra paredes, quebrando un jarrón de Kalea) decide rellamar a su iphone. Y, sorpresa, le contesta alguien:

—Qué pedo.

Vos me robaste mi celular apura a decir Héctor, procurando enfocar una voz temeraria.

Peráte, responde el otro. Héctor, obediente, espera. Hasta que vuelven a hablarle: qué pedo. Héctor, con disminuida convicción, repite: vos me robaste el celular. Vos Catracho, es el canchito del celular, exclama el ente al otro lado de la línea, a alguien presumiblemente apodado: "Catracho". Y dice que quiere su celular de vuelta, el verga. Se escuchan risas. Quiero mi celular de vuelta, reafirma Héctor. Cómo así de vuelta. De vuelta. A vos un escopetazo te vamos a meter, compadre, si seguís con esa casaca. Ese celular es mío, fue un gane limpio culero. Héctor, no sabe por qué, replica: te lo compro. ¿Cómo así me lo comprás? Quiero comprarte de vuelta mi celular. Pausa. Por fin, el ladrón anuncia: Orale pues. Y agrega: baa: ¿sabés dónde está la Litía? ¿La Litía, el mercado? Sí pendejo, el mercado. Héctor afirma que sí (aunque por un momento no está seguro). Pues llegáte mañana a las doce, y andá sin nadie carnalito o te soltamos un par de bombazos. ¿Y dónde nos vemos? Nosotros te buscamos. Solo llevá quinientas varas. Y finaliza la llamada. Héctor se queda pensativo. ¿No es una estupidez tratar de hacer negocio con esta gente? ¿Con qué objeto recuperar su iphone? ¿Por qué no simplemente comprar otro? Con un sentimiento carroñero de indefinición, Héctor se echa a dormir.

Al otro día, Héctor se levanta desorientado. Así apendejado por la goma, se hace un café bien cargado. Y sale rumbo a su despacho en Las Margaritas. Estaciona su carro. Saluda a la secretaria. Se sienta en el mullido sillón, el de su oficina. Más tarde, Héctor recordará su cita de La Litía. Y por alguna razón, en vez de desistir, le dirá a su secretaria que le cancele la otra reunión, la de las once. Da la sensación que Héctor está con ganas de tocarle los huevos al diablo. Justo antes de salir hacia La Litía, lo llama la Cristi. Hablan y ella lo nota como distante, como en el cielo.

Ahora Héctor ya está en su carro. Se siente saturado de una oscura libertad, mientras maneja por la Reforma. La música ocupa los rincones del Audi. El sol resplandece en las ventanas de los edificios. Un mendigo se acerca a pedirle dinero. La mano del mendigo es como la mano desnuda de un mono.

19 calle zona 3. La Litía. Una pequeña zona de varias cuadras de comercio: ropa, productos 9.99, mercadería para la clase media baja.

Deja Héctor el Audi en un parqueo, cosa de que no le rompan el vidrio. Con dureza fingida, Héctor transita dentro de las tiendas. Más allá, el cementerio general, con su tinglado de zopilotes. Pero eso más allá, aquí son las viviendas hechas almacenes, y la gente enervada comprando cositas. Finalmente, Héctor sale a la acera, y se queda esperando en una esquina, como un idiota. Entonces ella se acerca.

No es una niña, ciertamente, ¿pero una adulta acaso? Se dirige a él: seguíme. Lo dice rápido, embistiendo. Van zigzagueando ambos en las muchedumbres, se meten a cualquiera de los almacenes. ¿Traés el dinero puto? Héctor nota que ella tiene un pequeño, pequeñísimo "XV3" tatuado en el mentón. No es algo que la afee, al contrario. Héctor aísla su rostro del resto de la escena: lo que queda es una imagen casi pura. Luego le entrega el dinero. No sabe por qué pero pregunta: ¿y vos cómo te llamás? Ella duda, pero responde, al final: "Me dicen la Chiki". Una sonrisa, un instante de perfección, aflora en su cara, y luego se redefine en un rictus de violencia. Ella le da el iphone. Luego desparece entre la gente.

Esa misma noche Héctor sale con la Cristina; van a comer a Dim Sum, en ese nuevo edificio de la Diagonal, cerca por cierto de su oficina. Cristina es bella y huesuda y un poco aburrida. En líneas generales, está con ella no porque la ame, sino porque así se fueron dando las cosas. Hoy Cristina está más aburrida que nunca. En privado y para sí mismo, Héctor desea que la cena termine pronto.

Cuando en efecto termina, la pasa dejando a su casa. Tras lo cual decide llamar a un viejo amigo... Uno de esos expendedores de éxtasis que venden a domicilio. Le pide un par de píldoras. Héctor no es un consumidor avorazado, pero a veces le gusta elevarse un poco. Casi llegan los dos al mismo tiempo a la casa de Héctor. Hacen la transacción. El otro se va, y Héctor hace se mete muy sencillamente una de dos pastillas. Y está muy decente. Héctor supone que ha hecho bien en comprarla y sale a su jardín; en el cielo las estrellas levitan: él ya está medio reventando. Es muy cierto: Héctor se siente cada vez mejor. Toda clase de sensaciones insinuantes y evocadoras ondean en su piel. El cuerpo, ante una fortaleza de tensión, ahora es el laboratorio de las más agudas excitaciones quinestésicas. Una detonación de bienestar. Y es en tal momento cuando su teléfono suena. Para su gran sorpresa, es ella: es la Chiki.

Héctor no lo puedo creer. Ya en la corriente de la droga, Héctor la saluda efusivamente, terminan hablando durante una buena media hora. Ella le propone que se vuelvan a juntar en la Litía, al siguiente día. Y él, en la euforia del éxtasis, accede.

En la Litía, nuevamente. Héctor otra vez circulando entre prendas y productos, enlatados, juguetes, moviéndose entre otras criaturas, algunas de clase media y otros más bien ricos que han cruzado la frontera del pudor de clase. Pronto Héctor se entera de la presencia de la Chiki; ella se acerca sinuosa, sigilosamente a él, y lo besa directamente. Lo único que él sabe es que le ha gustado este beso húmedo y tramposo. Se van juntos a algún motel de la zona 1, y ahora está ella sobre él balanceándose rítmicamente, exhibiendo sus tatuajes que parece como si gotearan sobre la carne. Él no quería terminar cogiéndose a una pandillera; él no quería traicionar a Cristina; él no quería acudir a esa cita fatídica en la Litía; y sin embargo, lo ha hecho, y el orgasmo es inminente y ella diciendo, ¿te gusta papito?, ¿querés más papito?, él suelta y se deja fluir dentro de ella, y ella lo sabe y lo siente y lo mira con una sonrisa entre tierna y perversa. Una vez consumado todo, la Chiki se viste. Y si se está vistiendo, ¿es que ya se va? Y si ya se va, ¿es que la volverá a ver de nuevo? "Lleváme a la Litía otra vez", se limita a decir ella. Así dice, y él siente como que no se quiere apartar aún de ella, pero calla.

Al bajarse del carro, ella le comunica con los ojos enchispados: "No te preocupés; yo te llamo y nos vamos otra vez de vacile".

Y así lo hacen. Una y otra vez, de hecho, repiten eso de juntarse en el mercado de la Litía, y luego irse a enmotelar. Ella breve y erguida sobre él, perniciosa, siempre cabalgándolo, pozo hacia arriba, diamante tatuado, primera y última, loquita, sensual (¿querés que te chime, querés que te siga chimando?); él abajo, extasiado, fermentándose, en un cuarto cuya vida eran ellos, los dos, encapsulados, sudorosos. Le empieza a comprar regalitos, primero allí mismo en La Litía, luego le da otros más caros, adquiridos en los centros comerciales. Ella los aceptaba sin complacencia, con cierto orgullo, una sonrisa cómplice. Héctor empieza a perder la cabeza por ella, en ese agosto brutal.

Un día, en un acto de franca locura, la lleva a su casa. Ella mira todo con los ojos abiertos, nunca ha estado en un lugar así. Termina mamándosela en la regadera, y solo se detiene para decir te gusta baa canchito. Están los dos en la cama, ella fuma, él toma de una lata de cerveza semicaliente, y ella pronuncia las palabras:

—Vos me trajiste a tu casa. Ahora yo te llevo a la mía. Te voy a presentar a mi mamá, y a mi hermano. Héctor no puede metabolizar eso que le ha dicho, porque de golpe ella ya se la está mamando de nuevo.

Nuevamente, se juntan en La Litía, pero en vez de agarrar a un motel de la zona 1, se dirigen a otro lado: El Limón.

La colonia El Limón es un nido gélido de hecho de block. Una zona extrema en donde los cuerpos aparecen desmembrados en bolsas y las cabezas en lotes y zanjas en la madrugada. Sumidero de pandillas, las paredes están putrefaccionadas por señas territoriales, y la gente va caminando con un perenne sentimiento de desconfianza en el rostro. Es frecuente escuchar a las madres gritar, mientras abrazan el cuerpo sin vida de algún hijo, ahora asesinado, que no llegó nunca a mayor de edad. Chiki va explicando: "Abrí los ojos. Aquí los dieciocho tenemos el control de la pinta y la calle."

El audi impecable-espejeante de Héctor refleja toda el miedo y paranoia de la colonia el Limón. Lo dejan arrimado en un punto, a partir del cual siguen a pie, por corredores angostos, grises, zigzagueantes, feos. Por las ventanas, hay ojos obsesivos, viéndolos pasar. La Chiki prende un puro de marihuana: una brasa en el atardecer sin gloria. De vez en cuando, una tiendita cerrada, con un olvidado y cianótico letrero de Tigo o Claro. La Chiki ha emprendido un monólogo sin fin. Aquí la jura no chinga..., el mortero está seguro..., mataron a mi compadre el biboy..., los fuimos a reventar a todos..., hay trama para los que no tienen trama..., somos gangstas de verdad..., no como ustedes, putos con dinero..., los civiles nos respetan y nos tienen miedo... Finalmente, llegan a la casa de la Chiki, enfrente de la cual juegan pelota dos niños oscuros; cuando miran a Héctor, se detienen; lo auscultan, sin aprobación, altivos; la noche ya está entrando, pero es una noche seca, sin saliva; Chiki abre la puerta de metal, comida por un ácido innombrable. Entran.

Lo primero que Héctor discierne es un patojito jugando al *playstation*. La enormidad del televisor contrasta con la modestia del espacio. El niño le da la bienvenida a ambos con uno de esos típicos y arcanos gestos con que los mareros se identifican. Héctor le pasa la mano en la cabeza al chico, pero éste se aparta sulfurado. Héctor comprende que ha sido un error de su parte: el cariño no es bien recibido en lugares como éste. En tal momento, entra de un cuarto contiguo una señora muy arrugada, presumiblemente la abuela de Chiki, pero resulta que es su madre. La señora está como abrumada por la presencia de Héctor, y lo trata con deferencia exagerada: nunca ha tenido un invitado como él. Va arreglando la casa con urgencia, mientras sigue diciendo a la Chiki me hubieras dicho que ibas a traer visita. No se preocupe, señora, le hubiera querido decir Héctor a la señora. Pero no lo externa. Ella hasta se pone a cocinar –el pollo, el arroz– mientras todos le oyen hablar sin detenerse. Ya callále vieja serota, hombre, no te para el hocico, le inserta con gran elegancia Chiki. Finalmente, se sientan todos en la mesa, y están en camino de comer, cuando la puerta se abre. La señora se arquea un poco, al ver a su hijo, el hermano de Chiki.

Y Héctor reconoce al mismo que le robó el celular. Ya llegó el mero ranflero, raza, son las palabras de Nero. Se le ven a Nero las lágrimas tatuadas, mitológicas. Y Nero reconoce a Héctor. Qué pasó perro, le dice al invitado. Nero está sin camisa. Cómo estás, replica Héctor más bien murmurando, como confuso por la abrumadora cantidad de tatuajes de Nero. Suave, responde. Pronto Nero saca una botella de aguardiente, y le sirve a Héctor en un vaso dudoso. Tome pues compadre. Héctor se empina el vaso, acaso para sentir que no es tan cobarde como se siente. Tenés huevos de venir aquí, sonríe Nero. En cualquier momento poc poc, ¿me entendés? Somos tiniebla de la dieciocho, nos están buscando los sureños putos, compadre, pero aquí no andamos con pajas, aquí se brinca o se brinca. Tome más guaro, que hoy es mi invitado. Mi trama es tu trama, mi guaro es tu guaro, mi redra es tu redra, ríe Nero largamente.

La señora también está tomando, y hasta el patojito. La Chiki rola un puro, que hace circular entre los presentes. Se va creando un clima de humo y aguardiente.

Nero es como un animal encendido, gritando sobre el barrio y la raza mientras ingiere más y más licor. Yo tomo por mis lágrimas, compadre. Cuidadito con mi hermana, porque mi hermana es jaina. Me caés bien loco. Te voy a enseñar el saludo de los carnales. Allí estás, perro, pura sangre dieciochera, vida loca.

Al final terminan todos bien borrachos —Héctor, la Chiki, Nero, y hasta la señora, y hasta el patojo. La señora doblada en una cama, y al lado el patojo, inconscientes. Héctor y Nero jugando al *playstation*. En un momento, Nero saca una pequeña pipa de vidrio, le da de probar a Héctor, que no se atreve negar la invitación: la piedra se desvanece en un instante, Héctor entra en un estado de estupor eufórico.

—¿Tuyo es el carro afuera? Enseñáme esa mierda.

Y ahora Nero y Héctor manejan por la ciudad licuada, delictuosa y nocturna, en el Audi, en donde flota la música como un zumbido brutal. Guatemala es una babosa que demanda ser guillotinada. Arde el Audi y traspasa las viscosidades urbanas con sus diez mil uñas relampagueantes.

Héctor regresa una y otra vez a la colonia el Limón, en donde poco a poco le van conociendo los homies, en particular uno de ellos —el "Catracho"— que es primo del Nero, un hondureño rudo y letal. Aparte de juntarse con Nero y Catracho, Héctor también se va con Chiki a los moteles, en donde alborotan las sábanas. Se puede decir que sigue yendo al bufete, pero es como si no fuera del todo. Se puede decir que sigue frecuentando a Cristina, pero es como si no la viera para nada. Cierta noche, la Chiki le advierte a Héctor: "Un día el Nero te va a pedir un favor. Si querés quedarte conmigo, vas a tener que dárselo." Héctor asiente. Otro día, la Chiki le regala a Héctor una pequeña estatuilla de la Santa Muerte, y ésta los observa mientras cogen y sudan.

Semanas más tarde, Héctor recibe un mensaje de texto, cuando está durmiendo en su casa, con Cristina, a altas horas de la noche. Cristina no se despierta, pero él sí que presiente y escucha el amortiguado ronroneo y vibración de su iphone. El mensaje dice: "Mañana vení a mi casa a las tres. Nos vamos de vacile 666. Nero." A Héctor le cuesta conciliar nuevamente el sueño.

A las tres en punto, Héctor llega a la casa de Nero. Un sentimiento de inquietud lo mitiga, lo achiquita por dentro. Pasá,

31

oye a Nero. Héctor pasa. El Catracho está sentado en un silla. Y la Chiki, pregunta Héctor. No está, contesta Nero. ¿Llevás el mazo?, le pregunta Nero al Catracho. Me extraña, responde éste. Vamos pues. ¿A dónde vamos?, pregunta Héctor. Vos no andés preguntando nada ni me vengás con mates. Se suben los tres al Audi. Héctor no sabe si preguntar la dirección, finalmente lo hace. Vamos a tu zona. ¿Cómo a mi zona? A la zona donde vivís. Un pequeño espanto se anida en el bajo vientre de Héctor. Nero pone un disco de hip hop: la lírica va y viene simétrica y militante. Llevános a tu casa, Nero está forjando un puro de marihuana. Héctor tiene un pésimo presentimiento. Llegan a la casa de Héctor, y éste dice ya llegamos. ¿Aquí vivís? Sí. Bueno, seguí manejando. El carro circula por las calles de la zona 14. Allí paráte. ¿En dónde? Al lado de ese maje, simón, allí. Héctor discierne y comprueba cómo ese maje resulta ser un típico adolescente de la zona 14, caminando tranquilo por la vida. El Nero saca una pistola, inexpresivo. Héctor palidece. El Catracho también ha sacado su arma, y permanece despreciativo en el sillón trasero del vehículo. Cuando ya están suficientemente cerca del adolescente, el Catracho sale y lo encañona, embrocáte allí pendejo, o te reviento, y lo encarama a la parte de atrás. Héctor pisa el acelerador. Suave, andá suave, empieza a decir Nero, o querés que nos caiga la tira. Las calles-avenidas se suceden sin orden. Héctor procura no pensar en lo que acaba de ocurrir, en lo que acaba de tomar parte. Basculeá a ese serote, ordena Nero al Catracho. Le quitan al adolescente la billetera, el reloj, el celular. En la billetera encuentran una tarjeta de débito. Entonces Nero le dice a Héctor, buscá un cajero automático, vamos a quitarle todo a este puto. Héctor busca un cajero, uno que no esté muy visible. El adolescente está cagado. La mirada del Catracho se interesa en su mirada aterrorizada. Lo bajan encañonado, al pobre adolescente, que va con una expresión catatónica. Pero inclusive así procura zafarse, y el Catracho contraataca puyándolo más con el arma. Y entonces se queda quieto, como un gato asustado. Cómo te hagás el pendejo, te suelto dos bombazos, le dice Nero. El adolescente procede a sacar el dinero, del cual Nero se posesiona. Vuelven a meter a la víctima al carro. Unas cuadras más adelante, Nero le pide a Héctor que pare. Y echan del carro al asaltado. Héctor hunde el acelerador. El Nero se pone muy eufórico, enseguida, grita por la ventana. Los tenemos fichados culeros. Los tenemos en la lista negra. Dieciocho en grande. Los juras me pelan la verga. Diez y ocho por siempre. El Catracho fuma piedra, ya. Paséme esa onda, dice Nero, le vamos a dar de fumar a este jomboy por defender el barrio. Y le colocan la pipa a Héctor, que aspira. En el brazo de Nero, hay una virgen y una calavera.

Héctor y la Chiki se van a encerrar a un motel, y durante dos días fuman piedra. La pequeña boca de la pipa presenta un tono amarilllento. En su manera de fumar el crack, la Chiki presenta un aspecto y tono diabólico, está como destilada de aversión por la existencia toda. Las piedras se desvanecen automáticas, espúreas, inasibles, siempre insatisfactorias. Las paredes verdosas del cuarto ínfimo parecen más cercanas cada vez. Los dos han conseguido establecerse en un estado de ira-terror avanzada. Lo que les cuesta cada vez más es salir a comprar más droga a la calle. Dinero hay, porque Héctor tiene dinero. Pero el miedo, el miedo a toda esa luz del día entrando en sus retinas... Y el teléfono de Héctor recibiendo todas esas llamadas perdidas de Cristina. Y la Chiki cada vez más celosa, más desencajada. Héctor tiene miedo de que la Chiki responda alguna de las llamadas de Cristina, y termine diciendo algo así como Héctor es mío hija de la gran puta, yo sí te voy a ir a buscar con todo y chimba, serota... La Chiki y Héctor se hunden en un mar de humo y sexo, dos sombras afiebradas, buscándose con rencor, como cubiertos de gusanos, adquieren el aspecto de una misma bestia linfática y chillante, con ojos de aguardiente, y manos de saliva sucia, chupándose en la noche. Hasta que él ya no puede más, le resulta imposible entrar en ella, está demasiado cansado y drogado, y ella lo aparta, con desdén, y fuman y fuman, prendidos a la pipa lisa, quemándose los labios, ahogándose en un silencio seco de alambre. Suena el teléfono nuevamente: hoy sí, se levanta bruscamente la Chiki, y ya está gritándole a Cristina, pero resulta que no es Cristina, es el Nero, y el Nero quiere hablar con Héctor, baa apuráte serota a pasarme a Canchito o del pelo te voy a ir a agarrar. Héctor toma el celular con mano pulposa, irreal. Veníte pero ya a la casa, le manda Nero a Héctor. Héctor tiene miedo de salir pero aún más miedo de Nero. Ya sé que es paja que vas a regresar, está diciendo la Chiki. Con un mortero te voy a estar esperando hijueputa, aunque vaya a dar al penal. A mí me vas a respetar, que yo

33

no soy jaina de nadie, me entendés verga. Si no te mato yo te matará la pandilla... Cada frase que ella suelta es como una navaja, algo que se metaliza duramente en el ambiente. Chiki no termina de gritar, Chiki tira cosas, Chiki está endemoniada. Héctor siente ya asco de ella. Quiere decírselo. Pero nada dice. Simplemente se aleja, por el corredor, por las escaleras, y aún escucha, residualmente, los gritos de ella que son ya lamentos. En un parqueo a dos cuadras, está el Audi esperándolo. Maneja por la ciudad, como a través de un vapor de irrealidad. La ciudad de Guatemala es toda ella una tumba, un matadero en donde niños matan a otros niños y un día no habrá más niños que matar, no habrá nada excepto un rito, una iniciación, un tatuaje.

Nero y Catracho se suben al carro. Ya los dos —ya los tres— están fumando piedra. Especialmente Nero está fumando piedra. Nero prácticamente le arranca la pipa a Héctor, que protesta. Hágale huevos, compadre, a mí no me va a hacer esa cara, cómo así. Si usted aquí está para servir a la clika. Yo estoy de guinda pero no me ando quejando, porque mi alma es de la vida loca y no se anda con mamadas. Soy de la mara *eighteen*, me entendés, baa. Así que ponéte vivo y sin casaca. Si querés de esta onda te la vas a tener que ganar con puro respeto pandillero. Si quiere ser soldado entonces déjese de pajas. Cien veces me han querido bombear. La cagada es que siempre les veo la cara, a los serotes. Praka praka. Me los bombeo a todos los putos. Puro diezochero de corazón. Te estoy hablando suavecito pero no estoy pidiendo que me hagás el paro, ¿me estás viendo, talega? Si no querías problemas te hubieras quedado en tu mansión. Mirá a tu alrededor... Mirá las paredes... Los bróderes andan bien claros... Si querés vacilar tenés que trabajar. Todos ustedes ricos de mierda ya tienen luz verde. Poc poc. Nosotros el barrio. Somos todos y somos nadie. No nos ven pero ya estamos allí.

Y Nero sigue hablando mientras guía a Héctor hacia áreas ignoradas de la ciudad. El audi avanza por callecitas huérfanas. Se siente un olorcillo a ilegalidad y muerte. Héctor no sabe ni en qué momento ha entrado a este lugar infernal. De golpe todos en la calle son como Nero, traducen una especie de odio excepcional, decretan una altivez que da miedo. Si Héctor quisiera salir de allí no sabría cómo hacerlo. Finalmente llegan a una casa sobre la cual un color rosa infame se pudre a gusto. Al ingresar en ella, lo primero que Héctor nota es la estatua de Santa Muerte, viéndolo fija con una mirada que es una admonición. Meten a Héctor al cuarto adyacente: allí hay un bulto tapado. El Catracho quita la chamarra con un gesto seco: es una señora, es evidente que de clase alta, y evidentemente con mucho miedo. La señora no entiende lo que está ocurriendo, asume a lo mejor que están trayendo a otro secuestrado. Nadie quiere pagar por esta vieja serota, dice Nero. Así que nos la vamos a bombear. La señora está amordazada, por lo cual no puede gritar, pero está claro que está gritando. Nero ya tiene el arma en la mano... apunta a la señora... y luego con un gesto seco le pasa la pistola a Héctor. ¿De veras creías que te ibas a ganar así nomás a mi hermana, que ibas a entrar al barrio sólo por tu cara de maje? El barrio rifa... El barrio controla... Y vos tenés que hacer algo por el barrio, así que mostrá el orgullo verga. La señora parece que ha entendido, eso se nota en su rostro desteñido, en sus senos convulsivos y temblorosos. Pero a Héctor le cuesta un poco más entender. Héctor siente el peso metálico de la pistola, naufraga en una fuerte indecisión. Pero allí está toda la mirada perfectamente real de Nero. El barrio controla, ha dicho. El Catracho se mueve como bajo el efecto de una música invisible. Héctor sabe lo que tiene que hacer, levanta la pistola, para su sorpresa con un pulso más bien firme.

En ese momento se da un gran estruendo. Héctor no puede evitar soltar el arma, que se dispara sola, matando en el acto a la secuestrada. El Comando Antisecuestros ha irrumpido en la casa y en el cuarto, poniendo a Nero y Catracho contra el piso y amarrándoles. A Héctor lo saca alguien abruptamente de allí, no acierta a intuir cómo. Al parecer, el Comando Antisecuestros ya tenía controlados a Nero y Catracho por el rapto de la señora, y en ese momento decidió ingresar en el recinto, para rescatarla.

Lo que el Comando Antisecuestros no se molestó en descifrar es la presencia de Héctor en la casa. Sencillamente asumieron que se trataba de otro secuestrado. Así presentaron el caso ante la prensa, de hecho, y por supuesto Héctor nunca desmintió la versión. Tampoco dijo nada sobre cómo los del Comando Antisecuestros asesinaron extrajudicialmente a Nero y Catracho. Él los había visto ya amarrados en el suelo, así que la historia de que habían muerto en un tiroteo era por demás una mentira. La señora secuestrada, la única que podría haber incriminado a Héctor, había perdido la vida cuando la pistola se disparó sola. Toda estaba bien.

Héctor volvió a su antigua vida. Toda su familia estaba en shock; lo trataron como se trata a un secuestrado cuando vuelve a casa. Lo mismo en el trabajo. Cristina ni decir. Era una simple cuestión de asumir el papel, de hacer alianza con el personaje, de mentir, artísticamente. Los secuestrados tienen algo de inmortales, algo de eternos y mitológicos. Todo el mundo los respeta, aunque muchos de ellos sean unos auténticos hijos de perra.

Lo primero que Héctor hizo fue deshacerse del iphone. Lo agarró a martillazos y tiró luego los pedazos en algún basurero. También se cambió de casa. Cosa que todos a su alrededor celebraron; quizá lo vieron como un acto positivo, un deseo de sanar y seguir adelante y esas cosas. Al poco tiempo, Héctor se reintegra completamente al trabajo, realiza sus labores con renovada alegría.

Tres meses más tarde, Héctor se encuentra en su despacho leyendo el periódico –el skyline de la ciudad es observable desde su ventana, como la promesa de algo que se expande y asciende– y es cuando se entera de que han matado a la Chiki.

Más precisamente, la han decapitado.

Al parecer unos miembros de la mara Salvatrucha.

Añade el reportero que la occisa estaba embarazada.

Lamentablemente, Héctor no termina de leer la noticia, pues su secretaria le notifica que su jefe lo está llamando.

Mientras Héctor camina hacia la oficina de su jefe por el pasillo alfombrado, piensa que tiene como ganas de irse a dar una vuelta al mercado de La Litía. ¿Y si se lo propone a Cristina? Pero seguramente Cristina le va a decir no, que los van asaltar y esas cosas. Hay partes de la ciudad que Cristina simplemente no conocerá nunca.

CIUDADANÍA
Denise Phé-Funchal

Denise Phé-Funchal (Ciudad de Guatemala, 1977). Escritora y Socióloga, autora del libro de cuentos Buenas costumbres *(Guatemala, 2011), el poemario* Manual del mundo paraíso *(Guatemala, 2010) y de la novela* Las flores *(Guatemala, 2007). Ha sido incluida en antologías como* Región *(Argentina, 2011),* Poesía para todos *(Guatemala, 2011),* Memorias de la casa *(El Salvador, 2012) y* Ni hermosa ni maldita *(Guatemala 2012), entre otras. En 2009 participó como guionista para el proyecto* Reinas de la noche, *y en 2010 en la adaptación de uno de sus cuentos, "Chapstick", para la filmación de un corto de ficción que fue seleccionado para el Short Film Corner del Festival de Cannes 2011.*

"Ciudadanía" fue publicado originalmente en Buenas costumbres.

Llegar a la mayoría de edad es algo importante para cualquiera. Es el momento de ser un verdadero ciudadano, de participar y de volverse parte del futuro del país. En cinco días cumpliré esta edad llena de responsabilidades y podré tener lo mismo que mi hermana, que mis padres y eso me emociona mucho. Podré pasearme por las calles llevando con orgullo los símbolos de la ciudadanía y de la justicia. Mamá me cuenta que antes no era así, no había paz, que en un momento se volvió temerario salir, subirse en un bus, ir al parque. Era imposible vivir. Ellos lo tenían todo tomado. Los periódicos, según papá, mostraban las atrocidades que ocurrían. Todos los días había un recuento de muertos, de violaciones, de robos y asaltos, de balaceras que ocurrían en las calles. El ambiente era intolerable, añade el abuelo, el país era un caos, dice la abuela. Todos tenían miedo. Y me describen cómo antes de salir se encomendaban a las fuerzas superiores. Los que quedaban en casa rezaban para que no pasara nada malo a sus queridos y encendían velas de colores para proteger a cada miembro de la familia. No era posible ya vivir, dice mi tía. Al día siguiente de mi cumpleaños iremos a la municipalidad para recibir las credenciales e implementos que validen mi ciudadanía.

Mamá me ha traído hoy el catálogo para que escoja el modelo del accesorio más importante que deberé llevar el resto de mi vida, para que todos sepan que soy parte del movimiento de paz. Algunos de mis amigos de la escuela tienen ya los suyos, al fondo del aula hay un espacio para dejarlos. Quiero ser como ellos, como ellas que pasean su ciudadanía a la hora del recreo, que almuerzan acompañados del orgullo de la paz. En unos años, esperan las autoridades, no habrá más. En el catálogo hay un poco de todo. No exactamente lo que yo quería. Siempre soñé con tener uno como el de mi hermana, pero ya no hay en existencia, esos se acabaron el año pasado. Los que quedan no son tan tiernos como los de ella y sus amigos. Cuando se acaben, dejaremos de usar estas máscaras, bueno, eso será en unos años, pero podremos vernos a la cara y todos verán nuestras sonrisas. Respiraremos por fin el aire no contaminado por el aroma de los no-ciudadanos. Papá prometió llevarme mañana a la escuela de tiro. Parte de esta ciudadanía es el arma que usaremos para conseguir el accesorio. Las armas son prestadas por la policía en cada promoción de nuevos ciudadanos. Las usamos una vez, solamente una vez en nuestra historia y luego pasan al museo de buenas costumbres y nuestro nombre se agrega a la lista de patriotas que los han utilizado. Ahí descansarán hasta que los ciudadanos del próximo mes adquieran sus credenciales. Yo tengo la suerte de que mi cumpleaños es tan sólo un día antes del acto, no me pasa como a otras personas que deben esperar días o semanas para cumplir con el deber. Mamá me apresuró un poco a elegir, dijo que hay que reservarlo hoy de una vez. Elegí uno lleno de adornos, lleno de letras y dibujos que hacen evidente que se trata de un no-ciudadano, de un premio a mi compromiso con el proceso de paz. He escuchado la historia miles de veces desde la infancia. La vida ya no era vida, como decía mi tío. El temor asechaba tras las puertas y las ventanas. Los candados y las trancas no eran suficientes. Tampoco los barrotes ni el alambre espigado y electrificado que un día adornaron las casas de todas las ciudades y pueblos. Ellos estaban en todas partes, los sembradores de terror y sus defensores que, según mi tía, blandían la bandera de los derechos humanos para defender la vida de los más crueles y violentos, de los violadores de niños y mujeres, de los asesinos de personas indefensas, de los que llenaban de terror las calles y los parques.

La salvación vino del norte, asegura el vecino. Habían pasado años y gobiernos. Uno tras otro ofrecían cambiar las cosas, llevar la paz a los cuatro puntos cardinales. Yo tengo muy pocos recuerdos de eso, aún me ocupaba del mundo de fantasía y de juegos cuando el movimiento inició, pero sí es cierto que el encierro era casi obligatorio. Una vecina, que era maestra, nos daba clases en el garaje de casa, donde las mamás del barrio habían habilitado una escuelita. Mis vecinitos llegaban en una carrera mientras los hombres cuidaban las esquinas armados con machetes, cuerdas, algunas cadenas, palos afilados y un par de galones de gasolina. Todos estaban listos para atrapar a algún malhechor, como se les llamaba en esa época a los no-ciudadanos, a los no-humanos. Al fondo de la cuadra los vecinos acondicionaron un espacio y en las noches se condenaba y prendía fuego a los capturados. Recuerdo el aroma a carne quemada que inundaba las calles del barrio. En cada cuadra se hacía justicia y se impedía que la policía o los defensores de no-humanos, llegaran a tratar de protegerlos con el absurdo argumento de la falta de oportunidades. Según cuenta la vecina, por esos días se hablaba de cambiar las políticas públicas, de dar educación, salud y alimentación a todos, de hacer eficaz el sistema de justicia y contrarrestar la generación de delincuentes, violadores y demás especies nefastas, que eran considerados humanos, como nosotros. Pero todo era puro discurso, agrega mi cuñado, unos años mayor que mi hermana, y cuenta que las personas fueron desobedeciendo las leyes, lo cual era muy justo ya que las autoridades y los funcionarios no hacían más que hablar y hablar, sin que nada de esto lograra proteger a las buenas personas. Las calles fueron cercadas y poco a poco en cada una se instaló un área de juicios, desgraciadamente esto no hizo más que aumentar la violencia, cuenta mamá, los malos consiguieron armas súper poderosas, granadas, metralletas. Estalló la guerra, me dicen y creo recordar que por las noches nos encerrábamos en una habitación alejada de la calle y dormíamos allí. La salvación, como dice el vecino, vino del norte. La situación era similar en esas tierras y poco a poco fueron accediendo a probar los nuevos estándares de ciudadanía en éste y otros países del sur a fin de ver si funcionaría para ellos, así que un día, sin más, entraron. Papá recuerda que por cadena nacional se dieron las declaraciones presidenciales en las cuales se agradecía al gobierno del norte y se permitía que los buenos ciudadanos —los sin dibujos ni letras, los que no aspiraban productos para fabricación de calzado y alcoholes de farmacia, los no consumidores de drogas, entre otros— fueran los constructores de la paz y la tranquilidad. Ellos supervisaron todo. Según cuentan los mayores, se establecieron parámetros para atrapar a los malhechores, perfiles físicos y psicológicos para detectarlos desde chicos, de allí que el de mi hermana mayor tenga un aire de ternura. Algunas madres con todo el dolor del alma, pero con el patriotismo como bandera, entregaron a sus familiares, a sus propios hijos, a las vecinas que cobraban pocos centavos por servicios sexuales. En los barrios se instalaron iglesias en cada cuadra, iglesias en las que se lloraba el entregar la vida de los otros, pero en las que se obtenía la

41

salvación por contribuir buenamente con la patria. Nuestra patria tuvo el privilegio de ser parte de la primera fase, que poco a poco se aplicó en todo el sur del planeta y finalmente, en algunos lugares en el hemisferio norte. Lo primero fue atraparlos a todos y hacinarlos con los que ya estaban presos. Afortunadamente las cárceles fueron resguardadas por los militares del norte. Se prohibió ejecutarlos, pues habría que decidir cómo cada uno de nosotros, de los ciudadanos honestos y patriotas, participaríamos y haríamos latente la contribución a la paz. Después de un mes en el que todas las actividades académicas, comerciales, sociales y culturales pararon, estaban todos encerrados. Junto a los no-humanos se capturó también a aquellos que se decían defensores de los derechos humanos, que aún intentaron protegerlos y denunciar la inhumanidad de las medidas. Pero ya no había quién escuchara. El norte estaba de acuerdo con nosotros, con el modelo implantado. Debido a que el espacio en las cárceles resultó limitado –contaba mi tío– durante unos días estuvieron encadenados en parques y plazas, mientras en los barrios se excavaban profundas fosas que se usarían como cárceles. Cuando estuvieron todos presos, y como era cuestión de un proceso colectivo de construcción de la paz, se decidió que era necesario que cada persona que había contribuido, pudiera demostrarlo. Al fin de cuentas eran millones, casi tantos como los ciudadanos, quizá más. Como era cosa de limpiar la sociedad, se decidió purgarla de todos los males. Políticos, ladrones, asaltantes, violadores, chismosos, herejes, homosexuales, madres no abnegadas, infieles, malos estudiantes, pequeños rateros de escuela, corruptos, mentirosos, vulgares, malhablados, intelectuales, artistas, fueron eliminados. Así se decidió que cada humano, cada ciudadano debía hacerse cargo de contribuir con el proceso, aniquilando a un no-humano. Importante era que cada hogar patriota contara con un símbolo de construcción de la paz, pero más importante aún, era que los jóvenes, los que en ese momento éramos chicos, nos sintiéramos parte del proceso, que viéramos a los ojos a los delincuentes para no animarnos a los malos pasos. Así, por hogar, por familia que viviera en una casa, se entregó a un no-ciudadano. Para no ser como ellos, la ejecución debía ser pronta. Un tiro en la sien, dado por el padre o la madre de familia, según sorteo. Luego los cuerpos debían ser embalsamados y colgados a la entrada de las

42

casas. El nuestro está prendido del balcón, ya queda muy poco cuero seco en los huesos, hemos pegado la mandíbula con cemento y pronto habrá que usar alambre para readecuar los huesos. Las mascarillas nos permiten soportar el pútrido aroma de los cuerpos. Luego se tomó la decisión de que los jóvenes tendrían el privilegio de adquirir uno propio al momento de cumplir la mayoría de edad y que este accesorio debía acompañar a los ciudadanos toda la vida, así que después del rito en el que se contribuye a la paz, debemos llevarlos con nosotros a todas partes, sentados en sillas de ruedas. Para esto, los cuerpos son embalsamados. Un par de días después del acto, deberé ir por el mío al depósito municipal, al igual que los demás, el cuerpo estará desnudo aunque sin los órganos sexuales, que son removidos en los hombres y suturados en las mujeres. Los ojos y los labios también son sellados con hilo de acero, las manos maniatadas con unas lindas esposas de alambre espigado, construidas con el alambre que fue removido de las casas con la llegada de la paz. El mío llevará unas pintadas de azul patria. A pesar de que de vez en cuando se colectan más accesorios, es posible que solamente aquellos que cumplimos la mayoría de edad este año y el próximo, tengamos la suerte de ser considerados aún constructores de la paz. Las siguientes generaciones serán las herederas de lo que nuestros padres, abuelos y nosotros construimos, y según los planes del gobierno, solamente algunos privilegiados, los que saquen las mejores calificaciones o se destaquen en las artes oficiales, podrán concursar por los nuevos.

A veces he escuchado a algunos mayores de la familia hablar en sueños. Balbucean "injusto", "inocentes" o el nombre de alguien y una lágrima, que escapa de sus párpados arrugados e inquietos, corre por sus mejillas. Siguiendo las órdenes del gobierno, he de prestar atención a esto, tratar de identificar una señal concreta de sus dudas y de su posible oposición a la paz.

Quizá algún día, una calle lleve mi nombre y el cuaderno en el que apunto mis ideas forme parte del museo de las buenas costumbres.

AMIR
Rodrigo Fuentes

Rodrigo Fuentes *(Ciudad de Guatemala, 1984). Escritor. Cuentos suyos han aparecido en las antologías* Asamblea Portátil: Muestrario de narradores iberoamericanos *(2009),* Sólo Cuento III *(2011) y* Ni hermosa ni maldita *(2012). Ganó el concurso nacional de ensayo convocado por el diario* Prensa Libre *de Guatemala (2001) y el premio de cuento en los Juegos Florales Hispanoamericanos de Quetzaltenango (2008). Es co-fundador y editor de las plataformas digitales* Suelta *(www.sueltasuelta.es) y* Traviesa *(www.mastraviesa.com).*

"Amir" mereció en 2014 el II Premio Centroamericano Carátula de Cuento Breve.

Éste aquí es familia, decía Amir con su mano sobre mi hombro, los dedos grandes y pesados y aun así amables. La otra persona me observaba a mí y lo observaba a él y luego insinuaba una tímida sonrisa antes de darme la mano y decir que era un verdadero gusto conocer a algún pariente de Amir. Tiempo después, cuando ya había más confianza, Amir le explicaba al desconocido correspondiente que él era en realidad mi padrastro, y quizás agregaba más bajo, con alguna indecisión, que ser padrastro era muy similar a ser padre, para luego añadir, cambiando de tono, que no por padre o padrastro, pederasta, y con esto se reía y nos reíamos, aunque su chiste fuese extraño y hubiera causado algún desconcierto. Pero así era Amir, sin grandes escrúpulos a la hora de hablar, no por una impudicia particular, pues tenía un temperamento más bien recatado, sino por la gana de reír y ver reír, aunque esa risa se deslizara, por así decirlo, entre las sombras de la incomodidad. Amir no le daba mayor importancia a las palabras (que son flacas y flojitas, decía él), sino a esas extrañas e invisibles pulsaciones que irradian los cuerpos, a los gestos y el candor en que se cifra la amistad, como explicaba con un destello en sus ojos, sosteniendo alguno de los cigarros que convidaba cuando no estaba mi madre. Pero eso ya era después de los roncitos, de los roncitos y la plática, cuando Amir entonaba con su ambiente y se manejaba en el fluido territorio del trago.

Se conocieron de noche y frente al lago, mi madre y Amir. Él había perdido a su esposa ocho años antes y en su rostro quedaban las sutiles marcas del desvelo, los resabios de carreras al hospital, y también cierta proclividad a las lágrimas que sorprendió a mi madre en su primer encuentro.

Ambos descansaban en las mecedoras que una amiga en común había sacado al pequeño jardín frente a su casa. Ahí afuera, el rumor de la fiesta y el calor de la fiesta y los silencios de la fiesta les llegaban como mensajes de un mundo indescifrable. Mi madre también había perdido a su marido, y si visitaba a su amiga ese fin de semana

era por el sonambulismo en que se había sumido desde la separación, y que permitía que una o dos conocidas la acogieran de esa
forma, guiándola por los derroteros de lo que llamaban su convale-
cencia.

Imagino a mi madre emponchada, su pequeña cabeza despun-
tando entre los paños abultados alrededor de su cuerpo. Respira
profundo y observa el agua desde su mecedora. Amir también mira
al lago, enfocado en las luces de la otra orilla, pero es difícil saber a
ciencia cierta si en realidad observa algo, porque bien podría estar
con la mirada perdida, atento a algo más, pues si pierde la mirada es
porque encuentra la memoria, como acostumbra decir tras distraerse. Pasa el tiempo, y Amir rompe en llanto. Llora y sigue llorando y
mi madre se queda en su silla, protegida del frío por el poncho, esos
ponchos gruesos y rudos que su amiga consigue en los pueblos a la
orilla del lago. Amir llora y mi madre guarda silencio y ambos
cuerpos se sacuden, pero en la oscuridad eso se ve poco y tampoco
importa mucho.

Acababa de mudarme fuera de casa cuando mi madre me llamó
para invitarme a almorzar. Quería que conociera a alguien, dijo, y la
vaguedad de sus palabras, su resistencia a las explicaciones, me hizo
pensar que algún individuo cuestionable se había infiltrado en
nuestro círculo más íntimo. Nada sabía yo de Amir, ni de sus manos
inmensas ni del latido involuntario de su pómulo derecho, un pequeño temblor que le hacía bajar la mirada y fingir concentración en
su comida. Algunas referencias a su familia en Argelia, y ciertos
datos sobre la siembra y la cosecha del cardamomo, son lo poco que
recuerdo de esa conversación. Pero también sé que aguantó bien el
peso de la mesa, una mesa redonda y de madera que llevaba más de
veinte años en la casa, con manchas y cicatrices desconocidas para
Amir, escondidas bajo el mantel verde sobre el cual descansaba su
mano, la palma abierta y sosteniendo los pequeños dedos de mi
madre. Desconfié de su aire reservado, midiéndolo desde mi silla,
pero tuve que entregarme ante la candidez de su silencio.

Me llamó algunos días después para que tomáramos un trago. El
Hotel Lux aún conservaba una oscura barra de madera, larga y bien
lustrada, pero Amir esperaba en las mesitas precarias del fondo. Me
dio un apretón de manos y pude ver que se esforzaba por tensar los
músculos del rostro. Empezó hablando en voz pausada y sin tema

en concreto, mencionando entre otras cosas a su padre, el único pariente con quien aún hablaba, si bien el contacto entre ambos era esporádico, incluso frágil. Pero padre solo hay uno, concluyó con cierta pesadumbre, soltando el aire con lentitud mientras descansaba sus manos sobre la mesa. Quería hablarme, dijo al fin, preguntarme qué pensaría si se mudaba con mi madre. Por corrección, dijo, por eso es necesario preguntarlo, agregó, y tuve que evitar su mirada y esconderme momentáneamente tras un sorbo del ron con cola. Mi respuesta fue insuficiente, quizás por eso cruel, y Amir tuvo la decencia de brindar por la familia y por el futuro y seguimos bebiendo, ya sin mucho tema pero sin necesidad de tenerlo.

Poco sabía yo de Amir o del sendero hacia la ruina en el que estaba encaminado. Su risa franca, y el rostro complacido tras los almuerzos de domingo, presagiaban un descenso calmo y prolongado hacia la vejez. La vida hogareña le estaba cayendo bien, me dijo una vez, justo antes de salir en un viaje de fin de semana que mi madre había organizado, sin duda para que Amir y yo nos conociéramos mejor. En el camino Amir siempre estuvo radiante, sosteniendo el timón con fuerza, las manos resueltas y listas para solucionar cualquier contratiempo. Mi madre lo observaba desde su asiento y sonreía, acercando su mano a la de él, como también sonreía después, cuando esperábamos la cena en un comedor al lado de la carretera y Amir nos presentaba a algún desconocido, un mesero o comensal con el que había entablado plática, un individuo con quien era un gusto estar compartiendo, sobre todo en este pueblo, decía Amir, sobre todo con la familia, junto a esta bella dama que es mi mujer, en una noche así, no vamos a decir estrellada, pero sí de iluminación agradable, y cómo va a ser que no se sienta con nosotros a tomarse un traguito, una noche así hay que aprovecharla.

El precio del cardamomo se desplomó al año de ese primer almuerzo, y con ello empezó el vendaval de mierda, el maldito *harmattán*, como se acostumbró a llamarlo Amir. Su padre, quien tenía tierras en el altiplano y más de ochenta años, desapareció en uno de sus viajes a La Corregidora, la finca de cardamomo. Llamaron a Amir a las tres de la mañana de un martes para avisarle que lo habían encontrado. Amir le explicó a mi madre con teléfono

49

aún en mano que a su padre lo acababan de bajar de la rama de una ceiba, donde había estado colgando por más de doce horas.

Fuimos juntos al entierro. Él ya había hecho los arreglos. Asistió al proceso de ablución del cuerpo, al amortajamiento, aun si en este caso, nos dijo, bajo estas circunstancias, no correspondía. Sostuvo la mano de mi madre, sereno, mientras escuchábamos los cantos en el cementerio. Supongo que ya entonces empezaba a tener otras preocupaciones, nuevas inquietudes, efecto de la carta encontrada al pie de la ceiba y de las frases extrañas y a veces incoherentes que su padre había escrito en ella.

Comencé a visitar la casa con más frecuencia. Amir regresaba del trabajo antes que mi madre y nos sentábamos en dos sillitas de plástico que se mantenían en el jardín. Él preparaba los tragos, usando unas tenazas chapeadas para pescar los hielos de la cubetita roja y luego soltarlos en los vasos. Los primeros fragmentos de esa carta empezaron a llegar por ahí, aunque pronto entendí que sus palabras pertenecían a una correspondencia que abarcaba mucho más que las seis cuartillas escritas a mano. El diálogo me excedía, lo sabíamos ambos, y Amir me ahorró la incomodidad de tener que explicarse. Simplemente habló, mencionando detalles entre sorbos, o después de expulsar el humo del cigarro, mientras palpaba su pómulo con la punta de los dedos para asegurarse que todo siguiera en orden.

Se le habían levantado varios frentes, dijo. Habló de personajes difusos y a veces oscuros, contactos en la provincia, individuos que entraban y salían de su historia sin propósito concreto, y habló también de La Corregidora, embargada por el banco e invadida por los campesinos. Una estrategia de la muchachada un tanto vil, murmuró sentido. Había liquidado los activos de su padre. El sueldo de la exportadora se diluía cada mes entre el caudal de deudas heredadas. Su socio en la empresa había aceptado prestarle algún dinero, lo cual, naturalmente, había enfriado la amistad. Tenía que hacer pagos al banco, a los jornaleros, al socio, y el cansancio empezó a asomar en sus gestos, cierto desaliento que ahora transmitían sus manos, antes tan serenas.

Por iniciativa suya decidimos compartir nuestros tragos fuera de casa. Me llamaba después de las jornadas de trabajo para que nos reuniéramos en algún bar del centro. Su trabajo en la exportadora lo mantenía en la provincia, lo que le daba cierta libertad para atender a la finca de su padre. Descubrí con preocupación que dilataba esas veladas, extendiendo el silencio que compartíamos hasta que ya no quedaba suficiente clientela para disimularlo. Mi madre estaría en casa esperando el regreso de Amir, y ahí seguíamos nosotros, esperando el regreso de quién sabe qué.

Mantenía el vaso entre ambas manos, sobre la mesa, haciéndolo girar con esos dedos grandes y pesados y amables. Los señores tenían dinero, me dijo en una de esas ocasiones. Hay que tenerlo en cuenta, continuó, que tengan dinero, porque de eso no hay mucho ahora, pero estos señores sí que lo tienen. Habían llegado a La Corregidora a visitarlo, dijo, nomás entrando él, y era obvio que estaban bien informados porque él no avisaba cuándo iba a llegar a la finca. Ya le había pasado que la muchachada le cerraba el paso en la entrada, la entrada a la finca de su propio padre, suspiró, aunque él fuera ahí precisamente a hablar con ellos, aunque su interés fuera negociar algún acuerdo con la muchachada para empezar a salir de todo el despelote. En fin, dijo, me fueron a visitar los señores y fueron muy amables, muy correctos, unos caballeros en realidad, me trataron con mucho respeto. Don Amir, dijeron, usted está desperdiciando esta tierra, ahorita mismo se está desangrando. Si no mire qué marchita esa siembra, sus plantitas de cardamomo tan desganadas que andan, mejor déjenos echarle una mano, porque si no se lo va a llevar el río, Don Amir, solo es cosa de mirar a la muchachada, o peor aún, mire al banco, que ahí no le van a hacer ningún favor. Pues ya sabe, Don Amir, aquí estamos, con gusto le alivianamos la finca, ya sabe que estos problemas con el banco, con la muchachada, tienen cómo resolverse.

Yo veía a mi madre algunas tardes, cuando la visitaba en casa para tomar el café, pero entonces tratábamos de evitar el tema. Ella sabía que Amir y yo nos reuníamos y veía esas veladas con una curiosidad distante pero benigna. Me lo topé a él una de esas veces, mientras iba saliendo de la casa. Paró al notar que yo observaba el objeto extraño que colgaba de la pared. Se acercó, y después de unas cuantas palabras observamos el objeto juntos, guardando silencio. *Jamsa*, dijo al fin, la mano de Fátima. Era una mano de aluminio u hojalata, aplanada y con los dedos apuntando hacia el suelo. La palma abierta hacia nosotros albergaba un ojo cuya pupila parecía de esmeralda. Para el mal de ojo, explicó Amir. Elevó su dedo con lentitud y dibujó un círculo alrededor de la mano. Así se dice en Argelia, esto nos protege del mal de ojo. Luego se despidió, echándole un vistazo a la mano que colgaba de la pared antes de partir.

Le agradaba que estuviéramos compartiendo, dijo mi madre esa tarde, sobre todo ahora que Amir caminaba con los hombros más caídos, como apachado contra el suelo. Claro que ella estaba mucho más enterada que yo, conocedora de sus gestos y silencios, conocedora, también, de detalles de la carta que yo ignoraba. Así me había dicho Amir, que en esa carta habían cosas que no se podían explicar, cosas que no se podían decir, a no ser que fuera a mi madre, claro, porque a mi madre no había por qué esconderle nada.

Ella intuía el abismo que Amir empezaba a bordear, el daño que causaba cada ida al banco, cada retorno de la finca. Las cosas no mejoraban. Me contó, mientras tomábamos un café, que su socio le había puesto una demanda a Amir por préstamo incumplido. Una demanda, dijo, es para enemigos. Amir estaba golpeado, continuó. No entendía cómo le podían hacer esa jugada por un préstamo hecho en amistad. Al menos, dijo, observando el fondo de la taza, en momentos como éste, los lobos dejan el disfraz de oveja.

Estamos aquí para celebrar, dijo Amir cuando me vio. El bar del Hotel Lux estaba vacío a esa hora de la tarde, pero Amir tenía ya una botella de ron sobre la mesa, algo inusual considerando que siempre bebía de trago en trago, pidiéndolos por separado, con un gesto hacia la barra para que el camarero se acercara y pudieran charlar un rato, pues Amir no había perdido el gusto por la charla pasajera, aunque ésta se mantuviera dentro de los límites de la cordialidad. Pero ahora tenía la botella sobre la mesa, dos vasos y una cubetita metálica de hielo, el limón rodajeado que exprimió sobre mi trago para luego señalar la silla y pedirme que tomara asiento, porque esta noche había motivo para celebrar. Su rostro brillaba un poco y el pómulo palpitaba fuerte, como si le hubiera dando rienda suelta al temblor. Hoy cambiaron las cosas, dijo mientras acercaba su vaso y brindábamos. Llegamos a un acuerdo con los señores, dijo, los señores aceptaron la propuesta, y ya solo es cosa de hacer la escritura, de juntarnos con el abogado y el notario. Pero eso lo traen ellos, al abogado y al notario. Usted solo encárguese de la escritura, Don Amir, dijeron, así que yo solo tengo que traer la escritura, traer con qué firmar. Tomó un trago largo de su vaso. Firmar y claro, entregar la finca.

Bebimos hasta tarde esa noche. La locuacidad inicial de Amir empezó a ceder con cada trago, las palabras desdibujándose entre el alcohol y el rumor de unos cuantos clientes en la barra. En algún momento llegó el silencio, tan confiable como siempre, tomando asiento en nuestra mesa con toda la tranquilidad del mundo. Al rato empezó Amir a jugar con una rodajita de limón, levantándola para luego observarla de cerca, antes de ponerla sobre la mesa y triturarla entre el dedo y la madera. Así aniquiló medio limón. Alzó la última rodajita y la sostuvo contra la luz que llegaba desde la barra.

De finqueros no tienen nada, dijo. Los señores estos, de finqueros, solo el bigote si mucho. Insinuó una sonrisa, amarga como pocas, y acercó la rodajita a sus labios. Pero qué se le va a hacer, dijo, si el banco se queda corto y la muchachada se queda larga. Chupó el limón y se limpió la boca con el dorso de la mano antes de verme a los ojos. Entendés lo que te digo, ¿no? Decime, repitió alzando la voz, ¿entendés lo que te digo? Uno de los meseros volteó a ver en nuestra dirección. Quise responder, aunque en el fondo no quería entenderle del todo, y si algo entendía entre el ron y ese silencio era que yo no estaba para dar respuestas. Siempre está la familia, murmuré después de un rato, consciente de la vaguedad de mis palabras, y me sentí sonrojar, el calor del trago mezclándose con otro calor que subía por mi cuello. Amir me observó, casi con curiosidad, y luego asintió, acercando su vaso para chocarlo contra el mío. Cierto, dijo, siempre está la familia.

Salí a la calle cuando solo quedaban unas cuantas luces prendidas. Él se quedaría un rato, dijo, quería sudarla un poco más. Se acercó a la barra con pasos más firmes que los míos y se dejó caer sobre uno de los taburetes. Ya no había más clientes, pero la lealtad de Amir era recompensada en el Lux con el privilegio de tomar el último trago a su discreción. Nos despedimos con un apretón de manos y después de salir a la calle tuve que apoyarme contra una pared. Aguanté el peso de mi cuerpo contra el concreto por un buen rato, y luego emprendí el camino hacia la pensión en que vivía.

El siguiente día amanecí mal y sólo salí a la calle para comprar algo de comer. Pasé casi todo el fin de semana en cama, y al final del domingo ya sabía que no estaría hablándole a Amir esa próxima semana, ni a él ni a mi madre, pues sería mejor darle su tiempo, darles a ellos su tiempo, y algo relacionado a esa certeza me hizo abrigarme mejor esos días, comer más completo, prepararme para cosas que creía intuir aunque no las conociera del todo. La llamada entró el lunes.

Te habla Amir, dijo la voz. Tosió un poco y lo saludé. Tu mamá está algo indispuesta, dijo, un pequeño susto que se llevó, nada grave, pero ya sabés como son los sustos. Esperó un momento, como si aguardara una confirmación de mi parte, pero yo no sabía, en realidad, cómo eran los sustos de los que hablaba. Le pregunté. Me ignoró. Sabrás que no vendí la finca, dijo. No me parecía lo correcto, agregó, y luego repitió esas palabras, con una voz más pausada: lo correcto, no me parecía lo correcto. En fin, dijo, han surgido algunos contratiempos, y sería bueno que pasaras por la casa. Será mejor hablar en casa, repitió, mejor en casa que así.

Fue Amir quien abrió la puerta. Alcanzó a echar una ojeada a mis espaldas antes de estrecharme la mano y hacerme pasar. Luego me llevó a la sala y ahí esperamos. Ahorita viene, fue lo único que dijo, y al rato mi madre salió del cuarto y se acercó para saludarme. Se sentó al lado de Amir, en el sofá, y miró hacia el ventanal al otro lado de la sala. Las siluetas oscuras de las matas se mecían al fondo del jardín. Mejor explicas tú, le dijo a Amir. Tomó su mano y pareció que la suya desaparecía entre los grandes dedos amables. Desde mi mecedora, mi madre se veía frágil pero en paz.

Pues qué se va a decir, dijo Amir, excepto que los señores se molestaron. Ya sabés que esa es gente delicada, agregó volteando hacia mi madre, eso no es nada nuevo. Te decía yo antes, continuó, ahora viéndome a mí, que fueron unos auténticos caballeros cuando me hablaron en la finca, muy finos todo el tiempo. Y por tanta fineza, ni modo, pues creen que en deuda está uno. Miré sobre el hombro de Amir, donde la mano de Fátima descansaba contra la pared. O así lo ven ellos, agregó, porque si no la llamada hubiera sido diferente.

Fueron muy groseros, dijo mi madre. Su tono me extrañó, porque sonaba sentida, como si una amiga cercana se hubiera aprovechado de ella. La trataron muy mal, dijo Amir. Preguntaron por mí, y ella les preguntó quiénes eran. Les pregunté qué querían,

54

terció mi madre. Acercó su cuerpo al de Amir. De ahí me insultaron, un montón de palabras, y colgaron.

La segunda llamada fue distinta, continuó con voz más apagada. Había pasado un par de horas desde la primera y contesté pensando que era Amir, porque venía camino del altiplano y había dicho que llamaría. Suena el teléfono y lo levanto y me empiezan a hablar directamente, sin preguntar nada. La voz me dice que primero, antes de cualquier cosa, debo dejar el miedo, porque si tengo mucho miedo y se me nubla la mente no voy a entender nada, y entonces sí tendría que tener miedo. Pero eso es solo en el peor de los casos. La voz me pide que escuche. Escucho. Dice que hay ciertos compromisos que no se pueden andar olvidando. Porque así prefieren interpretar lo que ha ocurrido, dice la voz, como un simple olvido, y ni quisieran imaginarse que el compromiso se ha roto, porque un compromiso es, antes que nada, una cuestión de honor, un pacto entre caballeros, un entendimiento, y en qué quedamos si ni entendernos podemos. Miedo, dice la voz. En eso quedamos. Porque hemos sido muy generosos y eso lo sabe Amir, agrega la voz, y renegar de esa generosidad, renegar de ese compromiso, resultaría en una cosa. Todos sabemos cuál es esa cosa.

Eso fue hace dos días, dice ahora Amir. Hace dos días recibimos esas dos llamadas, pero lo importante es mantener la calma. Tu mamá sabe que yo siempre cargo una veintidós en el carro. Esa la tenemos en la casa ahora. Hay que mantener la calma, dice, y hay que protegerse: solo en un caso de emergencia se usará la veintidós. Ante todo hay que cuidar de la casa y por eso estoy aquí, mejor quedarme en la ciudad, no salir estas jornadas, porque no voy a permitir que tu mamá se quede sola así.

Y bueno, continúa Amir, hoy que salgo a la puerta de la casa me cuenta el vecino que un hombre andaba por aquí, un hombre se paró del otro lado de la calle y ahí se mantuvo, fumando, recostado contra una reja, y así siguió un buen rato, según el vecino, fumando y viendo hacia la casa, y tenía una manía muy particular, me contó, una forma de fumar que al principio le causó extrañeza y luego indignación, porque solo le daba un jalón a cada cigarro, el tipo encendía el cigarro y daba un jalón antes de tirarlo a la banqueta con un movimiento rápido, como desentendiéndose del cigarro usado, dijo el vecino, y así se iba de cigarro en cigarro, dándose su tiempo entre uno y otro, pero ateniéndose a su método, observando la casa, fumando una calada por cigarro, hasta que se fue.

Amir se levanta del sofá y enciende un cigarro. Ahorita vuelvo, dice yendo a la cocina. Regresa con los vasos y el hielo. Los pone sobre la mesita frente al sofá y luego levanta la botella, acercándola al labio de cada vaso para dejar caer un chorro generoso de ron ámbar, y así se va dándole la vuelta a la mesa, un vaso para mi madre, otro para mí, un tercero para él, hasta sentarse nuevamente, con cigarro en mano y el ron en la otra, y entonces dice algo sobre la vida y los giros de la vida y sobre todo las volteretas que da la vida, las volteretas donde todo se va a la mierda, dice, y así se está muy quieto, con el humo del cigarro subiendo sedoso entre sus dedos.

Se levantan al terminar el trago. Hay que descansar, dice mi madre, descansar y hablar de opciones, agrega viéndolo. Caminan juntos hacia el cuarto. Van de la mano, avanzando con pasos pequeños, pero hay algo en su forma de desplazarse, un equilibrio compartido, que concilia la figura reducida de mi madre con la presencia abarcadora de Amir. Antes de atravesar el umbral mi madre se voltea y me dice que ya es tarde, que es peligroso andar en las calles, y que sería mejor si me quedo en casa. Les doy las buenas noches antes de servirme otro trago, y luego me paso al sofá. El ardor del ron, y el cojín esponjoso a mis espaldas, me causan una grata sensación de bienestar. Debo estar en mi tercer trago cuando caigo dormido.

Un tejido grueso y como de costal me envuelve el cuerpo y la cabeza, y despierto con una sensación de asfixia. Es Amir quien me cubre, con uno de los ponchos del lago. Mantengo los ojos cerrados, preso entre el sudor y el sobresalto. Siento su respiración a ron mientras extiende la manta sobre mí, cubriendo mis pies. Cruje algo de madera y alcanzó a ver a Amir sentándose en la mecedora, con un trago en mano.

Cuando despierto otra vez hay frío y lo primero que veo es el poncho en el suelo. Intento arroparme, jalándolo hacia el sofá, y descubro a Amir parado al otro lado de la sala. Está inclinado sobre un lado de su cuerpo, el rostro contra el vidrio del ventanal, y sostiene la cortina ligeramente abierta con la punta de los dedos. Me echa un vistazo y se lleva el índice a los labios. Lleva puesta una gran bata blanca. Acerca la cabeza otra vez al vidrio, y me toma un segundo entender que el objeto en su mano es la veintidós.

El foco está encendido y una tenue luz se diluye entre el verdor de las plantas. Al fondo, las siluetas oscuras de las matas se mecen con la brisa. Amir empieza a alejarse del ventanal, sin dejar de ver hacia fuera, la espalda contra la pared mientras le da la vuelta a la sala. Sus pasos son inciertos, tambaleantes, y al pasar por donde está la mano de Fátima la escucho caer al suelo. Amir resopla mientras se hinca y gatea en busca de la mano, hasta levantarse al poco tiempo y seguir hasta el otro lado del ventanal, donde la puerta da al jardín.

Abre con la izquierda y toma un paso indeciso hacia afuera. Su bata blanca resplandece en la oscuridad. Toma otro paso hacia delante. Me levanto sobre mis codos y veo la pistola en su mano, asida fuerte contra la cintura. Se mantiene quieto, con la cabeza inclinada hacia el frente. Examina las matas del fondo del jardín. No debe distinguir mucho porque se mantiene así algunos minutos, con el arma quieta, intentando mantener el equilibrio. Siento que hay alguien más en la sala y cuando volteo a ver mi madre está ahí, pálida y envuelta en una cobija. Calma, dice ella. Amir eleva la pistola hacia las plantas, la mano titubeante, y empiezo a levantarme yo también. Calma, repite. Mi madre pone su mano sobre mi hombro. Esperá aquí, me dice, esperá aquí. Se sienta a mi lado, y ambos nos quedamos quietos. Amir mueve su cabeza de arriba para abajo, se le sacude, y escuchamos un murmullo que viene desde afuera. Es Amir, sin duda alguna, pero sus palabras, los sonidos que quizás son palabras, provienen de un lugar muy distinto. Guardamos silencio, mi madre y yo, observando la ventana, observando el cuerpo estremeciéndose, sentados uno junto al otro. Amir voltea hacia nosotros, las lágrimas corriendo por su rostro, y vuelve a ver a las plantas. Eleva el arma hacia el cielo. Entonces empiezan los balazos.

EL SALVADOR
Horacio Castellanos Moya (1957)
Jacinta Escudos (1961)
Mauricio Orellana Suárez (1965)
Vanessa Núñez Handal (1973)
Elena Salamanca (1982)

EL POZO EN EL PECHO
Horacio Castellanos Moya

Horacio Castellanos Moya (Tegucigalpa, Honduras, 1957). Escritor y Periodista. Desde 1979 ha vivido en México, Alemania, Estados Unidos, Guatemala. Ha publicado, entre otros, las novelas La diáspora *(1988),* Baile con serpientes *(1996),* El asco *(1997),* La diabla en el espejo *(2000),* Donde no estén ustedes *(2003),* Insensatez *(2004),* Desmoronamiento *(2006) y* Tirana memoria *(2008); y los libros de cuentos* ¿Qué signo es usted, niña Berta? *(1988),* Perfil de prófugo *(1989),* El gran masturbador *(1993),* Con la congoja de la pasada tormenta *(1995),* El pozo en el pecho *(1997),* Indolencia *(2004), y* Con la congoja de la pasada tormenta. Casi todos los cuentos *(2009).*

"El pozo en el pecho" fue incluido en Con la congoja de la pasada tormenta. Casi todos los cuentos.

La conocí en el bar del hotel. Yo iba todos los días, de martes a viernes: a las siete y media, luego de salir del bufete, me instalaba en la mesa del rincón, a leer alguna novela, a escribir versos que nunca publicaría o simplemente a pasar el rato. Las meseras me saludaban con respeto, me llamaban "doctor" y me servían el brandy sin siquiera preguntar.

Su primer día de trabajo fue esquiva, huraña; pero luego las otras meseras le deben haber contado que yo era un viejo cliente, de costumbres fijas y humor solitario. Se llamaba Ema; era espigada, de piel trigueña y ojos verdes.

El bar del hotel me gustaba por esto: no había música, ni videos, ni clientes enfadosos que se creen con derecho de intentar plática con uno. Me aflojaba el nudo de la corbata, sorbía mi brandy y pasaba ese par de horas sin pensar en los líos del día.

Yo flirteaba con las meseras por el viejo rito, sin intención, aunque más de alguna me despertara ilusiones; pero con Ema desde un principio fue distinto: tenía algo que imponía distancia, quizás un porte ajeno a su atuendo.

Un día pregunté por sus anteriores trabajos. Otra vez me contó que estaba casada, tenía dos hijos. Quién sabe cuántos días pasaron para que me confesara que cuando adolescente estudió para ser bailarina, luego le dio por el teatro, pero pronto salió embarazada. Al hablar era suave, delicada, casi tímida.

Le regalé versos desde la primera noche, versos sencillos, escritos al calor del brandy desde mi rincón solitario. Al principio mencionaba su forma de deslizarse entre las mesas, casi flotando; en seguida me referí a la dulzura intuida tras la coraza de su indiferencia. Y acabé escribiendo sobre pulsiones extrañas en las cavidades de un corazón curtido.

Semanas después descubrí que ya no iba al bar con el mismo sosiego, que desde media tarde empezaba a pensar en Ema, en lo que le preguntaría, en sus profundos ojos verdes. Para entonces ya le había confesado que yo era un abogado triste, que en mi juventud también quise ser escritor, pero vinieron el matrimonio, los hijos, los compromisos.

La primera vez que la invité a comer ella me miró con algo como desconsuelo. Imposible: durante el día se dedicaba a atender a los niños y su marido llegaba a mediodía a la casa. Riposté, decepcionado, que me gustaría conversar largo y tranquilo con ella; en el bar hablábamos a retazos, sobre todo los jueves y viernes, cuando desde temprano se llenaba de clientes.

A esa altura ya no permanecía en el bar sólo un par de horas, sino que seguía bebiendo brandy hasta casi la medianoche, contemplándola, aunque ella me había advertido que no había manera de que yo la llevara a su casa al final de la jornada, porque viajaba junto a sus compañeras en el busito del hotel. Lo bueno era que, pese a su permanente negativa a reunirse conmigo fuera del bar, Ema aprovechaba cualquier intersticio en su bregar para acercarse a mi mesa: ya sabía que yo vivía solo, divorciado desde hacía un par de años, que mis tres hijos –a punto de entrar a la adolescencia– pasaban con su madre de lunes a viernes, y el fin de semana se quedaban conmigo.

Yo era quince años mayor que ella, un hombre que se había prometido a sí mismo no volverse a involucrar con pecho y entrañas, demasiadas lastimaduras, desgarres; un hombre que prefería la soledad de un acostón eventual al amor que se volvía rutina. Pero ahora Ema –quizás sin proponérselo– había roto mis propósitos, se me había metido quedito, cada vez más, hasta que en un desayuno me descubrí pensando en ella, y en seguida el deseo de posesión empezó a inundarme, a tiranizarme, de manera tal que su presencia se me hizo casi permanente.

Se lo dije, una noche, cuando apenas comenzaba el primer brandy, para que no interpretara mi confesión como locuacidad de beodo. Se lo dije, así de plano, que estaba confundido porque ese sentimiento era nuevo en mí después de tanto tiempo, pero que no podía dejar de pensar en ella, que la deseaba a las horas más insólitas, era algo más allá de mi voluntad, se me había metido en el cuerpo. Su sonrisa espléndida sólo sirvió para atizar mi desasosiego, porque entonces comprendí que a Ema también se le estaba moviendo el piso, más allá de su reticencia, de sus pocas palabras. Y lo reconoció, esa misma noche, ante mi interrogar insistente, al decir que ella también pensaba en mí de vez en cuando. Quise que dijera más, que reconociera sentir lo mismo que yo, pero se escabulló entre los clientes. Salí del bar completamente encendido. Llegué a mi casa y la deseé como nunca, tiempo de pasión solitaria entre las sábanas, de invocación lúbrica y espasmos de feliz sucedáneo.

Mi vida cambió: la ansiedad se había instalado a sus anchas. Y era cuando profesionalmente me iba mejor; entre escrituras y asesorías, el dinero entraba con generosidad a mi cuenta. Pero ahora yo sólo pensaba en ella, consciente de que no podía comprarla, desesperado porque no encontraba el resquicio que me permitiera entrar de lleno a su vida, porque fuera del bar del hotel para ella yo no existía.

Insistí tanto que finalmente terminó dándome su número telefónico, bajo la promesa, eso sí, de que no empezaría a fastidiarla diariamente, que si la llamaba lo hiciera entre once de la mañana y una de la tarde, y que si respondía su madre —lo sabría por la voz— yo debía colgar, pues por nada del mundo quería levantar ninguna sospecha, ella amaba a su marido y su matrimonio estaba por encima de todo.

La siguiente mañana esperé con especial desasosiego a que dieran las once. Marqué con el alma en vilo, como si fuera mozalbete y ésta mi primera experiencia, como si la vida no me hubiera dado ya suficientemente de patadas y mis cuarenta y cinco años sirvieran para un carajo.

—Hola —dijo ella.

No le pude explicar que la felicidad era ese instante, oír su voz fuera de las penumbras, la posibilidad de revelarme sin que ella me interrumpiera porque a un cliente le urgía un trago; apenas alcancé a preguntarle lo que estaba haciendo. Dijo que se acababa de levantar, ni siquiera se había bañado: siempre dormía más o menos hasta las once; su mamá —que vivía con ellos— se encargaba de llevar a los niños al colegio y ella, Ema, iba a recogerlos a la una. En ese momento sólo vestía una camiseta larga, que usaba como camisón y estaba tirada en el sofá de la sala. No esperaba que yo fuera a llamarla, había pensado que mi necedad era la de aquel bebedor que al despertarse olvida sus propósitos nocturnos. Le repetí mi ardor, la urgencia de tenerla a solas, la quebradura en el pecho.

Entonces mi vida empezó a girar alrededor de Ema. Me costaba contenerme para no telefonearle todos los días. Cuando contestaba su madre y yo tenía que colgar abruptamente, me revolvía en el desasosiego, no podía concentrarme más en el trabajo, me paseaba por el bufete como un desesperado, ansioso por intentar nuevamente la llamada. Y si no lograba hablar con ella, la tarde se me hacía insoportablemente larga, las horas lentas, y todas mis energías se ponían en función de que dieran las siete para irme al bar del hotel, el primer cliente, el abogado respetable que tenía que disimular rigurosamente su pasión por esa mesera de perfil delicado.

Le insistí una y otra vez que no era suficiente poder hablarle por teléfono o mirarla en el bar del hotel, necesitaba estar a solas con ella, si no era posible para comer, podíamos encontrarnos para tomar un café antes de su hora de entrada al trabajo. Cuando por fin aceptó, me advirtió que debía ser en una cafetería ubicada lejos del hotel: no quería la mínima posibilidad de una coincidencia con alguna amiga o conocida que iniciara murmuraciones. Y no fue fácil, pues a todas mis propuestas les encontraba reparo. Le dije que lo más seguro, entonces, era que ella viniera a mi casa, yo podía pasarla recogiendo en mi auto en el sitio que ella me indicara. Rechazó la idea de entrada, pero intuí en su tono, en su manera de decir "cómo se le ocurre", un dejo de picardía, una aceptación oculta, porque yo ya había incursionado en casi todos sus flancos, le había prometido el derretimiento, la miel, el terciopelo de la ternura.

Por eso no hubo cafetería: ella aceptó llegar a mi casa, pero solamente a tomar un café, sin más compromiso. Para entonces yo sabía de los gatos tiernos arañando su estómago, de la correntada que estaba a punto de desmoronar sus mejores defensas; aunque ella dijera que no podía explicar lo que sentía, que no era amor ni pasión, quizás curiosidad.

Fue un jueves en la tarde. Yo debía recogerla en el estacionamiento de un centro comercial cercano a mi casa. Mi excitación fue creciente a medida que se acercaba la hora convenida. Sólo tendríamos una hora, de cinco a seis, antes de que ella tuviera que salir hacia el bar del hotel. No pude contenerme: llegué veinte minutos antes. Caminé por los pasillos, viendo vitrinas, atento a mi reloj de pulsera. Luego volví al auto, estacionado en el lugar convenido. Pero dieron las cinco y ella no llegó. Segundo a segundo, pasaron quince minutos sin que ella apareciera. Ya no aguanté: salí del auto, porque de seguro andaba perdida, buscando en otro sector del estacionamiento. Caminé casi a la carrera. Pero las señas habían sido demasiado claras; no existía posibilidad de que se hubiera confundido. Ema no había llegado. Yo estaba plantado, como un idiota, aunque no me resignaba a partir; quizás había tenido un contratiempo, un atraso. A las cinco y media, una alarmante gastritis se hizo presente. Estuve hasta las seis, exasperado.

Fui a casa. Telefoneé a Ema. Contestó un niño: dijo que su mamá no estaba, ya había salido hacia el trabajo. Entonces conduje hacia el hotel. Me senté en el rincón, a esperarla. Pero vino Marta, otra mesera, con mi brandy. Pregunté por Ema; en un rato saldría, dijo Marta, estaba poniéndose el uniforme, su turno comenzaba hasta las siete. Pronto apareció, con la bandeja en que traía mi segundo brandy. Dijo que lo sentía, no había llegado, al final se había arrepentido, no quería meterse en problemas, mejor nos olvidábamos de todo. Le dije que me había hecho pedazos, la había esperado con el corazón en la mano, no debió engañarme de esa manera. Repitió que prefería que olvidáramos lo que había pasado, que por favor ya no la volviera a llamar por teléfono. Y se retiró hacia la barra.

Quedé colgado de un hilo. Apuré el brandy compulsivamente. No era posible que ahora se echara para atrás. Pero antes que nada yo guardaría la compostura. Le diría que ella tenía que superar sus temores, asumir sus sentimientos hacia mí. Debíamos arreglar otra cita, para mañana, a la misma hora y en el mismo lugar. Yo necesitaba estar con ella a solas, contemplar sus ojos verdes en otro ambiente, hablar sin presiones, sin la impersonalidad del teléfono. Se lo dije cuando me trajo el tercer brandy. Me pidió que no la presionara: desde su casamiento, ella sólo había estado con su marido y no le parecía correcto irse a meter a la casa de un hombre divorciado a tomar un café.

Al día siguiente la llamé a las once en punto. Me contestó su madre. Entonces fui más allá: no colgué, sino que le dije que hablaba del hotel donde Ema trabajaba, que me urgía comunicarme

67

con ella. Y ahí estuvo, al otro lado de la línea, con molestia en la voz. Me dejó hablar un rato y luego dijo:

—No, señor, es imposible que asuma un turno de la tarde. Lo siento; yo ya le había explicado. Pídaselo a Marta.

Y colgó.

Fue un fin de semana horrible. La desolación me arrolló. Fui al lago con los muchachos, pero no pude dejar de pensar en Ema. Intenté responderme con la mayor sinceridad: ¿de veras la quería o era la pura necedad de acostarme con una mujer que me encantaba?, ¿no se trataba más bien de otra treta de mi víscera, si se consideraba el hecho de que ella aseguraba amar a su marido y que cualquier relación conmigo resultaba inviable?

La semana siguiente no la llamé; tampoco fui al bar. Me costó un mundo; apelé el roñoso orgullo, porque creí que era la única manera de volverla a ganar. Y cuando aparecí, antes de que inquiriera por mi ausencia, le pregunté si le estaba gustando el libro de García Márquez que le había prestado. Ese había sido un viejo recurso para la seducción: prestarle mis novelas favoritas, luego comentarlas como ejercicio de placer. Pero lo más importante fue la satisfacción en su rostro, la alegría apenas disimulada de quien reencuentra a alguien querido. Por eso al día siguiente retorné a su teléfono, para explicarle que ni verla ni oírla durante tanto tiempo sólo había hecho crecer su presencia dentro de mí, que semejante silencio había servido para reafirmar mis sentimientos, la amaba, así, con todo, hasta donde ella me dejara.

Y volví a mi anterior petición, despacito, como quien reinicia la construcción del castillo en la arena, consciente de la traición del oleaje, de la fragilidad del material. Ahora estaba seguro de que ella quería, pero las convenciones, los prejuicios, y sobre todo el miedo, le impedían el encuentro. Tenía que decidirse, insistía yo, porque la vida no podía transmitirse a través de esa bocina. Y al fin, bregando contra su reticencia, terminó accediendo, con más énfasis que la vez anterior en que se trataba única y exclusivamente de tomar un café, que lo haría porque me tenía aprecio, no debía yo imaginar que se abriría algo más.

Me estacioné en el mismo sitio, con la ansiedad rebalsando. Pero este viernes ella llegaría, como nunca yo la había visto, sin el uniforme del bar del hotel, sino que con alpargatas, un corto vestido primaveral, el porte gallardo a sus anchas, el color tostado en su punto y aquel verde profundo en sus ojos –como para matarme.

Entró al auto y dijo "vámonos". Inútil intento describir mi emoción. Olía a baño reciente, a piel exquisita, belleza en su jugo. Llegamos a casa; me sentía a saltar, como niño con el juguete siempre deseado. Le dije que se pusiera cómoda; pregunté qué quería beber, si café, té, refresco o algún trago fuerte. La llevé al estudio, al patio, a la terraza, para que se hiciera una idea. Preparé dos cafés. Fuimos a la sala, donde no pude contenerme, porque a los pocos minutos ya estaba a su lado, besando unos labios que no me rechazaban, pero tampoco me respondían, como si estuviera con un maniquí. Ema pedía que me quedara quieto; yo imploraba, ofrecía. Besé su nuca, sus párpados. Ella permanecía impasible, sin ceder, deseo congelado en el sillón; repitió que no había ninguna posibilidad para una relación entre nosotros. No me importó: estuve besándola, susurrando a su oído, saboreando, poniendo mi corazón como la galletita que acompañaba a su café. Y la hora se fue sin que ella se abriera, hasta que nos pusimos de pie, para que la condujera de regreso al centro comercial, cuando finalmente soltó un poco de su aliento, liberó sus labios. Fueron apenas unos segundos, suficientes para atizar mi ansiedad, mis ilusiones.

En el auto le pregunté cuándo nos veríamos de nuevo. Ema sonrió; dijo que hasta la otra semana. No quería separarme de ella: en una hora la encontraría en el bar del hotel. Antes de que bajara del auto, volví a besarla y ahora ella sí respondió, breve pero intensamente. Quedé anonadado, feliz, rebosante. Había pasado el umbral. Y, efectivamente, en la noche, en el bar, ella fue de otra manera, como si ya hubiera aceptado que yo era su pareja reservada, su amante prohibido.

Un entusiasmo desmedido se metió en mi vida. El fin de semana me pareció larguísimo. El lunes la llamé a las once en punto: le dije que mi corazón era suyo, quería pasar todo el tiempo con ella, la necesitaba a mi lado, para siempre, como mi mujer. Ella dijo que también me quería, pero estaban su matrimonio, sus hijos. Yo estaba dispuesto a vivir para ella en las condiciones que dispusiera, ya fuera como amante o como esposo la recibiría con sus hijos y todo. Me dijo que era una locura. Acordamos vernos esa misma tarde. Y cuando colgué supe que en esta ocasión sería mía.

Y así fue. Entró al auto y en sus ojos había otra decisión. No la toqué hasta que estuvimos en casa. Fuimos a la cocina a preparar algo para beber. Pero de pronto hubo un largo beso. Luego caí de rodillas, bajé su minifalda, su calzoncito estampado y me comí con gula su dulzura, sus aromas. Rodamos entre los cojines de la sala, la cabalgué sobre una mesa, nos contemplamos jadeando frente al espejo del comedor; después la cargué hacia la habitación. La felicidad era aquello: momentos por los que cambiaría lo que me queda de vida. Cuando llegó el sosiego, la placidez, con los cuerpos sudorosos tendidos sobre la cama y la plenitud en la piel, Ema lanzó una risita enigmática –de alegría, dijo ella–, parecida a la que una vez le había visto en el bar.

Cuando la llevaba de regreso, le expliqué que esa noche debía asistir al matrimonio de una sobrina –cómo me hubiera gustado que Ema me acompañara, espléndida, de mi brazo, con las mejores galas que yo le compraría– por lo que no iría al bar del hotel. El fin de semana viajé al lago con los muchachos; me la pasé escribiéndole versos, en el ensueño, imaginando el doloroso proceso de ruptura que ella estaría iniciando, porque Ema ya era mía, con toda certeza.

El lunes por la mañana llamé a su casa. Contestó su madre. Osado pedí hablar con ella. No estaba, dijo la señora sin preguntar siquiera quién era yo. La ansiedad regresó rotunda, porque esa tarde quería hacerla mía nuevamente. A las siete en punto estuve en el bar del hotel, pero los minutos pasaban y ella no aparecía. Marta me trajo otro brandy; le pregunté si Ema ya había llegado. Respondió que ésta había renunciado. Quedé estupefacto. No era posible, algo raro estaba pasando. Diversas y confusas explicaciones pasaron por mi mente: ansié que su renuncia obedeciera a la voluntad de romper con el pasado y prepararse para la nueva vida que comenzaría conmigo.

Tuve que hacer un esfuerzo grande para no llamarla, para no encontrarme con la voz del marido y violentar el ritmo que ella imprimía a sus decisiones. Pero dormí a sobresaltos.

A la mañana siguiente volví a llamarla. Pasó lo mismo: la señora me dijo que Ema no estaba. Pregunté a qué horas podía encontrarla. No sabía; me pidió que dejara mis datos. No pude comer de la agitación: el estómago estaba a punto de reventarme. A las tres marqué de nuevo su teléfono. La historia fue la misma; pero ahora yo insistí, desesperado, rogué una manera de encontrarla, de comunicarme con ella. La señora aseguró que no sabía nada, con tono de fastidio. En la noche volví al bar del hotel, a que Marta me diera alguna referencia, una dirección, algo; pero dijo que se habían conocido en el bar, únicamente podía proporcionarme su teléfono. Pensé en hablar con el administrador del hotel, para que me dijera dónde vivía Ema exactamente; a aquella hora, me explicaron, la oficina de personal estaba cerrada. Desde el lobby telefoneé de nuevo. Contestó su marido. Guardé silencio un momento y luego colgué.

Esa noche me emborraché como nunca en los últimos años. Traté de convencerme de que ella estaba rearreglando su vida, que en el momento menos esperado aparecería otra vez para entregarse enterita. A la mañana siguiente me despertó un timbrazo. Era Ema. Primera vez que me llamaba, aunque desde hacía varias semanas le había dado mi número. Sólo quería decirme que por favor dejara de buscarla, lo que había pasado entre nosotros había sido lindo, pero no volvería a suceder, no quería verme ni oírme de nuevo, su matrimonio estaba por sobre todas las cosas, que no intentara nada porque la metería en problemas. Colgó, sin que yo pudiera reaccionar. Un intenso dolor me fulminó la cabeza. Permanecí tirado en la cama, inmóvil, con un pozo en el pecho.

MATERIA NEGRA
Jacinta Escudos

Jacinta Escudos (San Salvador, 1961) Ha cultivado la novela, cuento, poesía, crónica y ensayo. Ha publicado los libros de cuentos Contracorriente *(1993),* Cuentos sucios *(1997),* Felicidad doméstica y otras cosas aterradoras *(2002),* El Diablo sabe mi nombre *(2008) y* Crónicas para sentimentales *(2010); así como las novelas* El desencanto *(2001) y* A-B-Sudario *(2003), con la que ganó en 2002 el Premio Centroamericano Mario Monteforte Toledo.*

"Materia negra" fue publicado originalmente en Crónicas para sentimentales.

Esas conferencias de la Universidad en las que nunca acontece nada fuera de lo esperado, donde todo está medido y sincronizado: una mesa con 6 hombres vestidos de saco y corbata, un abundante público de hombres y mujeres de todas las edades, con cualquier expresión en el rostro, algunos bostezantes, otros mascando chicle, murmurando, levantándose a media ponencia.

"¿Están realmente interesados en esto o vienen porque no tienen nada mejor qué hacer?", se pregunta con fastidio el profesor Regis Coronado, quien es uno de los que presiden aquella conferencia sobre los últimos descubrimientos de los astrónomos japoneses en referencia a la materia negra del universo.

Y al dejarse conducir por sus pensamientos, al reflexionar sobre la inconciencia de las generaciones actuales sobre la importancia del funcionamiento exacto del universo y la relación armoniosa que ello supondría entre los humanos y el medio ambiente, se deja seducir por la imagen de una muchacha que entra, visiblemente apurada y atrasada, a la conferencia.

Por qué se fijó en ella y no en otra, no lo sabrá nunca. No hay nada de extraordinario en la visión de la muchacha, alta, delgada, de pelo corto, casi con apariencia de varón, para que llame tanto la atención del profesor al punto que la sigue con la mirada por todo el salón. La mira buscar asiento, acomodarse la blusa, poner los libros sobre su regazo, escoger un cuaderno, abrirlo, buscar un bolígrafo, levantar la vista y examinar a los hombres que presiden la mesa para coincidir con los ojos del profesor Regis.

Ella le sostiene la mirada hasta que el profesor, abochornado, baja la vista so pretexto de limpiar los anteojos. Y durante el resto de la conferencia, busca la presencia de la muchacha como un punto focal para recrearse en medio de aquel espeluznante tedio.

No vuelve a verla en ninguna conferencia más ni en los pasillos de la Universidad ni en ninguna otra parte, hasta aquella primera mañana de clases, un semestre después, cuando él entra al Aula Magna a inaugurar su ciclo de lecciones magistrales sobre la materia negra, tema en el que se ha convertido en un experto.

Él no volvió a pensar en ella ni a recordarla, ni a inquietarse por su ausencia. Pero cuando la ve sentada en primera fila, con su cuaderno de apuntes abierto y tomando nota de sus palabras, la recuerda de inmediato como la muchacha que llegó tarde a la conferencia de los japoneses.

Siente alegría al reconocerla. Es casi como ver a alguien con quien lo une algún sentimiento, aunque nunca han cruzado una palabra, aunque ni siquiera sepa su nombre. Pretexto suficiente para consultar la lista de alumnos, y dar con ella:

—Victoria Valderrama.

—Aquí.

Quiere decirles, pero nunca lo hace, que para la astronomía se necesita tener una verdadera y profunda vocación, como de hecho se necesita para todas las actividades y oficios de la vida. Que por los avatares de la ciencia debe navegarse con pasión, con curiosidad, con cuidado, exactamente como se haría con una relación amorosa. Las cosas se hacen con amor y con pasión o mejor no se hacen, quiere decirle al cada vez más ralo grupo de estudiantes, que comenzó con 29 personas y que a lo largo de 2 meses se redujo a 11, en su mayoría varones.

Pero siempre, en primera fila, y eso le causa mucha tranquilidad, Victoria Valderrama escucha sus palabras, anota lo importante, participa en la solución de las ecuaciones y los teoremas, entrega los mejores reportes, gana las más altas calificaciones.

Ya se saludan, ya se sonríen en los pasillos, ya ella se atreve a hacerle preguntas después de clase y él piensa en su cara de muchacho, la imagina sentada delante de una computadora, escribiendo el informe sobre las mediciones de los rayos x de los gases emitidos por el conjunto de galaxias Formax o la composición y evolución de la Supernova 19-87A, reposando la goma del lápiz sobre sus labios (¿Cómo son sus labios, finos o gruesos? Mañana recordará fijarse en ellos.), en su habitación de los dormitorios estudiantiles donde duerme sola, con aquella sudadera gris que le queda tan bien, y las piernas desnudas y perfectas, apenas tapados los pies por un par de blancos y límpidos calcetines con los que se pasea descalza en el alfombrado cuarto, para pensar mejor y poner todas sus ideas en perfecto orden como en perfecto orden se encuentran todos los elementos del universo.

La materia negra, que según los científicos forma parte de casi todo el universo, pero que nunca se ha logrado ver, podría tener diversas formas y tamaños, dijeron hoy astrónomos japoneses. Los físicos señalan que la única forma en que las galaxias pueden alejarse entre sí tan rápidamente sin disolverse surge del hecho de que contienen mucha más materia de la que se puede percibir con instrumentos convencionales. La gravedad que mantiene la cohesión de todos los objetos, desde un planeta a una galaxia, está directamente relacionada con la masa de esos objetos. De allí surgió la idea de la "materia negra", que sería diferente a la materia normal integrada por átomos familiares cuya existencia se puede percibir. Pero debido a que la materia negra es invisible, los astrónomos tienen que hacer enormes esfuerzos por encontrarla.

Y el profesor Regis la escucha leer aquel párrafo y la mira sonreír y le pregunta el porqué de su sonrisa y ella le explica que a veces todo ese asunto de la materia negra invisible le parece un cuento de Julio Cortázar, sobre todo ese párrafo que acaba de leerle, y el profesor ríe de buena gana y piensa que si ése comentario se lo hubiera hecho su esposa Federica la hubiera reprendido. Pero tratándose de Victoria, le parece tan encantadora su oscilación entre lo racional y lo fantástico, entre la vulgaridad y el genio que más bien celebra su ocurrencia.

Es hasta entonces que recuerda a Federica. La imagina mordiéndose los puños del coraje, porque ahora el profesor Regis está sentado en un avión, sin su esposa, junto a Victoria Valderrama, como representantes de la Facultad de Física, camino a Tokio, a entrevistarse con el profesor Yasushi Ikebe, con el objetivo final de conocer los estudios hechos por él y otros colegas japoneses con el Satélite Avanzado para la Cosmología y la Astrofísica, y beben champaña con el desayuno que les ofrece la aeromoza y ríen descubriendo las figuras y las formas raras de las nubes y se sienten tan dueños del conocimiento científico que saben que el avión no va a caerse porque el propio profesor ha hecho toda una serie de cálculos matemáticos con los cuales puede demostrar que ese día ningún avión va a estrellarse en ninguna parte del mundo y ambos ríen de buena gana porque vencen a la muerte desde la seguridad de las matemáticas.

Él va sentado junto a la ventanilla y ella que se asoma para ver hacia afuera tiene que rozarse un poco con el hombro del profesor y le pregunta:

—Profesor, ¿usted cree que algún día podremos viajar al espacio, digo, usted y yo como seres humanos normales, sin tener que convertirnos en astronautas, como quien toma un autobús o un avión cualquiera, tomar una nave espacial al infinito y traernos de recuerdo un cubo de materia negra que usted pondría de pisapapeles sobre su escritorio y otro que yo vendería a algún museo para seguir financiando mis estudios universitarios? ¿Usted lo cree, profesor?

Y ella lo mira como si todo eso fuera tan cierto, tan posible, tan cercano, tan probable, que él contesta:

—Sí, lo creo.

El destino los coloca entonces en el restaurante de un hotel de Tokio, solos, concluidas las labores con el profesor Ikebe, dialogando amenamente frente a una cena muy occidental porque no pueden descifrar aquellos garabatos preciosos en el menú que Victoria Valderrama mete en su bolso para llevárselo como fetiche de aquel viaje, un buen steak a la parrilla, papas al horno, ensalada César, vino tinto, cheese cake y un café irlandés, la Universidad de Tokio paga, mientras ríen, tintinean los vasos, chocan los cubiertos contra la porcelana. Los camareros corren con bandejas de acá para allá, entran y salen comensales del restaurante, pero ellos no notan nada porque están demasiado enfrascados en una conversación que nada tiene que ver con la astrofísica (las películas norteamericanas de los años 40 y 50 de las cuales ambos son fanáticos, las novelas de Marguerite Duras, la música de Thelonius Monk, los países a los cuales les gustaría viajar, ambos coinciden en que les fascinaría ir a Egipto y a Grecia, el profesor confiesa que ha viajado a muchas partes, siempre en busca de observatorios y descubrimientos científicos, de bibliotecas o documentos investigativos, sin tiempo para conocer playas ni monumentos, y ella le cuenta de la vez que hizo el examen para ser astronauta en Langley pero que aplazó por unos pocos puntos), y mientras hablan, la mesa parece haberse estrechado tanto al punto que ambos están tan cerca y él nota el brillo en los ojos de Victoria Valderrama (*nombre de oscura actriz de cine mudo tiene usted*, le dice él) y ella piensa por primera vez que bien puede enamorarse de un hombre mayor que ella tantos años (*y usted, nombre de boxeador mexicano en una película de Joaquín Cordero*, le dice ella).

Y cuando vienen a darse cuenta son los únicos habitantes de un restaurante que nunca cierra, porque el hotel tiene por política mantenerlo abierto 24 horas continuas, y aunque la verdad es que no quieren moverse de allí en lo que les sobre de vida de lo bien que se la están pasando, deciden que es tarde, que deben descansar, que deben subir a sus respectivas habitaciones, que al día siguiente el profesor Ikebe tiene que llevarlos al Centro de Estudios Astrofísicos a recibir toda una actualización de datos sobre, "pero no hablemos de esas cosas Regis, (siempre lo llamaba "profesor", hasta esa noche), nos hemos pasado hablando obsesivamente sobre usted-ya-sabe-qué desde el momento en que nos conocimos y creo que ya es hora que cambiemos de tema, que lo obviemos por lo menos durante una noche", y Regis Coronado sonríe y se siente un muchacho conociendo por primera vez a una mujer, esa historia que siempre se repite cada vez que surge una pareja de enamorados, el primer hombre y la primera mujer, los únicos en todo el universo, inventando el amor de nuevo, y el profesor se reprocha a sí mismo camino de los elevadores, se reprocha la sonrisa que no le cabe en el rostro y pensar en esa palabra, "*el amor*", como si no tuviera una esposa esperándolo a cientos de millas de distancia, una fiel y maravillosa mujer a la que él honestamente ama y con la que ha sido feliz, indudablemente feliz, en sus 27 años de casado.

Todo eso está tan lejos ahora, todo eso no existe, ni la imagen de Federica, ni el pasado, ni los hijos, ni los amigos, ni siquiera el espacio sideral, el infinito, las constelaciones o la Vía Láctea, ahora solo existe Victoria que tiene la virtud de hacerle olvidar hasta lo invisible, es una tontería pensar en la materia negra, tratar de comprobar si existe o no, cuando lo único palpable y real es esa mano, la delgada mano de Victoria Valderrama que sujeta tembloroso dentro del ascensor, el rostro de la muchacha que no puede ver por puro miedo, los números iluminados de color rojo en la parte superior de la puerta y el zumbido del motor y las poleas que transportan aquel minúsculo recinto que los contiene a ambos, la puerta deslizante que se abre en el pasillo desierto y alfombrado que amortigua el sonido de sus pasos y el silencio que ambos acuerdan de manera tácita para no importunar a los demás huéspedes que de seguro están dormidos, qué vergüenza, ríe ella, y susurra como si alguien fuera a oírlos, regresar a estas horas de la madrugada, ella ríe, ella es feliz ahora, piensa él, y yo también y qué importaría, que daño haría, qué pasaría si yo me atreviera a / pero no se atreve y ella saca la llave de su habitación, la 958, y se despide con un beso en la mejilla y posando su flaca mano sobre el hombro de Regis, mientras él aprovecha para tomarla por el talle, estrecharla junto a él, siente su cuerpo delgado, liviano, joven (tan inquietantemente joven), y la separa de él, la mira muy serio y comienza a irse, voltea una última vez su cabeza para mirarla al fondo del pasillo entrar a su cuarto, cerrar la puerta color aqua y el pasillo despoblado y el deseo revoloteándole en el pecho, como un murciélago.

Regis Coronado se pasa lo que queda de la noche tumbado boca arriba, fumando Viceroys, con la luz apagada, la ventana abierta y el rumor de Tokio a sus pies, una ciudad que nunca duerme, una ciudad con luces encendidas, brillantes, de colores, un rumor indefinido como trote de hormigas, murmullos, retazos del día enhebrados en desorden, acudiendo a su recuerdo, pedazos de voz de Victoria Valderrama, "la gran pasión de mi vida es la astronomía", la pasión, eso es, alguien que comprende que se puede sentir pasión por algo tan científico y matemático como el espacio y sus misterios, "pero desde el momento en que existe el misterio, existe la magia y por lo tanto, la posibilidad de la irrealidad y la especulación y la fantasía, no todo puede ser fórmulas matemáticas, profesor Regis", y Federica, espina impertinente, una imagen borrosa de esposa sonriente y comprensiva a pesar de las discusiones y los desencantos que suponen los años y la convivencia, es mejor quedarse así, en lo cómodo, en lo conocido, es mejor contar lo que se tiene y no lo que hace falta, es mejor no arriesgar, no saltar al vacío cuando lo que puedes perder es la vida y todo lo demás, quedarte sin nada entre las manos, perder tu reputación de profesor respetado, de hombre de principios, de ciudadano íntegro y honrado, para qué pensar siquiera en ello, cámbiate la ropa, ponte el pijama, fúmate el último cigarrillo que ya dentro de pocas horas tendrás que levantarte y verla de nuevo, siempre ocurren cosas así cuando uno pasa de los 50, una pequeña sirena extraviada, una tentación con sonrisa de inocencia que te dice *ven, ven,* mientras ondula sus brazos de serpiente y te atrae como imán al hierro, faltan todavía seis días para que regresemos, ¿y cómo voy a sobrevivir a su sonrisa, a sus ganas de vivir y saberlo todo?, estoy viejo, estoy cansado, ¿viejo?, ¡viejo no!, a los cincuenta y dos años, por Dios, pero es cierto, algo ocurre con el paso del tiempo, algo que te obliga aunque no lo quieras, a serenarte, a pausar la intensidad de tus actos y tus sentimientos, a medir cada paso, a mirar el todo del pasado y compararlo con el escaso futuro que te queda, y ni siquiera es un acto racional, una decisión consciente y voluntaria, nada más ocurre y te causa escalofríos, sientes que has dejado mucho de ti tirado por la autopista de la vida, cosas de ti que jamás recuperarás y que no sabes, no notaste cuándo perdiste de una vez y para siempre, porque cada día que pasa avanzas hacia una única meta posible, injusticia, justamente cuando vas aprendiendo cómo moverte mejor en el mundo, cómo convivir con todos los desequilibrios y carencias, cuando aprendes a conformarte y a vivir con satisfacción con lo poco que tienes, entonces tienes que morirte, y ni siquiera tienes alternativas, ni siquiera hay opción, no hay manera de vencerla o evadirla, debes pasar por ahí, por la puerta de la muerte, esa puerta que él abre para regresar al pasillo alfombrado y silencioso, para llegar hasta la habitación 958, alzar el puño, dispuesto a golpear y mantenerlo en el aire un momento, sin decidirse, sin atreverse, sin saber qué hacer, pero precisamente porque existe la muerte es que debe hacerlo, tocar cuatro veces, toc, toc, toc, toc, nada más fácil, recordar "El Extranjero" de Albert Camus (*"y era como cuatro breves golpes que daba en la puerta de la desgracia"*) y esperar a que se abra la puerta y ver el ojo derecho de Victoria Valderrama asomar por una pequeña rendija, que luego se hace más grande, y que entonces es la puerta abierta y los brazos que lo reciben y un camisón que cae al suelo y la cama y los besos y el silencio, rodar los cuerpos, susurrar, respirar, sudar, mientras Tokio muere de envidia más allá de la madrugada y la luna llena y un suspiro que rasga el aire, cuchillo cortando seda.

81

Algo pasa cuando los cuerpos se encuentran, algo cambia después que se conocen humores, lenguas, vellos, oquedades, es un correr los velos, un derrotar muros, ya no se puede hablar como antes, ver como antes, sonreír como antes, algo hay de complicidad después de eso, algo que nace del íntimo conocimiento de lo que no se muestra, algo que nos une y que, al mismo tiempo, comienza a separarnos, obra como el péndulo de Poe, un lento, lentísimo vaivén que corre con el filo sobre nuestro pecho, listo a matarnos, apenas una cuestión de tiempo o de encontrar un método para la salvación.

El profesor Regis vive cinco felices días más en Tokio pero el día anterior al regreso se le nota hosco, callado, sombrío, con la mirada extraviada, desatento, desanimado. Victoria le pregunta si se siente bien y él le dice que no es nada, que es el cansancio y ella le sonríe, pícara, claro, entre los astrónomos japoneses, la diferencia de horarios y ella, cómo no va a cansarse.

Y es entonces cuando comienza a rechazarla, a no querer que ella lo toque, a no querer que ella le sonría, que le diga nada, porque Victoria es tan asquerosamente cariñosa, tan perfecta, tan ideal, que ya no puede soportarla, que debe deshacerse de ella lo más pronto posible, que tiene que explicarle que aquello no puede ser más que / porque Federica espera en casa y yo no puedo / porque cuando los directivos de la Universidad se enteren / porque la diferencia de edades entre / porque tú nunca aceptarías / porque mis hijos y mis nietos / porque motivos hay muchos pero en el fondo se trata de la imposibilidad de confrontar el miedo y el deseo / el miedo, antiguo vencedor de guerras de amor.

Regresar a la ciudad y despedirse fríamente, con un apretón de manos en el aeropuerto donde Federica los espera y le ofrecen llevarla en el vehículo y Victoria, prudente, con una sonrisa tan forzada que ella teme se le note la mentira en la cara, rechaza la oferta para tomar un taxi cualquiera, hundirse en el asiento de atrás, ver las luces del aeropuerto, recordar Tokio, el hotel y el observatorio y llorar, llorar, llorar, mientras el taxista insiste, pregunta:

—¿Se siente bien, señorita? ¿Le pasa algo? ¿Quiere que me detenga en una farmacia y le compre un calmante?

Nueve años después entra al salón de conferencias donde seis personas presiden un coloquio sobre la interpretación de los sueños que causa mucha polémica por lo subversivo de sus conceptos, por el empeño que la doctora Victoria Valderrama pone en demostrar que los sueños son maneras de viajar a otros estados de conciencia y que lo que ocurre en ellos es tan real como lo que ocurre en esta dimensión que llamamos vida. El profesor Regis Coronado se mantiene discreto, en la última fila, descubriendo a Victoria, su presencia suavizada por el pelo largo hasta los hombros, unos kilos de más, siempre imán para el ojo de los hombres, siempre su voz mezcla de erudición y juego, y las preguntas interminables, retadoras, que la doctora Valderrama contesta con toda habilidad.

Al terminar el coloquio, al retirarse todos del salón, el profesor Regis la espera. Tiene miedo, no sabe qué decirle. No ha vuelto a verla desde aquel apretón de manos en el aeropuerto que coincidió además con el cambio de Universidad y de carrera por parte de Victoria, sin explicación ni despedida alguna.

Varias veces la soñó (sueños húmedos que la discreción y la vergüenza me impiden reproducir), *"he soñado tanto contigo que es como si siempre hubiéramos estado juntos"*, piensa decirle, y se lo diría si no es que la frase le parece tan cursi y estúpida, él necesitado de preguntarle si ella también soñó con él alguna vez desde entonces, él interceptándola en el pasillo, ella reconociéndolo, modificando su expresión de inmediato, recuperando algo del rostro que tuvo cuando las noches en Tokio, recuperando algo de lo que enterraron precipitadamente, saltos cuánticos entre el pasado y el presente, siluetas en una habitación oscura, el murmullo, el diente sobre el labio, la saliva dulce, la cortina ondulante, la sirena de un carro de policía calle abajo, la ciudad extendida a sus pies con luces brillantes como un roto collar de diamantes, mientras Victoria camina junto a él sin mirarlo, sin decirle nada, sin saludarlo siquiera, y él la observa pasar, mudo, incapaz de abrir la boca, de moverse, de seguirla, mientras ella sale del salón de conferencias y cierra la puerta tras de sí, la puerta color aqua del hotel donde no verá el ojo derecho de Victoria Valderrama ni el camisón que cae al suelo ni los besos ni el silencio, porque no se atreve a tocar cuatro veces en la puerta de la desgracia y regresa a su habitación, masticando su cobardía para saludarla al día siguiente, en el restaurante del hotel a la hora del desayuno, sin que esa muchacha que entra visiblemente apurada y atrasada al salón sepa nunca las cosas que él piensa cuando cierra los ojos mientras se muere de aburrimiento en las conferencias de la Universidad.

UNA VISA PARA JAIRO
Mauricio Orellana Suárez

Mauricio Orellana Suárez (San Salvador, 1965). Escritor y editor. Es autor de seis novelas: Te recuerdo que moriremos algún día *(El Salvador, 2001),* Ciudad de Alado *(Costa Rica, 2009),* Kazalcán y los últimos hijos del sol oculto *(Costa Rica, 2011) con la que fue finalista del Premio Planeta de Novela 2002;* La dama de los velos *(El Salvador, 2011);* Heterocity *(Costa Rica, 2011), con la que obtuvo en 2010 el Premio Centroamericano de Novela Mario Monteforte Toledo; y* Las mareas *(Costa Rica, 2013). Su obra aparece en antologías y revistas internacionales. Es editor y curador de las revistas en línea* Entradas de emergencia *y* Heterocity; *y director/editor de la revista* Cultura *de la Secretaría de Cultura de la Presidencia de El Salvador.*

"Una visa para Jairo" fue publicado originalmente en la revista digital Suelta #45 *(www.sueltasuelta.es), en junio de 2013.*

Todavía su cuerpo era un bulto bastante normal temprano en la mañana, cuando empezó a hacer la fila de horas frente a la Embajada de los Estados Unidos para intentar sacar la visa junto con los demás citados del día.

Como a eso de las siete llamaron los guardias y quitaron las cadenas de los postes. Todos se movieron en fila para ubicarse en el nuevo sitio de espera asignado. Por suerte Jairo quedó dentro de los espacios reservados para las dos colas más próximas a la puerta de ingreso. Se cerraron las cadenas y los demás permanecieron apretujados en una fila que se fue nutriendo hasta llenar los contornos del estacionamiento. Era como si el estacionamiento y los autos en él estuvieran siendo mortalmente atacados por una boa constrictora moviéndose con la lentitud de un...

Entonces empezó a dolerle el cráneo a Jairo, justo luego de percatarse de que a partir de ahí sería un tirón de un mínimo de tres horas parados en el mismo sitio, viéndose las caras, intercambiando olores, alguna frase de cortesía que apelaba al buen humor tan necesario para soportar ese lento deslice del ofidio que más se parecía a uno de molusco gasterópodo... "¿Qué ha dicho?"... "Caracol"... "¡Rayos!"... Mientras, por lo bajo: "¡Presumidoemierda!".

Y de la mismísima nada de donde dicen que todo procede, a las siete y media de la nada Jairo comenzó a sentirse las protuberancias en la frente de la nada. "¿Diay?", pensó; y abrieron las compuertas para otra espera de media hora tras la cual lo dejaron ingresar al territorio del fin de la nada, eso sí que no sin antes haber hecho escala en el "vestíiibulo", así pronunciado tan entre lóbrego y siniestro, en donde para colmo chilló la maquinita que detecta los metales ilegales y ¡zas!, pa'fuera reloj, pa'fuera las llaves y ¡Chííiiiiiiiiii!, se alargaban las íes del vestíiibulo y fuera anteojos y monedas hasta acabar de darse cuenta Jairo de que lo que hacía sonar a la endiablada máquina era la hebiiilla cromada del ciiincho, el cual terminó depositando junto con las otras prendas en la canastilla de presuntos objetos sonadores cruzando frontera de mojados-ve-quijos-de-la-gran... Inmediatamente después vino el sufrir y sudar el pudor de tener que colocarse el cincho en público del otro lado de la máquina y frente a los ojos de dos señoras de ojos golosos, luego, claro, de perder de tres a cinco espacios en la fila que salía del vestíiibulo de mierda. Entonces se le empezará a ser evidente esa sensación de andar en cuatro patas.

Así mismo. En cuatro patas.

Ya en las bancas interiores de la Embajada, a Jairo le parece que está siendo vigilado por cámaras ocultas, y esto agrede su nervio-sismo y le hace agachar un poco la cabeza, no puede evitarlo, como si una poca de vergüenza se la estuviera jalando con manitas desde dentro del pecho, manitas porque es como una niña esa vergüenza, chiquitita y callada. Se toca la frente y se siente dos filos duros que empiezan a brotar de las protuberancias. Piensa en durezas como coco, morros, pero con punta y algo carnosos, envueltos en callos. Trata de relajarse, porque al pobre le dan ataques de pánico en situaciones como esta, lo sabe y se lo repite, y eso debe de ser exactamente lo que le está sucediendo. De pronto, tras observar la peculiar estructura de "la antesala" en la que están situadas las bancas y la inquietante colocación de las mismas (siente que están ahí para su tortura), percibe que el sudor le va empapando los costados del tórax.

"¡Carajo, qué dolor de lomo!", piensa un instante antes de que uno de los custodios con cara de pocos amigos ordene que quienes ocupan la banca donde él está, se muevan manteniendo el mismo orden.

—¡El mismo orden! —repite por si los listos...

"...que de pronto aquí tan sumisos", se escucha como un eco lejano.

Las bancas de la fila de enfrente hacia donde Jairo se ha movido son distintas: menos montura y más respaldo; así dijo: "¿Montura, dijo?", y por lo bajo: "¡Qué tarado!". Pero es cierto, son más duras que las anteriores y él se siente en ellas más extraño, menos nalgas, "más en cuatro patas", cree escucharse decir. Pero no dijo nada ni en ecos por si las cámaras y quizá micrófonos, ¿por qué no?, podría ser, y entonces, no fuera a ser y ¡shhh!

Luego de otros cinco minutos el mismo custodio, esta vez con una vara hecha de alguna rama algo flexible, chililloen náhuatl, en la mano, hace señas bravuconas para que pasen de una vez a la siguiente banca, que resulta que ya no es del todo banca sino una especie de pasamanos hecho con tablas rústicas de pino, dice Jairo: por el olor, por el color, su padre vendía madera, explica, pero no lo dice.

Por un acto reflejo de asociaciones mentales imposibles de seguir, pero que tienen algo que ver sobre todo con el sentido del olfato, Jairo vuelve a ver hacia abajo y lo que encuentra ahí abajo es heno y estiércol, como se oye y se huele. Pronto entra en pánico, y lleno ya de terror, se percata, incrédulo, de que sus manos están apoyadas en el suelo, y no solo eso, si no que se han convertido en cascos duros como de bovino. "¿Vaca, toro...? ¡Los nervios!", se repite. Debe de estar, no sabe qué, hiperventilando, pues, y por tanto trata de compensar y comenzar a respirar con calma, enfocarse mejor en el pensamiento hermoso de que si le dan la visa será la persona más dichosa de este mundo de nada, así de contundente, la más feliz, y no acepta nada menos que todo.

Con estas y otras sensaciones no menos confusas va pasando de hilera en hilera de bancas que no son bancas para él, hasta cuando el custodio que blande la vara flexible, pega en la cabeza a los de la primera fila con una impecable puntería: así les indica que deben entrar, se explica Jairo, y se yergue orgulloso. "¡Plast! (¡vos!) ¡Plast! (¡y vos también!)".

Jairo, como los demás, camina ahora abiertamente en cuatro patas con toda la desfachatez de un mundo en guerra; entra tras recibir sin quejas su respectivo varazo que ¡ay! rompió la vara, "¡Este imbécil!" ¿Lo habrán captado las cámaras? Y él entre que no y qué famoso debo de ser ya entre los del *staff* de vigilancia.

Otro custodio los espera para ir ordenando la entrada a los toriles interiores. Nueva espera que Jairo aprovecha para intentar pensar, eso de enfocar la mente, concentrarse, ¿cómo se hacía? No lo recuerda porque ni siquiera sabe recordar, lo olvidó; por alguna razón que escapa a su nueva condición de capacidad intelectual obnubilada, ya no puede. Y así de pronto es empujado, llevado, halado por los custodios de adentro y en los tres casos se deja hacer sin chistar, campante él, qué orgullo. Más adelante lo único que de verdad se le antoja es alcanzar con la boca un montoncito de pasto que se ve por ahí colocado en el suelo, como puesto adrede para él que uh, qué hambre que tiene y va por él. Mastique y mastique por largos minutos que ya no sabe qué son, mientras lo arrean hasta llevarlo al frente de una de las tantas ventanillas detrás de las cuales se supone que, ¿qué? Ah, sí, que sellan futuros en pasaportes, oye decir, en ecos, ¿era eso? "Eso era", recuperó el recordar.

Espabila, camina y llega, temblando. Hablan. Alguien habla frente a Jairo. ¿Pide qué?: papeles. Hace gestos, preguntas. Jairo intenta concentrarse, trata de entenderlas, responderlas. ¿Qué dice el hombre? ¿Parientes? ¿Parientes en Estados Uqué? ¡Al fin ha entendido lo que dice!: el hombre pregunta si tiene parientes cercanos que residan en los Estados Unidos de Norteamérica, si trae libretas y cuentas, si hace cuánto las abrió, si la constancia de cuándo y ¿de dónde? Cuando Jairo quiere contestar que sí, señor, a la primera, que su madre, su padre, su hermano, su tía, su novia y el país entero residen allá o están en las colas de afuera, solo un sonido le sale de la boca, y sin más trámite, uno de los custodios se acerca por detrás, lo inspecciona, suelta unas cuantas frases al viento, le palpa el cuerpo palmo a palmo, el corazón, pum pum pum, se le quiere fugar, mientras el custodio le da de palmaditas en los muslos, le soba la panza y el lomo, varias veces, y sin pedirle permiso le abre las patas traseras, con fuerza, lo agarra de los testículos, los jala, y sin visas ni más procede a cortarlos con unos instrumentos que se sienten helados en la piel.

A lo lejos, desde la imperceptible contorsión de la boa cons-trictora de estacionamientos y autos que se formó cuando todavía Jairo era un bulto bastante normal, temprano en la mañana, cuando empezó a hacer la fila de horas frente a la Embajada de los Estados Unidos para intentar sacar la visa junto con los demás citados del día, el solitario alarido termina diluyéndose casi por completo, sumergido en el mugir del resto del hato que acompaña el final del transitar de Jairo por las hileras y las hileras y las hileras de los pasamanos de tablas de pino rústico y de montoncitos de pasto ocultos en las filas y en las bancas de nunca acabar.

EL ESTRENO
Vanessa Núñez Handal

Vanessa Núñez Handal (San Salvador, 1973). Narradora, editora y docente universitaria, autora de las novelas Los locos mueren de viejos *(Guatemala, 2008) y* Dios tenía miedo *(Guatemala, 2011). Realizó estudios de maestría en Ciencias políticas y, posteriormente, obtuvo una maestría en Literatura hispanoamericana en la Universidad Rafael Landívar de Guatemala. Sus cuentos han aparecido en antologías y revistas de España, Alemania, Colombia, El Salvador, Guatemala y México, entre las que destaca la* Antología de narrativa salvadoreña *publicada por Alfaguara (2012). Participó en el programa para artistas de la Residencia Casamarles, Barcelona, España en 2010 y en Centroamérica Cuenta, encuentro centroamericano de narradores (2013).*

"El estreno" fue publicado originalmente en Magacín Siglo XXI *(Guatemala), en diciembre de 2011.*

El sol recalentaba las piedras del camino. La Jesenia corría. Saltaba de sombra en sombra, procurando enfriarse los pies que se le cocían entre el piedrín y el polvo caliente. Era la única que no usaba uniforme. En sus manos llevaba un cuaderno de páginas ralas y en la bolsa un lápiz pequeñito de tanto sacarle punta. Al llegar a la escuela se refregó los pies. Quiso quitarse el polvo para que no se fueran a burlar de ella. Cuando lo hacían, se resguardaba tras el cuerpo costilloso de Nelson para que no la vieran llorar.

Que no les hiciera caso, le decía él entonces. Que las bichas la molestaban porque eran sin oficio. Que cuando la mamá pudiera le iba a comprar zapatos. Como los de ellas, pero más bonitos.

Por las tardes la Jesenia daba maicillo y agua a las gallinas del corral de la tía. Nelson llevaba las mulas al río. Había que tener cuidado. Aquellos animales eran ariscos y más de una vez lo habían tirado al suelo.

A ellos no se les repartía crema para el almuerzo. Y nada de andar velando el queso y la leche que se tomaban las primas. Agradecidos debían estar que se les daba de comer.

Aquella tarde, calurosa a pesar de ser diciembre, los mosquitos habían comenzado a formar nubes cuando se fueron corriendo calle abajo. Era difícil espantárselos. Sólo con el humo de un cigarro se podía. Pero la mamá se los tenía prohibido. Por eso ella tosía y tosía por las noches, como si se le fuera a salir el alma. A veces sacaba sangre. Trabajaba la milpa desde tempranito hasta bien entrada la tarde, y a veces les llevaba frijoles y maíz.

Se espantaron los moscos con hojas de guineo. Siguieron bajando el empedrado. La Jesenia se detuvo frente a una pila de olotes y hojas de milpa. Nelson la llamó sin dejar de correr.

—¿Qué te pasa? —le gritó varias veces. Pero ella no pareció escucharlo— Te voy a dejar atrás —volvió a gritar, arremangándose el pantalón. Ella lo siguió. Llevaba en las manos un par de zapatos amarillos. Con las uñas les fue quitando el lodo.

La mamá se los remendó con pita y les puso suela de caite.

Aquel primer día de clases la Jesenia iba feliz. Las piedras ya no le lastimaban los pies y el polvo ya no la quemaba.

En el recreo, Nelson la encontró escondida detrás de un palo de mango. Sus pies removían la tierra con rabia. La prima la había llamado ladrona. Todos se habían burlado de ella.

–No llorés –le dijo, con los ojos aguados–. La otra navidad la mamá te va a comprar unos más bonitos.

LOS PÁJAROS
Elena Salamanca

Elena Salamanca (San Salvador, 1982). Escritora, poeta e investigadora cultural. Autora del libro de relatos Último viernes *(El Salvador, 2008) y de los poemarios* Peces en la boca *(El Salvador, 2011 / México, 2013) y* Landsmoder *(El Salvador, 2012). Su obra ha sido incluida en diversas antologías como* Nuevas voces femeninas *(El Salvador, 2009),* Cerrado por reparación *(México, 2009),* Barcos sobre el agua natal *(México-España, 2012),* Voces de mujeres en la literatura centroamericana *(España, 2012),* 4M3R1C4 2.0 *(México, 2012) y* Hallucinated Horse *(Inglaterra, 2012); y de las investigaciones* Correspondencias literarias inexploradas entre Juan Rulfo y Salarrué. Intertexualidad de sus obras *(2013), e* Historia de la Sala Nacional de Exposiciones y la Colección nacional de pintura y escultura *(2010), entre otras. En 2009 mereció una beca de escritora del gobierno mexicano.*

"Los pájaros" pertenece al libro inédito La familia o el olvido.

Dos mujeres entran a una cafetería. Llevan una jaula. Se sientan y piden el menú, ordenan: pan, café, y azúcar.

Una es vieja, la otra es joven. La joven recibe el pan y lo entrega a la vieja. La vieja lo desmiga sobre un platillo, abre la jaula, lo sirve y pregunta:

—¿Ya compramos el pan?

—Ya lo compramos.

—¿Cuántos panes compramos?

—Tres.

—El refrigerador se está llenado de hielo.

—Se descongelará.

—¿Ya cayeron las hojas del árbol del patio?

—Ya cayeron.

—¿Quién las barrerá?

—Alguien barrerá el patio.

—¿Ya está comiendo?

—Sí, ya come.

—No, no, la niña, ¿ya está comiendo?

La niña es una estela en los ojos ciegos de la vieja. La niña no existió, o la crio hace tiempo. La niña murió o se fue, quién sabe, y ellas se quedaron con los pájaros.

Llenaron la casa de jaulas con pájaros, las abrieron, dejaron a los pájaros andar por la casa como huéspedes. Los pájaros dormían en los zapatos y defecaban en las figurillas de porcelana como defecan las palomas sobre los héroes de las plazas.

Cuando las mujeres salían, llevaban a los pájaros en la cartera, en el pecho como un prendedor; los pájaros subían por las ropas hasta instalarse en la cabeza.

—Qué bonito sombrero, señoras —les decían.

Qué bonito sombrero que vuela con el viento y no regresa como los sombreros que pierden los niños cuando no los atan a su cabeza, como los globos que suben a la inmensidad cuando los pierden los niños en el parque como los pájaros que salen de la jaula.

Los pájaros cantaban cuando alzaban vuelo y ellas, con lágrimas, les decían adiós con la mano.

Adiós, pájaro, adiós.

La casa quedó llena de plumas y de mierda, de cascarones de huevos y de mierda, de una capa fina de mierda que dejaron los pájaros en las tacitas y en la mesas como la dejan las palomas sobre los héroes y sobre las naciones, sobre la memoria y el olvido.

Y ellas decidieron salir.

El mesero se acerca con otra bandeja de pan. Coloca dos panes más sobre la mesa. Las mujeres desmigajan el pan. Uno dos tres cinco dieciocho veinte migas. El mesero pregunta si no es peligroso mantener la jaula abierta.

No.

No es peligroso.

El vuelo comenzó con la caída. La vida comenzó con unas alas estrellándose sobre la piedra, con una avalancha, lava y lodo, cuesta abajo, con un pájaro que no pudo levantarse. Los primeros pájaros fueron los primeros que no aprendieron a volar; todos los inicios comienzan con un final.

Las gentes que comen su pan y beben su café miran la mesa de las dos mujeres. Escuchan un pájaro que canta demasiado alto como si cien pájaros diferentes cantaran, como si la cafetería fuera en realidad una pajarera. La gente deja de comer, el mesero se acerca a servir café y tropieza con las patas demasiado largas de sus clientes. Le dan aletazos como cachetadas y cae con su bandeja con panes y tacitas.

Las mujeres no escuchan al pájaro.

Desmigan el pan.

No escucharon a los pájaros nunca.

Los perdieron.

Los clientes pían, reclaman, sus migas de pan; les salen picos de la boca, plumas de las axilas, colas de las faldas. El mesero escucha que trinan y aletean como aletean y trinan los pájaros en el alambre al atardecer, justo la hora en la que a la cafetería entran dos mujeres con una jaula.

    Vacía.

HONDURAS
Julio Escoto (1944)
María Eugenia Ramos (1959)
Jessica Sánchez (1974)

LA HISTORIA DE LOS OPERANTES
Julio Escoto

Julio Escoto (San Pedro Sula, 1944). Narrador y crítico literario, además de ensayista. Máster con especialidad en Literatura Hispanoamericana por la Universidad de Costa Rica. Entre sus obras destacan Los Guerreros de Hibueras *(1967),* La balada del herido pájaro y otros cuentos *(1969),* El árbol de los pañuelos *(1972),* Días de ventisca, noches de huracán *(1980),* Rey del Albor, Madrugada *(1993) y* Todos los cuentos *(1999). Premio Nacional de Literatura Ramón Rosa (1975).*

"La historia de Los Operantes" data del 2000.

Relatan los habitantes de Dulce Nombre de Culmí, Honduras, que en La Mosquitia —selva virgen, llanuras verdes y largas como el mar— hay un lugar plano y arbolado, de flores carnosas como manos, de insectos con larguísimo aguijón de unicornio, donde al lanzar una piedra sobre la arena forma círculos concéntricos que desaparecen rato después; hojas que si caen en el agua se transforman en peces y si en la tierra se vuelven aves de fúlgido plumaje y cuello corto capaces de extraer en el hombre los recuerdos del sueño y en las mujeres el temor de la muerte.

Los Operantes, quienes jamás hablan en serio, citan a Dios continuamente, parlan una lengua rebuscada y siempre dicen lo más extraordinario y exagerado sin reír. De ellos copió el Abate Jesús de la Espada las dos recetas famosas de la farmacopea de los Operantes:

+ Las moscas están poseídas por el ánima de la inquietud y por ello es difícil darles caza con la mano, el pájaro Dios lo sabe. Por lo tanto, dispóngase en el suelo un piloncito de pimienta negra y colóquese junto una piedrecita filuda. La mosca al aspirar el olor de la pimienta estornudará y al sacudir la cabeza dará en la piedra, muriendo.

+ Las amebas son harto belicosas y viciosas, como el hombre. El enfermo de amebas beberá primero un largo trago de cususa (alcohol clandestino) y un momento después tragará un puñado de arena. Las amebas, borrachas, se matarán solas a pedradas.

La tribu de Los Operantes aprendió a interpretar cada suceso sencillo con el revestimiento de un hecho maravilloso, como que justifican con ello su fe en un dios que se parte en tres pedazos conforme transcurre el año y que es tan manso que puede ser convocado por ellos en la posesión del alimento y en el espíritu del alcohol.

Sigilosamente nocturnos, son reluctantes a las concentraciones de luz y a los reflejos sobre el agua porque suponen podrían derretirles la retina. Su dios de la cosecha es un pájaro estúpido, carnoso y arbitrario, que nació con la particularidad de no poder transformarse en caballo.

Cuando se le ve saltando pesadamente en los surcos de las hortalizas, Los Operantes se elevan al clímax de la felicidad y lo veneran. Sin embargo, para hacer que la bendición de su huella permanezca por siempre en los sembradíos, lo quiebran de una pedrada en la nuca y lo desmantelan sobre el maíz.

Y así, Los Operantes proceden por mecanismo mágico. Según ellos las buganvilias son detestables porque poseen un color determinado, pero también pregonan la existencia inaudita de una planta parásita que tiene la virtud de adormecerse bajo el agua.

Cuando los padres de la tribu regañan a sus hijos saben bien que ninguna sonrisa deberá flagelarles el rostro, y cuando duermen guardan una severa expresión de seriedad. Jamás inventan algo que no sea la verdad, pero si bien todo lo que dicen es cierto, es más cierto lo que no dicen.

Sus casas están edificadas bajo el principio de una asombrosa verticalidad y en los techos existe una abertura longitudinal desde donde –si no fortuitamente y estando despierto– en el transcurso de treinta noches se puede observar cuatro caras diferentes de la luna. El Abate Jesús de la Espada (llamado así por haber nacido sin el símbolo de una grabado góticamente en la mejilla izquierda) asegura en su libro que en los días claros es posible ver cruzando el horizonte la línea lechosa del meridiano 84. Este acontecimiento es aún inexplicable.

Los Operantes pueden reducir el ritmo de su respiración cuando sueñan y su vulgaridad es tal que se emborrachan cuando beben.

Por estos y otros maleficios se ha llegado a dudar de su existencia.

En el círculo de Los Operantes no existe la palabra "mío". Un vocablo semejante a la única interjección etrusca descifrada, y equivalente a la connotación "mutuo", concentra la composición de las palabras "Tu-Mi" en una sola.

Así, los varones pueden poseer cualquier mujer de la tribu, incluso jóvenes, ancianas y madres, veinticuatro horas después de haber coronado un taparrabos sobre la vara mástil de la carpa. Las mujeres deberán continuar su trabajo, inadvertidas, porque el acto sexual, que es la mayor comunión de la tribu, se realiza sin embargo en privado, y al día siguiente enrumban junto a las piedras altas o a las riberas bejucosas donde el hombre las tronchará sin un gemido y las quebrará por la cintura en una primera posesión brutal arrítmica, destinada a sofocar la violencia protuberante de los huracanes, y que continuará hasta la próxima luz del alba o al súbito canto de un alcaraván en la penumbra del bosque.

Desde temprano las jóvenes son educadas en una gimnasia corporal capaz de enroscar la cadera de los hombres con el resuello caliente de la vena femoral. Sometidas al prematuro desvirgue por las hilanderas de la tribu, por dos años deberán ejercitarse en las contracciones melódicas de su vientre para poder aferrar un dedo o expulsar delicadamente, sin romperlo, un huevo de araña untado de grasa. Y sólo cuando alcanzan la potestad de detener los fluidos torrentosos del varón (mediante la prueba de seccionar un junco en dos trozos idénticos) se les permite tomar marido o dedicarse al oficio de la pubertad ansiosa, es decir a brindar consejo a los hombres en el lecho.

Ningún varón decidirá un viaje o asumirá firmemente una presunción insólita sin antes consultar con las Oficiantes, porque entre los doce principios que les educó el Abate Jesús de la Espada para alcanzar el éxtasis sólo respetan aquel que modificaron después de haberlo expatriado de la comarca: "el verdadero amor es móvil".

Los varones son circuncidados al octavo día de nacimiento, bajo el destello metálico de Venus saliente. Al cumplir los primeros años se les traba un sartal de sonajas en el miembro para hacer que el peso apresure la prolongación de las nervaduras, solidifique el músculo y denuncie el paso de un hombre.

Con el tiempo las sonajas varían de cobre a cristal y el varón deberá tintinearlas sin darles fractura en una carrera de montes y vallas que acrediten el dominio total de la fuerza y el equilibrio de los movimientos. Antes de contraer matrimonio (en cuyo único caso la consumación se realiza sobre una torre de pasto alrededor de la fiesta de la congregación) deberá dedicar catorce días al aceramiento de la parte mediante desnudos baños de sol, remojones helados en lodo negro y levantamiento vertical de pequeños pesos cada vez más finos, más innobles de acomodar.

Y la admiración al hombre varía según el tamaño de su miembro, ya que sólo el varón robustecido por la naturaleza podrá originar una naturaleza sólida. En las mujeres, en cambio, lo más importante es su grado de ternura y de inteligencia, ya que sólo ellas son capaces de conservar y resguardar la tradición.

Aunque la mujer dispone de un día de preparación antes de ser poseída, ningún varón puede rechazar la satisfacción a la dama que lo solicita, en el instante mismo. Por conflictos provenientes de las nuevas generaciones la tribu estableció el principio de la sustitución, a través del cual un padre puede tomar la posición del hijo en el momento crucial, cuando la dama que lo pretenda le doble la edad.

Aun así, y por no existir un registro memorial de los años de Los Operantes, siempre se ha dado el caso extraordinario de que ninguna mujer acepte, incluso ante las pruebas físicas, ser mayor que su elegido. Por esta susodicha razón los mozos evitan transitar el lugar donde se dan cita los corros de ancianas, y cuando lo osan adoptan la redondez de un jorobado o la curvatura de un ganso, o simulan graves enfermedades y deformaciones de cuerpo que les resten imagen deseable.

La permanente inquietud sensual de Los Operantes (y que estremeció de fiebre al Abate Jesús de la Espada, más por temor de contagio que por diabolismo, como él la calificó) se refleja en los nombres que se regalan varones y mujeres. Una es, en el seno colectivo, reconocida como "entraña donde el viento no reposa". Otra es "almena de los tormentos" o "refugio del vértigo", mientras que, en forma más directa, los machos son "sentón de rayo", "torrente precipitoso" o "mazo de lava".

Informes de marineros han llegado a asegurar la increíble utilización de una avispa ahorcadora que se monta sobre el espolón del hombre para hincharlo y engrandecerlo a la hora del ajuste, mientras que el ayuntamiento con ovejas y el estriego con hojas de coliflor parece ser muy natural en las costumbres íntimas de Los Operantes.

Con todo lo dudoso que resulte, uno de los cuadernos miniados del Abate de la Espada revela —no sin cierto pecaminoso pudor de referencia– las virtudes acrobáticas de las jóvenes, ejercitadas en las más inverosímiles contracciones, y el asombroso despliegue descomunal y resistencia de los varones, quienes, por el prurito de forjar una raza más sana, perfeccionan la concepción de sus hijos durante tres y continuados días distintos haciendo el amor sobre el balance de los pastos y la ingravidez de los ríos y las bestias en galope.

Pero hechas a la discreción, las parejas buscan las herraduras de la catarata profunda del río Payasca, donde el rebote de las aguas y el estruendo de los borbollones apaga los chillidos de gozo y los gemidos de refocilo que estallan en la selva y que virulentan al pueblo con el olor de sementera espumosa que levanta la llovizna fina.

De allí que se haya dicho que nazcan tantos niños sordos entre Los Operantes...

Si un varón posee mujer ajena, el marido podrá exigir del usurpador en pago de prenda: dos ovejas, un almácigo de tabaco, un puñado de almejas o una daga de pedernal, jadeíta u obsidiana.

Entre los jóvenes, en cambio, la transferencia sexual es intrascendente, motivada exclusivamente por la solicitud del amor, y los adolescentes pueden enconchar su femineidad o masculinidad cada noche bajo un distinto par de piernas.

Mas, aptos para fijar de alguna manera la tradición de la familia, entre Los Operantes el varón puede "gritar" a la mujer, es decir, proclamar a gritos en el centro totémico de la plaza haber fornicado con una joven por una vez. Por obligatoriedad ella deberá aceptar la unión con el hombre que públicamente la revela poseída.

Si no lo desea, su único recurso escapatorio consistirá en ingerir aráceas, esto es, un compuesto vitrioso de plantas fanerógamas angiospermas monocotiledóneas, con hojas paralelinerves, tallos rizomas, raíces adventicias y flores en espádice, rodeadas por una gran bráctea denominada espata, como el ocopetate, alcatraz, la masfafa y piñanona, las que le provocarán intensas convulsiones lúbricas sólo mitigadas con la posesión afanosa y delicada de varios hombres piadosos.

Entonces, sumida en la profundidad de una carpa perfumada por flores olorosas y sobre un lecho de pieles de cerdo, la irán consumiendo vorazmente los fuegos líquidos del deseo hirviente más espantoso e irreversible, insaciable, mientras la pieza se llena de aroma a guayaba podrida y el rostro se le comienza a iluminar celularmente por la transparencia pergaminosa de una piel encendida por mil brasas interiores.

Y así, agostada como caña en el verano, su muerte arribará tan plácida, tan orgásmicamente cumplida y afectuosa, que su cuerpo etéreo y lánguido permitirá ver el ritmo ingobernable de las venas en sus concavidades azules.

Cuando los niños le cierren los ojos y le espacien las manos sobre sus redondeces disminuidas sobrevendrá la letanía monótona de Los Operantes: "para nosotros la muerte es sólo un vano artificio de recurrencia amatoria, porque la muerte es de todos. Con ella muramos los que con ella amamos, pues la perfección es inmoral. El verdadero amor es móvil".

Cierto miércoles a la caída de la tarde el Abate Jesús de la Espada parecía tan humilde que Los Operantes creyeron portaba el escorbuto. Les sorprendía el brillo carcomido de sus ojos, reveladores de una pasión incandescente que le cruzaba los párpados y confundía a las luciérnagas. Cuando dormía –que era muy poco– un resplandor de fuego le irisaba las pestañas en un arcoíris solar que convocaba en tumulto el vuelo sordo de las mariposas nocturnas y apagaba las velas de sebo, azotadas por un aliento de manotazos místicos. Alguna vez le oyeron sollozar, pasada la medianoche, imprecando en quedito a los judíos que martirizaban a Cristo. Por ello lo dejaron asentarse en la tribu y le dieron posada, y le lavaron los pies con motas de floricundia.

"¡Dios es amor!", anunciaba predicando entre las vegas de maizales floridos, donde las jóvenes de la pubertad ansiosa dispensaban sus bienes naturales.

"Padre", le contestaban adoloridas tras un primer zarpazo de confusión, "damos amor a los hombres".

"Dad de beber al sediento", clamaba el ojo santo bajo el umbral de las acacias olorosas a sexo de venado.

"Están sedientos de amor", le respondían.

"Dad de comer al hambriento."

"¡Están hambrientos de amor, padrecito", le replicaban.

"¡No fornicar!", vedaba alzando un sexto dedo con ambas manos.

"Eso ya es pecado y demasiada jodarria", protestaban las mozas dando la vuelta "lo que Dios ha dado no es para andar desperdiciándolo."

Para Los Operantes, adoradores de las adivinanzas, la existencia de un Dios presente en todas las cosas los envolvía en contracciones gozosas de alborozo: "Si está aquí pero de veras no está, y si anda por allá pero a lo mejor está acá", decían, "¿cómo es que se le seca el maíz?" "Y si todo lo ve y nada se le va sin verlo, ¿por qué es que no se le corta la leche?"

Y cuando la sinuosa voz evangélica del Abate describía estremecida los bandazos de mar que medio volcaban el arca de Noé, Los Operantes averiguaban qué destino de puerto podría llevar aquella carga de veterinarias y placentas que no fueran los astilleros pulposos de las algas del océano.

Sonreían deslumbrados sobre los responsos y latinajos —verba cáustica y lacrimosa, decían— cuando el Abate Jesús de la Espada explayaba sobre la mesa los tres pedazos de la Santísima Trinidad: emoción del acertijo venido de una lengua muerta, el perfecto vértigo: "Dos hombres y una paloma" se preguntaban "¿qué se hacen cuando sólo uno quiere volar?", y si por ser tres era número sagrado, "¿cómo es que habían fabricado el mundo de dos en dos?"

Y si se repartían las hostias del catecismo y aparecía entre los panes de la fe la infalibilidad del Papa, "¿cómo..." —auscultaban las bellotas del desconcierto en sus corazones— "había de ser tal pescador tan sabio que siendo Papa se dejaba encerrar entre castillos de malaquita, tapices de yute y desafilados alfanjes de procesión, lejos del mar?"

"Padre", le decían las jóvenes, tentándolo, "si tanto queréis nuestras almas, ¿por qué no amáis nuestros cuerpos?"

Cuando eso oía por el abismo de sus vísceras se desbarrancaba un cataclismo de sangre envenenada de turbación e insomnio.

"Nuestro Dios diría que el gato se esconde pero que deja fuera la cola" refunfuñaban los ancianos embelesados por la sonoridad de los vocablos de la perorata bíblica: pentecostés, antifonarios, cuaresmas, kiries, capelos y eclesiastés. Qué dulce silbo canoro amonedaban aquellos giros en sus letanías, signos propios para encandilar corazones y exaltar los ardores de la guerra y del amor, si tan sólo se supiera dónde tenía la cola el gato...

Por aquel tiempo acostumbraba el Abate visitar las pozas hondas del río y refrescar en ellas los calores de su concentración mística. Alguna vez esbozaba allí sus informes al Papa, con copia doble para el *Foreign Office* y el Departamento de Estado. Pero aconteció que en una ocasión, estando donde estaba, llegaron Los Operantes a rastrillar los jacintos y las lechugas que como enormes mariposas desfallecidas enturbiaban la corriente y empantanaban en el fondo sus antenas radiculares.

Y al desnudar el espejo de las aguas apareció bajo el cristal de la tarde una fastuosa procesión de esqueletos que deambulaban en el lecho de lodos apagados, que se acomodaban junto a los peñascos como tortugas empolvadas, o que se descolgaban flácidos y amarillados entre los hilos vegetales de los jacintos, como corsarios de un barco de velas transparentes o como pobladores de un submarino jardín babilónico de parasitarias de la luz.

Esa fue la única vez en que el Abate Jesús de la Espada se derrumbó en el temblor desconcertante del pavor a las postrimerías. Encendido por un relámpago de ira, arrebatado por un desgobernado huracán de pasiones saladas, cayó por asalto en el templo de manaca donde, bajo las jaulas de los zanates, los tijules y los zorzales que con sus trinos picoteaban el paredón de la tarde, estaban los ancianos pesando en una balanza la pelota desmadejada de un pájaro muerto para saber si el espíritu de su Dios tenía constancia corporal y si era posible la reencarnación.

"¡Irredentos! ¡Sacrílegos catrachos lombricientos!" —explotó triturando las muelas de la amargura— "¡Fieras del mal que en vuestros sudores rezumáis acónito y azufre!" —derribando los códices y los herbolarios— "¡Antípodas satánicos!, ¡caribes demónicos!, ¡luzbélicos necrófagos centroamericanos!" —abriendo las jaulas y desplumando los zopilotes a pescozadas— "¡incapaces de santificar el sueño de los muertos y su ganada paz, ¡diarreicos...!"

"Prima facie", respondió el más viejo de los viejos, conteniendo la equivocación de una primera vergüenza, "el más injusto de vuestros vituperios es el último, pues para las diarreas tenemos el jugo de pulpa de marañón. Pero del rojo, pues el amarillo además de sus escasas propied..."

"Sin desvariar", advirtió un segundo anciano, despellejándose las palabras de entre la mazacota de telarañas que en la boca le tejía el aluvión de arrugas.

"Lo otro no lo entendemos", continuó, "pues nuestra humildad no nos eleva a tantas pretensiones, pero dejadme deciros, y que mis palabras aplaquen las lunas de vuestra sangre, que nuestros muertos no duermen en tierra por no contaminar los blandos capullos del maíz, elemental sanidad vegetal, mi querido tonsurado. Y a lo demás, vuestra violencia física y verbal no es menos culposa que nuestra ignorancia, pero en nosotros la disculpa nuestro impulso por ascender del salvajismo, mientras que en vos os castiga con sus recurrencias."

"¡Os he expulsado del imperio del Señor!" –barbotó todavía el Abate Jesús de la Espada, alanceado entre la pasión y el arrepentimiento.

"Somos ajenos a todo imperialismo", sentenció el más joven de los viejos, "porque es indigno a la razón."

"Y también el padrecito es muy esdrujulario" –intervino un niño que atraído por el turbión de jaulas rotas asomaba y que al primer ¡zape!, espantó escaleras abajo.

"Cerrando las solapas de este improviso conversatorio", volvió a decir el primer anciano, "nos aturde la audacia de vuestra vanidad al pensar que lleváis a Dios en la palma de la mano, presto a avalar la crudeza de vuestros exabruptos y a soltar sus errados rayos de la fe... Vuestra petulancia, Abate, ¿es congénita o adquirida? Porque si es lo primero os dispensamos, nadie tiene la culpa de sus raíces putrefactas. Pero si la habéis aprendido, reflexionad, hermano, acerca de la impertinencia de creeros el policía de Dios, el marine de la providencia, el *God's Treasurer* de lo bueno y lo malo... El verdadero amor es amoral..."

"¡Amén!", musitó el coro ante el Abate.

"Y para que comprendáis nuestra buena fe" –agregó– "y nuestra modesta bondad, os abrazamos y halagamos. Y si nuevamente el caballo de vuestro joven impulso se os desboca, *frater*, os rogamos presumir que de este templo, grada por grada, escalón por escalón, os llevaremos de retumbo hasta abajo a vergazo limpio. Ved hasta donde llega nuestro amor que condescenderemos a compartir vuestra occidental violencia..."

El Abate Jesús de la Espada lloró y lloró y lloró su vergüenza y su remordimiento sumido en el boscaje acuoso de los tamarindos y los pinares, junto al hipo de su desconsuelo, enrojecidos sus ojos como brasas fantásticas que cruzaban de silbidos la noche. Y el flujo de su llanto corrió por las veredas y las quebradas y los ríos, y saló el mar...

Otra vez apareció en la tribu un vendedor de gallos y bisutería de peltre, hombre de fofas maneras, bursátil e incasto, traído en suspenso por un manotazo de cenizas que apergaminó los velos de la tarde y vació los espejos. Dentro de su bolsa de paño atesoraba la frondosidad estéril de las promesas, cuya semilla sembró de boca en boca sobre las ansias maravilladas de la congregación.

"¡Tomad! ¡Tomad!", clamaba batiendo las alas del encanto, "pues sólo la posesión os hará libres. Hay que acumular, poseer, tener, sumar, ser propietario y disfrutar las delicias del amontonamiento. Sólo al avaro le es dado el don de los goces secretos, ¡poseed, poseed!", silbaba tras sus gestos de arena.

"Nos ha caído en las manos la peste de la subversión fiduciaria", convergió en secreto el coro de ancianos. "En pos de los bienes vendrán los verdaderos dueños de los bienes con sus pliegos de hipotecas y su tinta fresca."

"Pero seremos cautos...", maliciaron escondidos tras el humo de sus pipas cortas, "para que no nos venza la vanidad de todos los signos. Hemos de hacer así...", bajaron la voz, "... y así... y de estotra manera...", y al final rieron como conejos.

Restallaba en ese entonces sobre la sabana el hormiguero de la primavera y tras los ahuehuetes esponjaba el maíz. Más acá de los pinares enhiestos, donde resbalaba la montaña, huían las mozas desnudas burlando con sus ágiles muslos de pez y sus dorados pechos color de cañafístula la caza de los mozos tempraneros. Un retintín de sonajas alocaba el bosque despertando la mansedumbre de los alcaravanes.

Entre la hojarasca de suspiros y mandrágoras tronaba el vendedor su bisutería: "¡poseed! ¡poseed!", prevenía, "¡que el Juicio Final no os encuentre bajo las pobrezas del desamparo!"

Y alabando y seduciendo lamía con su lengua ríspida los resquicios de la vanidad. Aquí endeudaba parceleros, allá leñadores y aparceros; ornaba los dinteles de las chozas con brújulas ciegas que nunca tajarían el mar o tachonaba las paredes con calendarios de alegorías en francés. Oros, pieles, cuernos, plumajes, granos, tintes, careyes, almendras, huesos, ámbares y resinas engordaban su faltriquera, en venganza de pasadas dietas y ayunos, mientras Los Operantes remendaban sus yutes y costales para conciliar un trueque, apaciguaban las claraboyas de sus redes de río para descontarle sobrantes agujeros, empeñaban sus aperos, trillos y almojayas por mejor las mercar y no tenían más ya paz sobre las hamacas de cabuya y sus lechos de paja. Un largo sueño de objetos superpuestos les robaba el insomnio de la incontinencia, orillándolos a un mar de apetencias inconformes.

"Volveré, volveré en mis carabelas con más y ricos lujos", prometía el bisutero enhebrando entre sus ganancias los nudos de la codicia, "y os traeré abalorios y sartas de colores, herbolarios, daguerrotipos, alcoholes de dulce somnolencia, trineos, visores, catalejos, íconos y postales, y armas, poderosas armas de pulidos metales fosforescentes con que alejéis la vigilia inagotable de los ladrones", silbaba.

"No tenemos ladrones".

"Os traeré también ladrones para que no sufráis tanto los pesares de vuestra indigencia, y siquiatras, curanderos y loqueros de timbre melódico para que vuestros complejos no queden sin perdón."

Entonces, una tarde, se le enfrentó el consejo de ancianos.

"Nos habéis enseñado", coreó el coro de ancianos, "la otra orilla de nuestros apetitos. Pero nadie regresa sin haber partido y debéis el alimento que comisteis, el agua que bebisteis, el lecho que os ha acomodado y la mujer que os calentó en el lecho. Son 300 almendras y un pan de achiote".

"Y pues me habéis fotografiado sin abonar las susodichas regalías", agregó una anciana desdentada cuyas piernas, como cerosas columnas salomónicas, abrían un compás de desconsuelo, "hacedlo que valga una piedra de ámbar."

"Y yo que os di mi amor benevolente", melodió la joven de la pubertad ansiosa, "aunque no está en venta merece recompensa y su reclamo, y la huella blanda que me dejasteis en el corazón, y el espacio que me ocupasteis en la estrella de la memoria, y por lo que sufriré en tu ausencia y por lo que aún no he sufrido, dad a mi cuenta un jubón de piel, dos tocados de plumaje y el más pequeño pedernal de vuestras alforjas."

"Yo no os cobraré mi amistad", clamó el herrero restregando sus manos azules, "pero porque habéis disfrutado de mi tiempo, compartido mi información, robado mi interés, empeñado mi fe y prestado mis palabras, dad en rédito cuatro oros y un tinte de cochinilla, que todo lo que os di era mío y de mi posesión."

"¡Salvajes!, ¡posesos!, ¡cavernarios!", escupía el bisutero.

"Y porque tornéis contento de vuestra didascalia entre nos", sentenciaron los ancianos, "quedaos sin cancelar el timbre de turismo y pagad sólo los impuestos de almojarifazgo, poca cosa pues, unas decenas de pacas de azafrán, tres cuernos de venado y otro para adorno de vuestra alcoba, un carapacho de carey y dos oros de multa porque en vuestra faltriquera de paño escondéis los huesos de nuestros héroes, antropológico pecado, etnológica falta, irreverente desatino arqueológico: cinco potes de resina por indemnización fiscal."

"¡Ingratos! ¡Acaparadores! ¡Especuladores!", estalló el anatema del bisutero, "¡os condeno *per secula seculorum* a carecer de la transferencia de la tecnología! ¡Desamorados!"

"No olvidéis", concluyó el coro de ancianos, "que el verdadero amor es móvil", y se dispersó tras las matas de plátano y los bejucos parasitarios a hacer el amor

El cuatro de Julio arribaron los Contras a la tribu de Los Operantes. Venían escapando de otra de sus enésimas batallas perdidas y traían entre los percales pildoritas de moral que habían engullido a puñadas sin ningún resultado satisfactorio. Llegaban arrastrando el alma —desconsolada y agazapada tras unos cuerpos que se le apresuraban y la dejaban atrás—, humillados, apabullados, y su vergüenza untaba con una bilis verde, como de opalina viscosidad, las amapolas, los eucaliptos y los pinares, espantando de tristeza a los coyotes y apesadumbrando a los alcaravanes.

Era la hora del alba en que el más viejo de los viejos emergía de su carpa para asegurarse de que esa mañana también aparecería el sol y para comenzar sus abluciones. Sobre las milpas andaban ya espulgando los surcos las grandes garzas de cuello blanco y los tijules. Más allá el zangoloteo del pájaro santo aseguraba sobre la

116

tierra la bendición del Dios de Los Operantes, oculto bajo la neblina rosada y los primeros espejismos cóncavos de la mañana. El más viejo de los viejos alzó un canto rodado y agarrándose con la otra mano la presencia elusiva del taparrabos, lo lanzó hacia el pájaro santo. El canto rodado rebotó sobre las líneas de las frijoleras, cayó más allá de las acequias y desapareció con un clunck que resonó a metal. Como todas las madrugadas, el más viejo de los viejos se agachó para defecar.

Allí lo encontraron seis hombres disfrazados de hortaliza gusanada, pintados sus rostros como con almidón de azufre y encendidos los ojos por un fulgor de carbunclo que sólo podían dibujar los excesos del vicio, los miedos del desvelo o las tenazas del odio. Pero ajeno a la adrenalina de las sorpresas, como todos Los Operantes, el más viejo de los viejos simplemente los volvió a ver y tornó a escuchar el borbollón del retoño de las milpas esponjadas de savia, henchidas de rocío, ansiosas de romper su vestidura vegetal, igual como le ocurría a las jóvenes de la pubertad ansiosa cuando escuchaban la llamada del amor.

"Tres cosas hay en la vida", dijo malhumorado cuando lo instaron a que terminara, "que nunca se deben interrumpir: esto que gustosamente cumplo y que accidentalmente es un homenaje a tan imprevistas visitas; dos, lo más bello del universo, el coito de una pareja; y tres, un hombre que piensa. Aprended y esperad, a menos que traigáis tanta prisa, como aparentáis, por ocupar mi lugar."

Los Contras entonces martillaron sus armas.

"No os tengo miedo", repuso el más viejo de los viejos poniéndose de pie, "he visto el amanecer y sé que vienen otros amaneceres para mi pueblo. Lo único que me dolería es que me mataran unas sombras de la historia como vosotros, idos antes de comenzar, cosas, equivocaciones del destino, nota al pie de un libro olvidado que todavía falta por escribir. Estoy listo", dijo, ciñéndose el cáñamo que le amarraba el taparrabos y apartándose unas guedejas que le caían sobre la frente, "mi amor a Centroamérica muere conmigo", parodió a Francisco Morazán.

Los Contras temblaron de rencor. Si había algo que los sulfuraba era encontrarse en presencia de un hombre que no les temía porque, aunque pudieran exterminarlo de la faz de la tierra con sus armas mortíferas, les era imposible arrancárselo del recuerdo y extirparlo de la memoria del corazón. Así que titubearon, el más viejo de los viejos aprovechó para inclinarse sobre el suelo, tomar un terrón y restregárselo en su propio rostro.

"De esta forma nunca me olvidaré del sabor de la tribu", pensó, "y aunque los ángeles me retengan allá arriba, siempre conoceré el olor del camino de retorno a mi tierra", y rió como conejo.

"¿Por dónde se va a Tegucigalpa?", interrogaron hoscamente los Contras.

El anciano tornó a mirarlos como si estuvieran al otro lado de la orilla del mar.

"Ese ha de ser un camino que conduce a ninguna parte", les dijo conteniendo la risa.

Los Contras golpearon el suelo con sus tacones.

"Por allá", indicó el viejo, alzando el hueso del brazo.

"Ese es el lado de la frontera, matusaleno ignorante", le respondieron.

"Ah", volvió a señalar el más viejo de los viejos, "entonces por acá", y apuntó al Norte, hacia los pantanos del pleistoceno donde los saurios se angustiaban de calor, brotaban las flores parásitas y carnívoras, bostezaban las serpientes cascabel, traqueaban sus tenazas afiladas los cangrejos y donde la luz del sol se entreveraba, en los vericuetos de las grandes enredaderas, entre un pulular sanguinolento de moscas y un arenal flotante de zancudos.

"Ese ha de ser el pantano", malició el ovante de los Contras.

El viejo entrecerró un ojo y aproximó la oreja para escuchar mejor el murmurio.

"Dice el ovante que por allí es el pantano", tradujo el segundo de los Contras.

"Disculpad mi ignorancia", reclamó el anciano regocijado ante la posibilidad de una adivinanza, "ilustradme qué es el ovante."

El tercero de los Contras extrajo un diccionario.

"Aplícase entre los romanos al que conseguía el honor de la ovación. El que va enfrente victorioso o triunfante", leyó.

El viejo empezó a reír con unas grandes carcajadas que le descuadernaban las costillas y le despepitaban el botón del ombligo, halándose las guedejas, revolcándose en el suelo, apretándose el taparrabos para que no se le cayera y tratando de guardar una compostura natural para su edad. Pero cada vez que se arrancaba las

118

lágrimas de los ojos y contemplaba la estupefacción de los Contras, un infarto de risa le hacía temblequear el alma y le desatornillaba la vejiga, amenazando con empaparle los atributos de la virilidad.

Los Contras se dispusieron entonces a practicar el ejercicio que más les gustaba, el de la tortura, y comenzaron a picarlo con sus yataganes, a rastrillarle los cerrojos de las armas sobre el rostro, a escupirle la cabeza. El viejo se levantó.

"Entonces ha de ser por aquel otro lado", marcó al oeste, en la dirección por donde aparecían por las noches las sombras que bajaban de la cordillera de los guerrilleros.

"Vejestorio mentiroso", le reclamaron con un odio capaz de infectar la capa de ozono, "debemos volver a nuestras bases para reponer nuestras municiones y recoger un poco más de moral."

El más viejo de los viejos estuvo a punto de experimentar, por primera vez, el cosquilleo del rencor, pero se contuvo. "Un día hemos de pedir perdón al mundo", murmuró, "por lo que le hemos hecho con ustedes a nuestros hermanos... Pero no es culpa nuestra", reconoció, "nosotros no los inventamos, nos los han impuesto", dijo.

"No me está permitido mentir", agregó, "porque por allí es donde empieza la gusanera de las sociedades... El rumbo hacia Tegucigalpa es por allá...", y apuntó correctamente hacia la vía principal.

Los Contras deliberaron entre ellos, acercándose a las orejas sus dientes de mastín para que el anciano no los oyera.

"Está engañándonos", susurraron, "enviándonos hacia el pantano, donde nos devorarán los caimanes y habrán de emponzoñarnos los alacranes. Si tan sólo tuviéramos aquí a nuestros asesores con sus mapas aéreos, o a la mujer más detestable del mundo, a la Juana Kirpatrick, para que con su presencia nos espantara lejos los colmillos metálicos de los coyotes... Tomemos hacia el lado opuesto", decidieron, "por allí habremos de llegar..."

Viéndolos alejarse, el más viejo de los viejos hizo un último esfuerzo por detenerlos.

"No es por humanidad", dijo, "que les advierto que van por el rumbo equivocado sino porque, impidiendo que perezcan en el pantano, podría evitar cualquier riesgo de contaminación."

Los Contras se burlaron de él.

"Allá ustedes...", los despidió.

Una hora después empezaron a desfilar junto a las milpas los infantes que marchaban hacia la escuela y que iban encendiendo con sus rostros recién lavados, y con sus pequeñas manos de oro, y con sus cabellos cetrinos como la tierra, la luminosidad de la mañana.

"Anciano", le preguntó uno de ellos, "¿volverá a amanecer después de hoy?"

El más viejo de los viejos pensó un poco.

"Donde haya luz allí estará el día", le dijo.

Otro de los infantes le colocó en las manos huesudas una naranja.

"Abuelo", le consultó, "¿qué es la muerte?"

"Es algo que unos merecen más que otros", le respondió.

Finalmente pasó de prisa un adolescente, tintineando su cascabel de sonajas de bronce:

"Sólo la verdad, sólo debe decirse la verdad...", iba murmurando.

"Espera", lo detuvo el más viejo de los viejos, "no te olvides que también hay que prever de qué manera interpreta cada uno la verdad".

Y rió como conejo.

Los Operantes estaban rezando al alba, agazapados tras los cristales blancos del rocío, viendo caer las primeras luces rosas sobre la esponja desmadejada de un pájaro santo que agonizaba. Arriba de los pinares despertaba una brisa huracanada mientras que abajo, en las vegas del hontanar, el pelambre de los coyotes se empezaba a marchitar de sequedad.

Entonces invocaron con gran devoción la salida de los espíritus y penetraron en la zona gelatinosa de la sorpresa, intimidados por el encanto de lo desconocido, para saber lo que había tras la marejada espumosa del miedo. El pajarraco tembló ante el primer punzaso de la muerte y silbó un inaudible estertor de profunda soledad.

Fue en ese momento cuando bajó el ángel, rodeado de un azaroso estruendo de estalactitas azules. Era bello y femenino bajo el terciopelo de una suave luz de leche que encanecía a los hombres y rejuvenecía a las mujeres, embarazándolas con un jugoso olor de amor consumado. Traía en el puño un bastón de olivo florecido y a su cintura colgaba la panoplia de un esmerilado espadón de agua templada. Vibró el pinar, agarrotado en sus savias por el espanto de Los Operantes.

"¡Hundo un mar, alzo un viento, levanto la tierra!", saludó el vozarrón de oro, haciendo que las hojas se cristalizaran de fuego.

Los Operantes humillaron la frente, arrebatados por una desconsoladora mudez seca.

Entonces volvió a hablar el ángel:

"Voy a daros tres testimonios de lo que ignoráis...", y ante la impavidez general explicó:

"...tres preguntas, idiotas, que llevo prisa para una junta celestial."

Tras mucho fregonear, terminó por deshebillarse los nudos del pavor un medio viejo de los viejos.

En el alto azul circunferenciaba un zopilote con otros zopilotes.

"¿Hay Dios?", interrogó.

"Esa pregunta ni se pregunta", respondió el ángel. "Otra", urgió, chasqueando los dedos.

"¿Dónde van los muertos?, volvió a preguntar, ya más calmado.

"De los cuerpos muertos no sé, pues no nos ocupamos de esas cochinadas. Al cielo van los que mueren de amor, aunque sea un amor perdido. Sólo eso tiene visa franca arriba y más si es amor por la humanidad. En el infierno están los condenados a total extinción por las faltas que seguirán cometiendo en las infinitas cajas del sueño, pues no hay nada más terrible que negarle el derecho a la vida a quien ya la ha conocido y reposa en ese insondable sopor de doble fondo que es la muerte" —el bosque se iluminó con un resplandor de luciérnagas—, "pero a veces los indultamos, todo depende de la línea política que esté en el poder celestial. Van dos...", avisó.

Los Operantes se reunieron entonces a cuchichear entre ellos, sabedores de su postrera ocasión, viendo de reojo la impaciencia del ángel que se pulía el esmalte de las uñas y taconeaba sobre la hierba.

Por fin, tras revolver sofocadamente un manojo de curiosidades, los ancianos concluyeron que la pregunta final debía darles la llave de la salvación o, como advertía su libro mágico, no tendrían una segunda oportunidad sobre la tierra.

"¿Cuál es el pecado que no se perdona?", consultó el más joven de los viejos.

El ángel cabeceó tristemente, conocedor desde tres milenios atrás lo que le preguntarían esa madrugada.

"La intolerancia", dijo despaciosamente, "la explotación de unos hombres por otros, los goces depravados de los imperialismos y la injusticia. Y adiós, que sólo el tiempo es infinito."

Viéndolo agitar las alas y envolverse en el vapor caliginoso de una neblina alba, el más joven de los viejos reflexionó en descuidada voz alta:

"El tal ángel como que es más bien revolucionario..."

El ángel le escuchó y volvió sobre el manto rosado de su propia sombra. Sonrió enigmáticamente, como quien barajara los naipes del entendimiento: "Conocemos el futuro", dijo, "conocemos el futuro" y desapareció entre un alocado precipitar de alas, como de suspiros quebrados, rumbo a la flecha del sol.

Tras él urgió su vuelo el pájaro santo, acorazado en el envoltorio mágico de un silbo de premonición.

CUANDO SE LLEVARON LA NOCHE
María Eugenia Ramos

María Eugenia Ramos (Tegucigalpa, 1959). Estudió Periodismo y Literatura en la Universidad Nacional Autónoma de Honduras, donde actualmente trabaja como comunicadora. Su obra poética ha sido incluida en la antología bilingüe francés-español Poesía hondureña del siglo XX. *Su obra narrativa figura en dos antologías del cuento hondureño y en* Pequeñas resistencias 2 *(2003). Ha publicado, entre otros títulos, el libro de relatos* Una cierta nostalgia *(2000).*

"Cuando se llevaron la noche" fue publicado en Una cierta nostalgia.

Cuando el cielo se oscureció, yo empezaba apenas a quitarme la ropa. Marcos me vio, sonrió con pereza y dijo:

—Va a llover.

—Sí —le contesté—. Así es mejor.

Aquella noche las cigarras cantaban con un toque especial, como a gritos. Había hecho demasiado calor durante el día. El sudor nos había pegado la ropa al cuerpo.

Cuando se empezaron a escuchar los primeros golpes en el techo de cinc, yo estaba cantando en mi interior una canción de Phil Collins, poniéndole la letra que se me antojó. Marcos estaba lejos, tal vez caminando sobre alguna duna. Cuando los golpes se hicieron demasiado fuertes, dejé de cantar y pellizqué a Marcos para que regresara. Él volvió con desgano, con un gesto de sufrimiento, como un niño al que desprenden abruptamente del pecho.

—¿Qué es eso? —pregunté.

—Granizo —había fastidio en su voz.

Pero entonces los golpes ya no eran aislados, sino un solo rumor, de avalancha cada vez más próxima. Salté de la cama y traté de ver por la ventana, pero la luz incierta de las seis de la tarde ya no estaba. En su lugar había una masa negra, y sentí una hebra helada que se me escurría dentro del corazón. Tragué saliva y me volví hacia Marcos.

—Marcos, ¿qué está pasando?

—Pues que está lloviendo, ¿no oís?

—No, es otra cosa —quería gritar, pero mi voz apenas se escuchaba. Quise apartar la cortina para mostrarle lo que no había, pero lo hice bruscamente y el trozo de tela floreada se me quedó en la mano.

—¿Qué estás haciendo? —se irritó Marcos— ¿No ves que estoy desnudo? ¿Querés que nos vean afuera?

—Pero Marcos, es que no hay nada, quiero decir, no se ve nada. No está.

—Estás loca. ¿Quién no está? —y se tiró de la cama, sábana en mano, para cubrir la ventana desnuda.

—La noche. Se llevaron la noche.

Él me miró y pude ver pasar por sus ojos la burla primero, después la incredulidad y por último un inicio de miedo.

—¿Estás tomando algo, o qué? Sólo está lloviendo, ¿no entendés?

Me quedé callada. Él me tomó por un brazo, con cierta brusquedad.

—Vení, volvamos a la cama. Vamos a jugar de caballito.

—Marcos, por favor. Te digo que no está la noche.

—Qué joder, carajo. Te estás inventando esa estupidez. Si no querías acostarte conmigo, no hubieras venido.

—No, te juro que es cierto. Acercate, mirá.

—No, mirá vos —y sin soltarme el brazo, descorrió el pasador, abrió la ventana y me obligó a sacar la mano—. ¿Ves? ¿Sentís la lluvia?

—¡No, por favor!

Aunque Marcos me hacía estirar la mano con la palma hacia arriba, yo sentía que los dedos me rebotaban en una especie de colchón elástico. Definitivamente, el aire, la lluvia, las cigarras, el calor, la noche entera, ya no estaban.

Él me soltó despacio y comenzó a vestirse, diciéndome:

—Yo creo que estás jugando conmigo —su voz tenía un tono de rencor—. Tengo mucho que hacer y solo vine a estar un rato con vos. ¿No podés entender eso? Pero está bien, si no querés, no volvamos a vernos.

—Marcos, no te vayás, por favor, no podés irte, no hay dónde ir.

—Quedate vos con tu locura, si querés. Me voy.

Tiró la puerta con tanta violencia que la sábana mal puesta sobre la ventana cayó al suelo. Yo la tomé, me acurruqué en la cama y me envolví toda para no ver eso que estaba afuera en lugar de la noche. Y aquí estoy desde entonces, esperando que pasen las horas y que cualquiera de los dos, o juntos, Marcos y la noche, vuelvan por mí.

MARGARITA
Jessica Sánchez

Jessica Sánchez (Lima, Perú, 1974). Escritora e investigadora de nacionalidades hondureña y peruana. Es autora del libro de relatos Infinito cercano *(Guatemala, 2010) y de la* Antología de narradoras hondureñas *(Honduras, 2005). Mereció el Premio de Narrativa en Juegos Florales de Santa Rosa de Copán en 2002 y mención en Poesía del Premio Nosside 2012. Es licenciada en Letras con orientación en Literatura por la UNAH; cuenta con un diplomado en Políticas Públicas y Género de la FLACSO, Argentina, así como con un postgrado en Desarrollo Humano y Estudios de Género por la Universidad Rafael Landívar de Guatemala. Es integrante de la Red Latinoamericana de Escritoras y Artistas Feministas, y de la Red Académica en Historia de la Literatura de Mujeres en Centroamérica.*

"¡La lucha es en las trincheras, con el pueblo! Yo creo que cuando una tiene un compromiso con la gente, es difícil zafarse de eso. No se puede quedar mal. Vos sabés, las masas confían en la organización."

Margarita hablaba con pasión y fuerza mientras ordenaba su ropa, tirando blusas, faldas y brasieres de colores sobre la cama desnuda; contando todo aquello que a mí se me hacía difícil de creer. Desde el umbral de la puerta, yo sonreía, apenas divertida, imaginando los cuerpos que se arremolinarían como en un carnaval hacia la manifestación de protesta por la recién aprobada Ley de Agua y Saneamiento. Serían como cientos de gotas, que luego formarían un chaparrón inmenso y caerían sobre el transeúnte, quien asombrado se refugiaría en el pórtico que encuentre, debajo de los aleros de las casas o en un café de paso.

–En este caso, no hay quien avise; la gente espera que lleguemos a los bajos del Congreso o que estemos en el parque, pero... (se quedó pensando).

Allí Margarita se volteó, mirándome con ojos relampagueantes de picardía y me susurró casi en secreto: "¡Nos vamos a tomar todas las entradas de la capital!".

Yo también me reí en secreto, queriendo más que nada compartir esa alegría, esa dicha que todavía brillaba en su cuerpo, en los poros florecidos de su piel, en sus ojos. Supe que nada, absolutamente nada era igual. Para mí, eso se había perdido.

–¿Y con quién vas? –pregunté tímidamente.

–De aquí vamos varios, mucha gente de los grupos, hombres, mujeres –se alzó de hombros–, son las cosas que me gustan, si no de repente no estaría viva.

A mi pesar le di la razón. Afortunada o desafortunadamente, yo no podía compartir eso. La razón que ella tenía estaba cegada para mí, por mi corazón, por mi falta de compromiso o por mi culpa. Si me hubieran preguntado no hubiera sabido por dónde empezar. La

129

vi reflejada en el espejo, vestida de morado y con un pañuelo rojo sobre la cabeza. Reconocí que a pesar del colorido, lo más notorio y atrayente era su sonrisa, abierta al mundo, cálida, traviesa.

Nos habíamos conocido hacía unos años, cuando llevaba a su hija a las reuniones de los grupos de mujeres. En ese entonces, todas éramos militantes del "movimiento". Todas emparentadas con la izquierda. Hijas, amigas, simpatizantes, hermanas, novias. Entramos para promover el desarrollo del pueblo, para llevar mujeres a la causa. Lo menos que nos imaginamos es que la causa se nos daría vuelta como un traje que se confecciona para ser usado por un lado y de repente una se da cuenta que está vestida al revés, por el lado que se suponía no debíamos usar. Y te gusta. Y te quedas así.

—¿Cómo se llama la niña, Margarita?

Ella se quedaba mirando a la bebé que le sonreía, juntando las palmas de las manos.

—Se llama niña —respondía.

—Es en serio, Margot.

—¡Bah! se llama niña, ya les dije, ¿acaso tiene que tener nombre? Cuando sea grande ella podrá elegir, eso será bueno, ¿qué dicen?

Por supuesto que ninguna decía nada, asombradas nosotras mismas de la posibilidad de ser anónima, común, sin un nombre que definiera la particularidad que hace más llevadero el recuerdo de nuestra intrascendencia humana.

Hoy la niña tiene un nombre y verla me provoca una sensación de viento en el corazón, a veces frío, a veces tibio. El soplo del tiempo tal vez, de las horas pasadas. Miro de nuevo a Margarita y volteo la mirada hacia mi cuerpo. Algunas arrugas recientes aparecen en nuestros rostros, el pelo en otros tiempos negrísimo como la noche, no es nuestro. Reaparece ahora como por arte de magia en nuestras hijas, como si lo hubiéramos sembrado y dejado crecer con el tiempo.

De repente habla de otra cosa, sorprendiéndome al constatar la interrelación de mundos que llevamos las mujeres adentro. Al momento saltamos de un lado a otro de la cerca, sin justificación, sin aviso:

—¡Estoy cansada de tanta exprimida de cerebro para justificar sus dólares!, por eso la vez pasada, cuando me pusieron enfrente la guía de cómo asumir la participación ciudadana dentro de la comunidad y la familia, me hice la loca. "¿Usted qué dice compañera?", "No sé, yo no sé nada de eso".

Veo el brillo cansado de su mirada, el compromiso vaciado de tanto esfuerzo y me identifico con eso. Por lo menos, son cosas que todavía compartimos.

—También está Mario —me dice—, él viene y se va. A veces me hace falta, a veces no. No sé si todavía lo quiero, debe ser que sí, porque después de todos estos años ni él ni yo hemos buscado otra pareja.

Yo sabía que él sí había buscado y encontrado, pero que las cosas no habían salido según sus proyecciones. No pregunté las razones. Solo sabía que ella seguía creyendo en él; sufriéndolo como en los primeros días de la separación. Todos, menos ella, sabíamos que él se iba alejando cada vez más, irreversiblemente. Un día le avisó que se iba porque quería tener una vida propia, porque ella se había convertido en una mujer para el pueblo y que necesitaba urgentemente alguien que tuviera una ocupación menos importante, alguien que solo tuviera que atenderlo a él.

—Eso no lo entendí —me decía ella—, sigo sin entenderlo porque me suena a excusa, hubiera bastado con decirme que no quería vivir conmigo, nada más.

Ella me cuenta de los días cuando la llevaron presa. La vez que la interceptaron a media calle y amablemente la agarraron del brazo: "¿Usted es Margarita?". Y luego, sin que diera tiempo a responder, "Tiene que acompañarnos".

—Gracias a Dios que iba pasando una amiga de la radio y alcancé a decirle: "Dígale a Mario que no llego a cenar; el corazón me llegaba a la garganta y era una sola palpitación, solo sudaba" —me cuenta.

Ella no sabía a dónde la llevaban, solo tenía la leve esperanza de que la compañera hubiera entendido y le pasara el mensaje a Mario. Con todas sus fuerzas deseaba que ella llegara corriendo y que empezaran a buscarla. Pensaba en sus hijos, era lo único que la hacía llorar.

—¡Cállese! ¡no chille! ¿para qué se metió en estas cosas? Ustedes bien saben qué les pasa, son como burros —y luego como una escupida final— ¡ñángaras de mierda!

—Entonces lloraba con más fuerza, para que me oyeran –dice–, porque es lo único que podía hacer, tal vez les remordía la conciencia.

Sus ojos no me miran, observan el vacío y yo, incapaz de verle la cara, solo la escucho con el oído que tuve jamás para nadie.

—Después ellos entraban y me pateaban, preguntándome por los compañeros, que si les conocía los nombres, "¡Vas a estar jodida, cabrona, ni tus hijos te van a reconocer después!".

—Una vez me estrellaron contra la pared, empecé a sangrar por la nariz y me dejaron ahí: "¡puta de mierda, cochina!".

—Después se orinaron en todo lo que había, las paredes, el remedo de sábana que tenía, en mi ropa, mi cuerpo. No sentí asco, solo tristeza infinita, ¿sabés? La tristeza que te viene de adentro, como un lago profundo, oscuro, que no tiene rabia y donde apenas podés adivinar el dolor, totalmente extraño, diferente. En la noche me pasaron una toalla con una pana de agua, para secarme gritaron, para que me aseara toda esa puercada. Y no vas a creer que todo ese tiempo, de lo único que tenía miedo era de verles los ojos. Nunca quise voltearlos a ver, para no reconocerlos ni cuando me quitaban la venda. Esa era mi esperanza, para que me dejaran viva por lo menos, hecha mierda, pero viva.

No pregunto por nada más, porque sé lo que viene. La historia tantas veces repetida de los golpes, la brutalidad de las violaciones, las torturas, los choques eléctricos en los pezones y en la vulva, la necesidad de fantasear con la exquisitez de un dolor innombrable, donde todo el cuerpo era un solo grito sudoroso e incesante y la luz desaparecía para dar paso a un estallido incontrolable de fulgores, donde se suplicaba a gritos o en quejidos incomprensibles.

Cuando no tuvieron nada más qué hacer, me soltaron. Yo sospechaba que al fin me iban a hacer el favor de matarme, que me decían eso para que no me resistiera y solamente me pesaba como una carga no poder ver a mis hijos, decirles que no iba a estar allí para acompañarlos, darles todos los consejos para que les fuera bien, despedirme. Me vendaron los ojos y, amarrada, me tiraron en un solar baldío.

—Si te movés un poquito o gritas, puta, nos regresamos y ya sabés lo que te va a pasar, portate bien.

—Fui obediente, hasta en eso me porté bien.

Se quiebra, como una flor con el tallo demasiado delgado. Doblada hacia delante llora a gritos, mientras yo, testigo muda, me acerco y la abrazo suave, solo para que sienta que estoy allí, con el corazón partido, presente en ese momento. No sé cuánto tiempo pasamos abrazadas y tengo la seguridad de que no importa. Solo me quedo, mientras se acomoda y se duerme a mi lado con la respiración tranquila, por ratos entrecortada por un suspiro lejano. Miro al techo y me pierdo en los dibujos de la luz que apenas entra por las rendijas, vuelo hasta allá, me contemplo vacía y a la vez tan llena de preguntas. Hace tiempo que aprendí que algunas de esas preguntas solo son eso, no esperan ser respondidas porque los que tienen la facultad de contestarlas nunca lo harán o se encuentran perdidos en un recodo, entre la muerte o el olvido. Y no podremos saber más que nuestra interpretación parcial y subjetiva de las cosas, un pedazo de verdad que en ningún caso nos satisface.

Miro el reloj y pienso en sus hijos, que pronto llegarán de la escuela. Me imagino haciéndoles una seña de silencio, con el dedo índice sobre mi boca. Que dejen dormir a su madre, les diré, que la dejen soñar, porque este, tal vez este sea uno de los pocos momentos donde la vida extienda sus brazos y se deje acariciar.

NICARAGUA

Ernesto Cardenal (1925)
Sergio Ramírez: (1942)
Alejandro Bravo (1953)
María del Carmen Pérez Cuadra (1971)
Ulises Juárez Polanco (1984)

EL SUECO
Ernesto Cardenal

Ernesto Cardenal (Granada, 1925). Es considerado una de las figuras literarias de mayor significado después de Rubén Darío. Estudió en la Facultad de Filosofía y Letras de la UNAM y en la Universidad de Columbia. Entre su variada obra poética destacan Epigramas *(1961),* Oración por Marilyn Monroe y otros poemas *(1965),* El estrecho dudoso *(1966) y* Cántico cósmico *(1989). Entre otros galardones, en 1980 recibió el Premio de la Paz de los libreros alemanes y en 2009 el Premio Iberoamericano de Poesía Pablo Neruda. Ha sido propuesto al Premio Nobel de Literatura.*

"El sueco" aparece en El cuento nicaragüense *(antología, 1981).*

Yo soy sueco. Y comienzo declarando que soy sueco porque a ese simple hecho se deben todas las extrañas cosas que me han sucedido (que algunos considerarán increíbles) y que ahora me propongo relatar. Yo soy sueco, pues, como iba diciendo, y vine, hace ya muchos años, por una corta visita, a esta pequeña y desventurada república de Centroamérica —en la que aún me encuentro— buscando un ejemplar de una curiosa especie de la familia de las *Iguanidae* no catalogada por mi compatriota Linneo, y que yo considero descendiente del dinosaurio (aunque en el mundo científico aún se discute su existencia). Tuve la mala suerte de que apenas acababa de cruzar la frontera, cuando caí preso. Porqué caí preso no se espere que lo explique, pues nunca me lo he podido explicar yo mismo satisfactoriamente, por más que he tratado de explicármelo durante años, y no hay nadie en el mundo que lo explique. Es cierto que el país estaba entonces en revolución y mi aspecto nórdico causaría suspicacias, además de que había cometido la imprudencia de venir a este país sin conocer el idioma. Se me dirá que ninguna de estas razones son causa suficiente para caer preso, pero ya he dicho que no había explicación satisfactoria. Sencillamente: caí preso.

De nada me valió que tratara de hacerles comprender, en una lengua ininteligible, que yo era sueco. Mi firme convicción de que el representante de mi país me llegaría a rescatar se desvaneció más tarde, cuando descubrí que ese representante no sólo no podría entenderse conmigo, pues no sabía sueco y jamás había tenido la menor relación con mi país, sino que además era un anciano sordo y enfermo y, también él mismo, con frecuencia caía preso.

En la cárcel conocí a gran cantidad de gentes importantes del país, que también acostumbraban a menudo caer presos: ex presidentes, senadores, militares, señoras respetables y obispos, y aun una vez, incluso al mismo jefe de policía. La llegada de estos personajes, que ocurría generalmente en grandes grupos, alteraba la rutina de la cárcel con toda clase de visitantes, mensajes, envíos de viandas, sobornos, motines, y hasta fugas a veces. Estas grandes llegadas de presos que había en los días de conspiración modificaba siempre la situación de nosotros los que teníamos, por así decirlo, un carácter más permanente en la cárcel, y de una celda individual –relativamente cómodo– podían pasarlo a uno a una celda inmensa repleta de gente y en la que apenas cabía una persona más, o a un agujero individual en el que también difícilmente cabía una persona, o incluso a la cámara de tortura –si teniendo el resto de la cárcel lleno– estaba ésta desocupada.

Pero digo mal cuando digo la cárcel, porque no era una cárcel sino muchas, y muchas veces se nos cambiaba de una a otra sin razones aparentes, yo creo haberlas recorrido casi todas. Aunque un destacado opositor que estaba preso –y antes había sido una figura destacada del Gobierno– me dijo una vez que la cárcel era una sola; que el país entero era una cárcel, y que unos estaban en "la cárcel" dentro de esa cárcel, otros estaban con la casa por cárcel, pero todos estaban con el país por cárcel.

En estas cárceles es frecuente encontrarse a viejos presos de confianza, que están cumpliendo alguna sentencia muy larga por algún crimen, convertidos en carceleros, como también a antiguos carceleros en calidad de presos, y así como importantes hombres del Gobierno a veces caen presos, igualmente ha habido importantes presos de la Oposición que después han pasado a ocupar altos puestos del Gobierno (puedo atestiguar de uno, que estuvo preso en estas cárceles y que, según me han dicho otros compañeros de prisión, aún participó en un atentado, y ahora es Ministro de Estado), pero la confusión se aumenta más todavía con los agentes secretos y espías encarcelados, que uno nunca sabe con certeza si son falsos espías del Gobierno presos por entenderse con la Oposición o falsos presos puestos en la cárcel por el Gobierno para espiar a la Oposición.

A propósito de la Oposición, he de referir aquí lo que uno de los más importantes hombres de la Oposición me confió una vez: "La Oposición –me dijo– en realidad no existe, es una ficción mantenida por el Gobierno, como el Partido del Gobierno también es otra ficción. Hace tiempo dejó de existir, pero también a nosotros nos conviene mantener esta ficción de Oposición, aunque a veces caernos presos por ella". Y si esto será verdad o no, no lo puedo asegurar. Pero mucho más extraordinaria revelación —y más increíble— fue la que me hizo, en el más grande de los secretos, uno de los más íntimos amigos del Presidente que —convertido ahora en uno de sus más encarnizados enemigos— estaba preso: "¡El Presidente —me dijo— no existe! ¡Es un doble! ¡Hace mucho tiempo dejó de existir!". Según él, el Presidente había tenido un doble que usaba para los atentados, los cuales muchas veces eran falsos y urdidos por el propio Presidente, para ver quiénes de sus amigos caían en la trampa y liquidarlos (aunque este juego también le resultaba peligroso, además de complicado, porque se prestaba a que verdaderos complotistas simularan con él urdir un falso complot, con el propósito de liquidarlo realmente) y parece ser que un día o fracasaría algún plan del Presidente o tendría éxito alguno de sus enemigos (quizás también con la complicidad del mismo doble —ya fuese por ambición personal para suplantar al Presidente o por defensa propia, viendo su vida amenazada en el cruel oficio de doble— aunque los detalles no los sabía o no me los quiso decir mi informante), pero el hecho había sido que el doble quedó en lugar del Presidente, y si todo esto es fábula, o patraña, o la verdad, o una broma, o el desvarío de una mente desquiciada por el encierro, yo no lo puedo decir, ni tampoco supe si la amistad de mi informante, o su traición, habían sido con el primer Presidente o con su supuesto doble, o con los dos.

Como se comprenderá, yo ya había llegado a dominar el idioma, y a adquirir, en la cárcel, un perfecto conocimiento de todo el país, y había tratado íntimamente a los personajes más importantes de la Oposición (y aun del Gobierno, como ya dije), los cuales me hacían confidencias en la prisión que afuera no se hacen a la esposa, ni siquiera a los otros conjurados. Puede decirse pues que la única persona importante del país que yo no conocía era el Presidente. Y aquí empieza lo más extraordinario de mi historia, porque sucedió un día que, estando preso, no sólo llegué a conocer al Presidente, sino que además lo llegué a conocer en una forma mucho más íntima que como yo había tratado hasta entonces a ninguna otra persona de la Oposición o del Gobierno. Pero no nos adelantemos a los hechos.

En un principio, cuando caí preso, estuve repitiendo incansablemente que era sueco, pero al fin lo dejé de hacer, convencido de que así como para mí era absurdo que me encarcelaran siendo sueco, igualmente lo era para ellos el libertarme por el solo hecho de serlo. Llevaba yo varios años en la situación que he referido, y perdidas las esperanzas de que al terminarse el período del Presidente yo me vería libre (porque éste se había reelegido), cuando llegaron a mi prisión unos agentes del Gobierno a preguntarme –para mi sorpresa– si yo era sueco. No sin titubear antes un momento, por lo inesperado de la pregunta y el interés que denotaban al hacerla, les respondí que sí, y al punto me hicieron bañarme, me rasuraron y me cortaron el pelo (cosas que jamás me habían hecho) y me pusieron un traje de etiqueta. En un comienzo pensé que las relaciones con mi país habrían mejorado extraordinariamente, aunque por otra parte tantos preparativos y ceremonias –y especialmente el traje de etiqueta– me produjeron un serio temor, pensando que tal vez me llevaban a matar. El temor se disipó, en cierto modo, cuando descubrí que me llevaban ante el Presidente.

Inmediatamente que llegué se me abrieron todas las puertas hasta entrar al despacho del Presidente, quien parecía que me estaba esperando Al verme me saludó cortésmente: "¿Qué tal? ¿Cómo le va?". Aunque creo que no ponía mucha atención en su pregunta. Antes que yo respondiera me preguntó si yo era sueco. Le respondí con toda decisión afirmativamente, y me volvió a preguntar: "Entonces, ¿usted sabe sueco?". Le dije también que sí, y mi respuesta le complació visiblemente. Me entregó entonces una carta escrita con delicada letra de mujer en la lengua de mi país, ordenándome que se la tradujera. (Más tarde me enteré que cuando llegó esa carta habían buscado inútilmente en todo el país alguien que pudiera leerla, hasta que uno, afortunadamente, recordó haber oído en la cárcel gritar a un preso que era sueco). La carta era de una muchacha que suplicaba al Presidente le regalara unas cuantas de esas bellas monedas de oro que, según había oído decir, circulaban aquí, expresando al mismo tiempo su admiración por el Presidente de este exótico país, al que le enviaba también su retrato: ¡la fotografía de la muchacha más bella que yo he visto en mi vida!

Después de oír mi traducción, el Presidente, a quien la carta y sobre todo el retrato de la muchacha habían agradado mucho, me

142

dictó una contestación no exenta de galantes insinuaciones, en la que accedía gustosamente al envío de las monedas de oro, en generosa cantidad, aunque explicaba sin embargo que ello estaba expresamente prohibido por la Ley. Traduje fielmente a la lengua sueca su pensamiento, con el firme convencimiento de que mi inesperado servicio me proporcionaría no solamente la libertad, sino hasta un pequeño nombramiento quizás, o al menos el apoyo oficial para encontrar la ansiada *Iguanidae*. Pero como una medida de prudencia, por cualquier cosa que pudiera pasar, tuve la precaución de agregar unas líneas a la carta que me dictó el Presidente, explicando mi situación y suplicándole a mi bella compatriota que gestionara mi libertad.

No tardé mucho en felicitarme por esta ocurrencia, pues apenas había terminado mi trabajo cuando fui llevado, con gran desilusión de mi parte, otra vez a la cárcel, donde se me quitó el traje de etiqueta, volviendo nuevamente a mi triste condición de antes. Pero los días desde entonces ya fueron llenos de esperanza, sin embargo la imagen de mi bella salvadora no se apartaba de mi mente, y al poco tiempo, una nueva bañada y rasurada y la puesta del traje de etiqueta me hicieron saber que la anhelada contestación había llegado.

Así era en efecto. Como yo ya lo había previsto, esta carta se refería casi exclusivamente a mi persona, suplicándole mi libertad al Presidente, pero (y esto también yo ya lo había previsto) yo no le podía leer esa carta al Presidente, porque, o creería que eran invenciones mías, o descubriría que yo antes había intercalado palabras mías en su carta, castigando hasta tal vez con la muerte mi atrevimiento.

Así me vi obligado a callar todo aquello que se refería a mi liberación, sustituyéndolo tristemente por frases aduladoras para el Presidente. Pero en cambio en la contestación galante que él me dictó, tuve la oportunidad de hacer una relación más completa de mi historia, desvaneciendo al mismo tiempo la idea romántica que ella tenía del Presidente y revelándole lo que éste era en realidad.

A partir de entonces la linda muchacha comenzó a escribir con frecuencia demostrando un interés cada vez más creciente en mi asunto, con el consiguiente aumento de mis rasuradas y baños y puestas del traje de etiqueta, al mismo tiempo que de mis esperanzas de libertad.

Fui adquiriendo así cada vez mayor intimidad con ella a través de las contestaciones que me dictaba el Presidente, las que yo aprovechaba para desahogar mis propios sentimientos. Debo confesar que durante los largos y monótonos intervalos habidos entre carta y carta, el pensamiento de mi libertad (unido al de la maravillosa muchacha que podía proporcionármela) no se apartaba de mi mente, y ambos pensamientos a menudo se confundían en uno sólo, hasta el punto de que yo ya no sabía si era por el deseo de mi libertad que yo pensaba en ella, o era por el deseo de ella que pensaba en mi libertad (ella y la libertad eran para mí lo mismo, como se lo dije tantas veces mientras el Presidente dictaba). Para decirlo con más claridad: me había ido enamorando. Parecerá improbable a los que lean este relato (estando afuera) que uno se pueda enamorar, en el encierro de una cárcel, de una mujer lejana a la que no conoce más que en fotografía. Pero yo les aseguro que me enamoré en esta cárcel, y con una intensidad que los que están libres no pueden ni siquiera imaginar. Pero, para desgracia mía, el Presidente, aquel hombre misántropo y solitario y extravagante y lleno de crueldad, también se había enamorado, o fingía estarlo, y, lo que era peor, yo había sido el causante y fomentador de ese amor, haciéndole creer, con el propósito de mantener la correspondencia, que las cartas eran para él.

En mis largos y angustiosos encierros yo ocupaba todo mi tiempo en preparar cuidadosamente la próxima carta que leería al Presidente, lo que me era indispensable, pues éste no permitía que primero la leyese para mí mismo y después se la tradujera, sino que exigía que se la fuera traduciendo al mismo tiempo que leía, y además (fuese porque desconfiara de mí o por el placer que esto le proporcionaba, me hacía leer tres y aun cuatro veces seguidas una misma carta. Y preparaba también la contestación que escribiría, puliendo cada frase y esmerándome en poner en ellas toda la poesía y belleza tradicional de la lengua sueca, y aun incluyendo a veces pequeñas composiciones en verso de mi invención.

Para prolongar más mis cartas fingía al Presidente toda suerte de preguntas sobre la historia, costumbres y situación política del país, a las que él respondía siempre con mucho gusto. Así, él me dictaba entonces largas epístolas, hablando de su Gobierno y de la Oposición y los problemas de Estado y consultando y pidiendo consejos a su novia. Resultó entonces que yo, desde una prisión, daba consejos al Gobierno y tenía en mis manos los destinos del país, sin que nadie ni el mismo Presidente lo supiera, y obtuve el regreso de desterrados, conmuté sentencias y liberté a compañeros de prisión, aunque sin que ellos pudieron agradecérmelo. Pero el único por quien yo no podía abogar era por mí.

Uno de los más grandes placeres de los días de dictado era poder mirar el retrato de ella, que el Presidente sacaba de un escondite, según él "para inspirarse". Yo le pedía que nos enviara más retratos y ella lo hacía, aunque como se comprenderá, todos quedaban en poder del Presidente. Mi venganza consistía en los regalos que él enviaba, que eran muchos y valiosos, y que ella recibía más bien como míos.

Pero un terror había ido creciendo en mí, juntamente con mi amor, y era esa gran colección de cartas que se había ido acumulando en el escritorio del Presidente, y en las que ya por último ni se le mencionaba a él siquiera, sino de vez en cuando, y eso para insultarlo. En cada una de esas cartas estaba, por así decirlo, firmada mi sentencia de muerte.

El tema de la libertad como se comprenderá es el que predominaba en nuestra correspondencia. Siempre habíamos estado ideando toda clase de planes o imaginando todas las estratagemas posibles. Mi primer plan había sido el de la huelga, negándome a traducir nuevas cartas, a menos que se me concediese la libertad, pero entonces se me condenó a pan y agua, y esto, junto con el suplicio aún mayor de no leer más cartas de ella (que ya entonces se me habían hecho indispensables) quebrantó mi voluntad. Propuse entonces como condición que al menos la rasurada y el baño y el buen vestido me fuesen proporcionados en forma regular y no únicamente en los días de carta (lo que era no solamente impráctico sino también humillante) pero ni aun esto me fue concedido, y entonces me hube de rendir incondicionalmente.

Después ella propuso hacer un viaje de visita al Presidente para gestionar aquí mi libertad (plan que tenía la ventaja de contar con el apoyo decidido de éste, quien desde hacía tiempo la estaba llamando con alguna impaciencia) pero yo me opuse terminantemente a esto porque equivaldría a perderla a ella sin lugar a duda (y perderme yo también posiblemente). Mi propuesta, en cambio, de que viniera otra mujer en lugar suyo fue rechazada por ella, como algo peligroso, además de imposible. Otro plan de ella, y que estuvo a punto de realizarse, fue el obtener una protesta enérgica de parte de mi Gobierno y aun una ruptura de relaciones, pero yo le advertí a tiempo que semejante medida no sólo no remediaría mi situación, sino que la empeoraría considerablemente y ya no se volvería a saber de mí. Yo prefería más bien que se tratara de mejorar las relaciones de los dos países, entonces en estado tan lamentable, pero, como alegaba ella con mucha razón, ¿cómo convencer al Gobierno sueco que mejorará sus relaciones por el motivo de que a un ciudadano suyo lo hubieran puesto preso injustamente? Pero la más descabellada ocurrencia, sugerida por un abogado amigo de ella, fue la de exigir mi extradición como delincuente (lo que yo objeté), no reparando que si ya me tenían preso sin motivo, habiendo una acusación contra mí, el Presidente me daría la muerte en el acto.

Pero no se crea que éramos nosotros los únicos que hacíamos planes, pues todos los presos (y aun el país entero) vivían todo el tiempo elaborando los más diversos y contradictorios planes: la huelga general o el atentado personal, la acción cívica, la revolución, la alianza con el Gobierno, la rebelión, la conspiración palaciega, la violencia y el terrorismo, la resistencia pasiva, el envenenamiento, la bomba, la guerra de guerrillas, la guerra de rumores, la oración, los poderes psíquicos. Aun había un preso (un profesor de matemáticas) que estaba trabajando en un plan, muy abstruso, de derrocar al Gobierno por medio de leyes matemáticas (concebía una organización clandestina casi cósmica que iría creciendo en proporción geométrica y que a las pocas semanas sería tan grande como el número de habitantes de todo el país, y pocos días más tarde, de seguir creciendo, no serían suficientes los habitantes de todo el globo, pero no tomaba en cuenta que los que no se sumarían a la organización también crecerían en proporción geométrica).

En lo que a mí respecta, un nuevo temor se había venido a agregar a los otros, y era el ver que cada día me iba haciendo más peligroso a los ojos del Presidente, por el gran secreto (juntamente con el sinnúmero de confidencias menores) de que yo era depositario; aunque también era cierto que su amor, real o fingido,

146

constituía mi mayor garantía, porque él no me mataría mientras necesitara mis servicios (pero esta garantía me angustiaba también por otra parte, porque necesitando mis servicios era más improbable que me dejara ir). Y la misma esperanza que tuve en un principio, de que un compatriota mío acertara a pasar, se había convertido ahora en la principal ansiedad, porque el Presidente podría enseñarlo orgullosamente alguna carta, y se descubriría mi fraude.

Estábamos así ella y yo ocupados en la elaboración de un nuevo plan que probara ser más efectivo, cuando de pronto, aquello que más me aterraba y que con todos los recursos de mi mente había tratado de evitar, llegó a suceder: el Presidente dejó de estar enamorado. No fue, para mi desgracia, su desenamoramiento gradual sino súbito, sin que me diera tiempo de prepararme. Sencillamente las cartas que llegaron ya no fueron contestadas sino tiradas al canasto, y no se me llamó sino de tarde en tarde para leer alguna, más bien por curiosidad y por aburrimiento que por otra cosa, dictándome después contestaciones lacónicas y frías con el objeto de poner fin al asunto. Toda la desesperación y mortal angustia de mi alma fueron vertidas en esas líneas, y en las pocas cartas que aún tuve la suerte de leer al Presidente, puse a la vez las más apasionadas y ardientes súplicas de amor que jamás haya preferido mujer alguna, pero con tan poco éxito que se me suspendía la lectura a mitad de la carta. Para colmo de desdicha, éstas eran más bien de reproche para mí, por no contestarle, poniendo ella en duda que aún estuviera preso y aun llegando a insinuar que tal vez nunca había estado preso. La última vez, en la que ya ni siquiera se me hizo llegar de etiqueta a la Casa Presidencial sino que en la propia cárcel me fue dictada por un guardia una ruptura completamente definitiva, comprendí que ella, mi libertad y todo, habían terminado y mis postreras y desgarradores palabras de adiós fueron escritas.

El papel que sobró y la pluma me los dejaron en la celda, por si se necesitaba de nuevo alguna carta mía, supongo yo. Y si el Presidente no me mandó a matar porque me quedó agradecido, o por si otra persona le escribe de Suecia, o sencillamente porque se olvidó de mí, yo no lo sé (y aún pienso también en la posibilidad de que lo hubieran matado a él —aunque esto es inverosímil— y el que exista ahora sea otro doble). Ignoro también si ella me ha seguido escribiendo o si ya tampoco se acuerda de mí, y aún se me ocurre el absurdo terrible de que tal vez ni siquiera existió, sino que fue todo tramado por alguno de la Oposición en el exilio, para burlarse del Presidente o burlarse de mí (o por el mismo Presidente que es cruel y maniático) debido a una costumbre de pensar absurdos que últimamente se me está desarrollando en la cárcel. ¿Me habrás querido tú también, Selma Borjesson, como yo te he querido con locura en esta prisión?

Ha pasado mucho tiempo desde entonces, y ya otra vez perdí las esperanzas de verme libre al terminar el período del Presidente, porque éste otra vez se ha reelegido. El papel que me sobrara, y que ya no tiene objeto, lo he ocupado en relatar mi historia. Escribo en sueco para que el Presidente no lo entienda, si esto llega a sus manos. Termino aquí porque el papel ya se me acaba y quizás no vuelva a tener papel en muchos años (y quizás me queden pocos días de vida). En el remoto caso de que un compatriota mío acierte a leer estas páginas, le ruego interceder por la libertad de Erick Hjalmar Ossiannilsson, si aún no me he muerto.

NOTA: Un amigo mío que estuvo preso encontró este manuscrito en la cárcel, casi destruido por la humedad, debajo de un ladrillo. Parece haber sido escrito hace ya muchos años. Y años más tarde un representante sueco de la Compañía de Teléfonos Ericksson nos lo tradujo. No hemos podido encontrar ningún dato referente a la persona que lo escribió. Yo he publicado el texto como me ha sido dado, haciéndole obvias correcciones de redacción y de gramática.

PERDÓN Y OLVIDO
Sergio Ramírez

Sergio Ramírez (Masatepe, 1942). Se inicia a los veinte años con el libro Cuentos *y es autor de nueve novelas, entre ellas* Margarita, está linda la mar *(1998, Premio Alfaguara),* Castigo Divino *(1988, Premio Dashiell Hammett, 1989),* ¿Te dio miedo la sangre? *(1977, finalista del Premio Rómulo Gallegos, 1982),* Un baile de máscaras *(1995, Premio Laure Bataillon en Francia) y* La fugitiva *(2011), la más reciente; ocho colecciones de cuentos, entre los que destacan* El Reino Animal *(2006),* Catalina y Catalina *(2001),* Clave de Sol *(1992) y* Charles Atlas también muere *(1976). Sus* Cuentos Completos *(1997) fueron prologados por Mario Benedetti, y una antología de 50 años de su oficio de cuentista se encuentra en* Perdón y olvido *(2009).*

"Perdón y olvido" aparece en Catalina y Catalina.

La pasión de Guadalupe son las viejas películas mexicanas. Puede verse hasta tres en cada sesión, y las colecciona con la misma avidez con que de niño yo coleccionaba figuras de jugadores de beisbol de las Grandes Ligas. Por lo general hay alguien que viene de México y le trae un casete con alguna que no tiene, o las graba del cable, y si no, no le importa repetir. Tu pasión malsana, le digo a veces, buscando una de esas camorras bufas que se desatan entre los dos; pero como me lo hace ver ella sin más necesidad que un fulgor burlón de su mirada, no tengo ninguna autoridad moral para criticarla. La verdad es que nunca falto a sus sesiones de cine casero que duran hasta la medianoche, o más allá.

Guadalupe se quedó en Nicaragua desde que le tocó cubrir en 1979 la ofensiva final en el Frente Sur, como parte de un *crew* de Imevisión, todos encandilados con el sandinismo, y la conocí para los días del triunfo cuando se fundó Incine con unos cuantos equipos confiscados a la empresa de un argentino mafioso que le hacía los noticieros de propaganda a Somoza. Ella apareció una mañana en la mansión de Los Robles, confiscada también a un coronel de la Guardia Nacional, donde estábamos instalándonos. Llegó vestida de guerrillera, botas, boina, canana y un fusil Galil, enviada por Juanita Bermúdez, la asistente de Sergio Ramírez, con instrucciones de la Junta de Gobierno de darle trabajo en algo que todavía no existía. Mucho después me confesó cuánto me había odiado ese día. Lo primero que le pedí fue que se deshiciera de aquel fusil, que no parecía saber manejar y que iba a estorbarle en el trabajo, que antes que otra cosa consistía en barrer y acomodar los muebles del coronel que de verdad fueran a servirnos, mientras los otros, consolas y espejos dorados, iban a dar a una bodega con la esperanza de utilizarlos alguna vez en una decoración de ambiente. Por el momento habíamos mandado a vaciar la piscina para que se viera que no éramos parte de la clase ociosa destronada.

Pero cuando filmé mi primer documental sobre la reforma agraria, *No somos aves para vivir del aire,* con una vieja Arriflex de 16 milímetros, que era lo mejor de la herencia del capo argentino, Guadalupe hizo con todo entusiasmo el corte de la película. Y por esas vueltas que da la vida, no fue sino diez años más tarde que nos juntamos, después de haberla dejado de ver todo ese tiempo porque ella había regresado a México por una buena temporada para arreglar los asuntos legales de su divorcio. Los dos estábamos separados de nuestras parejas anteriores, yo ya un poco calvo y ella enseñando algunas hebras de canas en las trenzas, pues siempre se peina como Columba Domínguez en *Pueblerina.* El emblema de su presencia en mi cueva de soltero fue entonces el sarape mexicano que clavó como una manta de toreo en la pared, al lado de mis fotos de familia.

Esa noche que cuento estábamos viendo *Perdón y olvido,* una película del año 1950 en blanco y negro dirigida por Tito Gout, con Antonio Badú y Meche Barba. Empezaba una escena cuando fui a buscar una lata de cerveza, y camino de regreso al sofá la sorpresa me dejó paralizado.

En la pista del cabaret bailaban mis padres.

Con voz urgida, como si temiera que se me escaparan, le pedí a Guadalupe que congelara la imagen. No había duda, eran ellos. Cada uno bailaba con una pareja distinta. Ella llevaba el pelo peinado en grandes bucles laterales que subían desde sus orejas desnudas y él vestía un traje traslapado a rayas, de hombreras pronunciadas. Bastaba compararlos con la foto de su paseo a Xochimilco que colgaba en la pared al lado del sarape de Guadalupe, sentados los dos en el travesaño de una chalupa, bajo un arco tejido de flores, con las cabezas muy juntas, para saber que tenían entonces la misma edad que en la película.

Me apoderé del comando e hice regresar la cinta hasta el inicio de la escena de cabaret. Entonces los descubrí en las mesas, cada uno siempre con su pareja. Mi padre aplasta la colilla del cigarrillo en el cenicero y le dice algo a la rubia de rostro lánguido sentada frente a él, que le contesta; y unas mesas más allá, a medida que la cámara extiende su panel despreocupado, mi madre se inclina para que el morocho de pelo ensortijado y mirada nerviosa, su pareja, le dé fuego; luego expira el humo por las narices y también ella le dice algo al morocho, que guarda silencio.

Congelé el cuadro y mi madre quedó en la pantalla del televisor, envuelta en el humo del cigarrillo. Eran ellos, le dije a Guadalupe con un temblor de voz que me hizo sentir incómodo. Eran mis padres. Y al pulsar otra vez el botón, bajaron de nuevo a la pista para iniciar el baile.

El set del cabaret en *Perdón y olvido* era el mismo de otras películas que Guadalupe y yo habíamos visto en nuestras sesiones de cada noche, construido en la nave tercera de los estudios Churubusco en 1945 (según aparece en el libro *Churubusco, máquina de varia invención*, de Sealtiel Alatriste). Al fondo de la pista de baile estaba el estrado de la orquesta, circundado por cortinas drapeadas, y a los lados dos mezanines con barandas artesonadas en crucetas, donde se agrupaban las mesas; y realzados en las paredes, simulacros de columnas dóricas.

Yo nací poco después del regreso de mis padres a Nicaragua, amparados en la amnistía decretada a raíz del pacto entre liberales y conservadores que Somoza firmó con Emiliano Chamorro en 1950. Los avatares de ese exilio se los oí contar muchas veces a mi padre en la tertulia vespertina que se celebraba en la acera de nuestra casa en el barrio San Sebastián, oficinistas, maestros de secundaria y agentes viajeros que traían de las casas vecinas sus propias mecedoras y silletas y desaparecían cuando llegaba la hora de la cena. En México habían hecho de todo, contaba; ella de camarera en el Hotel del Prado, dependienta en El Palacio de Hierro; él visitador médico, empleado en la sección de estadística de la Secretaría de Educación; y al final, la temporada en que trabajaron como extras de cine.

Los dos habían muerto hacía años, mi madre de cáncer en los pulmones porque fumaba como loca. Yo recordaba a mi padre, viudo, gastando su magra pensión del Seguro Social en esquelas que mandaba a publicar en *La Prensa* con la foto de ella vestida de novia, una cada día durante el mes que siguió a su muerte, y después una cada mes. En las esquelas él le daba cuenta de todo lo que había hecho, empezando por sus visitas al cementerio para enflorar su tumba; le daba noticias de los achaques de sus amigas y de los disgustos entre ellas; bodas de parientes, otras muertes de conocidos: ya deben ustedes haberse encontrado en el cielo, le escribía. Y las noticias políticas del país, enemigo siempre de la dictadura:

153

dichosa de tu parte que no estás aquí para no seguir contemplando tanta iniquidad. Un día fui a verlo y le dije que ya terminara con aquella correspondencia pública, a quién le interesaba, era ridículo. Me miró, primero sorprendido, y después se sentó en la cama y se echó a llorar.

Al verlos ahora en la película, sentía la fascinación de asomarme al pasado en movimiento. No eran simplemente fotos viejas pegadas a un álbum, sino el retorno a la vida cada vez que el botón dejaba correr la cinta. Y más fascinación verlos hablar sin poder escuchar lo que decían. Los extras aparecen en la escena llenando un vacío, fingiéndose parte de la realidad que rodea a los actores principales, aunque sólo sean parte de la decoración. Por eso no están en la película para ser recordados.

Pero en esas películas mexicanas de cabaret, filmadas con un argumento ramplón que era sólo pretexto para la revista musical que tomaba gran parte del metraje, la cámara se mueve poco y apunta a la pareja de personajes principales, mientras permanecen sentados o mientras bailan, la banda de sonido recogiendo siempre su diálogo. Los extras, a quienes toca quedar al fondo, permanecen en muda conversación; y en *Perdón y olvido*, por un azar, mis padres aparecían hasta ahora en dos ocasiones en foco de segundo plano, muy cercanos a la cámara.

Sonó el teléfono y volví a congelar la imagen. Había hecho un pedido urgente de película de 35 milímetros a Miami para un comercial de los cigarrillos Belmont y me anunciaban que llegaba en el avión de American del día siguiente. Y ahora que regresaba de responder la llamada y traía otra lata de cerveza en la mano, oí a Guadalupe que me preguntaba si todo aquello no me parecía divertido. Reflexioné antes de sentarme en el sofá. Estaba lejos de sentirme perturbado como antes, tras la primera impresión, le dije. Pero algo no dejaba de intrigarme. ¿Qué conversaban mis padres con sus parejas, con aquellas voces que en la película quedaban sólo en movimientos de labios?

Los extras no son parte del guión. Acomodados en las mesas o bailando en la pista, tienen libertad de conversar en voz baja, o fingir que conversan, lejos del alcance del micrófono que se mueve en el asta sobre la cabeza de los protagonistas. Pero aunque sus voces nunca se escuchen, el director les recuerda, antes de comenzar la toma, que deben comportarse con naturalidad, como gente que se está divirtiendo en un cabaret, y no pueden permanecer mudos. Van vestidos de forma mundana, aunque después deben entregar en la guardarropía los trajes; mi madre, al salir de Churubusco, debió verse extraña en la calle, bajo el contraste de sus ropas modestas de malos tiempos de exiliados y aquel peinado de bucles que le habrían hecho en la peluquería de los estudios, todavía maquillada.

Precisamente por eso, porque no son gente mundana, que jamás entraría por sus propios pasos a un cabaret de lujo en la vida real, es que el director les advierte tanto sobre la manera de comportarse. Hagan como si la vida les sonríe, les diría Tito Gout con el embudo de lata en la boca. Tienen harta lana que gastar, se la robaron, se la ganaron en puras movidas chuecas, se sacaron la lotería, muchos de ustedes andan aquí a escondidas de sus esposas, matrimonios como quien dice decentes, no se asoman a estos cabarets. Así que olvídense de sus problemas, que yo sé que los tienen, si no, no hubieran venido detrás de esta chamba mugre; pero las caras compungidas y los lagrimones déjenselos a mis estrellas. Ustedes, a hacer como que se divierten. Y el que no sepa bailar, fuera de aquí.

Y ahora recordaba mejor a mi padre a la hora de la tertulia en la acera, en el calor que aún quedaba en el atardecer como el rescoldo de un horno que se apaga, contando cómo fueron a dar de extras de cine. La condición de asilados políticos era insuficiente para que pudieran seguir trabajando, y sus superiores les exigían el carnet de inmigrantes, que nunca lograron. En la Secretaría de Gobernación, en Bucareli, les cerraban la ventanilla en las narices al dar la hora de la comida, los últimos en la cola, a pesar de que llegaban de madrugada a formarse; y entonces, como ya les habían advertido, por muy buena voluntad que les tuvieran, los borraron de la planilla.

Para actuar de extra no exigían permiso de residencia. Pagaban a la salida cada día, a nombre cantado, y había que presentarse todas las mañanas al estudio a esperar llamada, un viaje largo desde General Zuazua donde vivían, cerca del bosque de Chapultepec, hasta Río Churubusco. Bastaba conocer a alguien en el sindicato para colarse, y aceptar sin malas caras la merma en el pago que representaba la mordida. Había quienes atravesaban abrazados una calle nocturna para perderse en la oscuridad bajo tarifa de cuarenta pesos por cabeza; pareja que huía de la lluvia bajo los relámpagos, también cuarenta pesos cada uno; organillero ciego veinte; vendedor ambulante en overoles arrastrando un carretón de frutas, los mismos veinte pesos. Tropa de a pie en la revolución, soldados federales, campesino con el arado, mujer con tinaja a la cabeza, diez pesos. Parroquianos en trifulca a silletazos en una cantina, quince pesos. Los de la concurrencia a un cabaret, cincuenta pesos, porque era requisito saber bailar.

Mi padre había hablado de más de una película en que les tocó actuar durante esa temporada de estrecheces; pero *Perdón y olvido* debió ser la última, porque según la ficha técnica que aparece en el libro *Historia documental del cine mexicano* (volumen 5) de Emilio García Riera, terminó de filmarse en agosto de 1950, el mismo año de su regreso a Nicaragua.

Siguió adelante la película y hubo ahora una prolongada percusión de timbales en anuncio de la danza Babalú. Los focos alumbraron a Rosa Carmina vestida en vuelos de rumbera, un pañuelo con nudo frontal atado a la cabeza, de hinojos al centro del escenario con escenografía de selva virgen, y atrás, agazapada en la oscuridad, una comparsa de bailarines pintarrajeados de negro que, al erguirse ella alzando los brazos, entraron en tropel. Mientras tanto, yo esperaba a que la cámara volviera a hacer un panel sobre los mezanines; pero habían sido puestos en penumbra mientras el número proseguía, y en los breves cortes intercalados apenas brillaba en alguna mesa el destello de un cigarrillo. Los focos continuaban derramándose sobre Rosa Carmina, y ahora realzaba en primer plano un ídolo africano que la comparsa de bailarines conducía en andas hasta depositarlo a los pies de la rumbera, entre el humo de los pebeteros.

La siguiente escena fue otra vez un baile de parejas en la pista. La orquesta de Chucho Zarzosa empezó a tocar un bolero y los bailarines bajaron por las escaleras de los mezanines, mi madre en primer plano con el morocho que la traía del brazo, y atrás mi padre, con la rubia. Y todo el tiempo que la cámara enfocó a Antonio Badú y Meche Barba mientras bailaban, y oíamos su diálogo, mi padre quedó detrás de ellos por un momento, abrazado a la rubia, un tanto desenfocado. Mi madre y el morocho sólo aparecieron una vez en cámara durante la secuencia del baile, muy lejanos, entre todas las cabezas; y a la hora de volver a las mesas, la vi sentarse a la suya.

Retrocedí la cinta dos veces en esa parte, intrigado. El morocho ya no estaba.

No era usual. No había situaciones sorpresivas entre los extras. Se sentaban en parejas, bailaban en parejas. Seguramente porque Tito Gout (o quien diera las órdenes en su nombre) sabía casados a mis padres, no los dejaba juntos para que no parecieran un matrimonio bien avenido. Pero un extra jamás abandonaba a su pareja por otra ni desaparecía de la escena. Aunque ningún espectador llegara a notarlo, el esquema no admitía anomalías, y en el guión no podían darse situaciones no previstas, capaces de crear confusiones.

Se lo comenté a Guadalupe, y se rio.

—Habrá ido al baño el morocho —dijo—; se habrá enfermado del estómago y nadie se percató de su ausencia, ni en el plató ni a la hora de hacer el corte final en la moviola.

Ya no ocurrió nada que me interesara. Pasada la escena del cabaret, mis padres no volvieron más a la pantalla. Y cuando acabó la película, me quedé fumando frente al televisor, en silencio.

—Si te buscas a un traductor de sordomudos puedes averiguar lo que se estaban diciendo —me dijo Guadalupe, mientras se llevaba las latas vacías.

—¿Lo que estaban diciendo quiénes? —le dije.

—Pues tus papacitos —me dijo, vino a sentarse en el brazo del sofá y luego se dejó resbalar sobre mí, abrazándome por el cuello—. La curiosidad no es ningún pecado.

Yo no le respondí.

—De verdad —me dijo—; uno de esos que salen a veces en un ovalito en los programas de televisión, haciendo señas con los dedos. Alguien que entrene niños sordomudos para leer los labios.

—No valdrá la pena, se estarían diciendo cualquier cosa —le dije yo, sin convicción ninguna.

—Tenemos que saber por qué se fue el morocho —me dijo, otra vez riéndose, y según su costumbre me jaló por los cachetes antes de besarme, como si yo fuera un niño que necesita mimos antes de irse a la cama.

Yo había hecho un documental para Los Pipitos, una asociación de padres de niños discapacitados fundada en los años de la revolución, y conocía bien a la gente allí. A la mañana siguiente, sin decirle nada a Guadalupe, metí el casete en la guantera del Lada

157

rojo, herencia de mis años en la revolución, y fingiéndome a mí mismo que me había desviado de mi camino por distraído, fui a dar a las oficinas de la asociación en el barrio Bolonia.

Desde que traspuse la puerta me sentí pendejo, sin saber cómo iba a explicar aquel capricho tan ocioso a gente que ocupaba el día en asuntos urgentes y concretos. Pero ya no había tiempo de devolverse; podía plantearlo como algo profesional, relacionado con mi oficio de cineasta. Por una excelente casualidad, el director ejecutivo terminaba de sacar unas fotocopias en la máquina que está en el pasillo, y al verme me invitó a pasar a su oficina.

Hablamos primero de mi documental. Me contó que lo estaban traduciendo al inglés, con financiamiento canadiense, y comentó lo bueno que sería filmar otro, no propiamente sobre la institución sino sobre los niños discapacitados en sus hogares, su vida en familia con sus padres, con sus hermanos; y así caímos en el tema de los sordomudos.

No se extrañó de mi solicitud, y ni siquiera alcancé a explicársela por completo. Su único hijo de siete años era sordomudo, y su esposa, psicóloga de profesión, se había especializado en el lenguaje por señales, para ayudarlo. Me invitó a cenar con ellos esa noche en su casa, advirtiéndome cordialmente que me debía esa cena por mi documental; veríamos la película y su esposa podría intentar traducirme esas escenas de sordomudos que me interesaban. Lo interrumpí para explicarle que no, no eran escenas de sordomudos, pero él no quiso seguir oyendo, nos veríamos en la noche en su casa, a las ocho. Y que no olvidara llevar a mi esposa.

Mi compañera, debería haberlo corregido, como se estilaba decir en tiempos de la revolución: fiel a esa herencia olvidada, Guadalupe nunca se siente bien bajo el apelativo de esposa, porque es, insiste, como si se viera con los grilletes puestos en pies y manos.

—¿Cómo te fue? ¿Van a ayudarte? —me preguntó desde su cubículo al verme entrar en la oficina. Ella es la gerente general, la telefonista, la cobradora y la editora en nuestra empresa de filmaciones; en estos tiempos de globalización, todavía pescamos algunos spots publicitarios de cigarrillos y cerveza, aunque cada vez más los traen ya enlatados.

No tenía caso seguirle ocultando nada, y además estaba invitada a la cena.

158

—Ahora sí sonamos —me dijo con sonrisa maliciosa—. Imagínate esa sesión, tener que explicarles que se trata de tus padres, y que andas averiguando qué es lo que se decían con la rubia y el morocho. Van a pensar que no quieres dejar a tus pobres papacitos descansar en paz.

Le devolví una sonrisa tardía que no me duró mucho. Aunque no lo decía en serio, tenía razón. Al querer descubrir lo que estaban diciendo mis padres en el decorado silencioso de una vieja película, y mala por añadidura, que sólo a fanáticos cinéfilos de medianoche podía interesar, yo estaba inquietándolos en sus tumbas, removiendo sus huesos de alguna manera, perturbando su sueño. Y sus secretos.

Por el momento había decidido no enterar a nuestros anfitriones que se trataba de mis padres. Y esa noche volví a poner el casete en la guantera del Lada y nos fuimos a la cena, que discurrió de manera agradable, lejos de la perspectiva que Guadalupe se había imaginado, como una plática aburrida sobre métodos de enseñanza especial. Era una pareja muy joven y el infortunio de tener un niño discapacitado lo llevaban con decoro, buscando comportarse con una naturalidad valiente, sin dramatismos.

Al comienzo de la cena, el niño vino a darnos las buenas noches, metido en una pijama de una sola pieza con el perro Pluto en la pechera, en las orejas los aparatos de sordera color carne, demasiado grandes e inútiles, por lo que yo podía entender, porque se trataba de un caso sin remedio. La madre le habló y él permaneció con la vista fija en el movimiento de sus labios; y lo que él tenía que responderle se lo dijo por señas, unas señas rápidas, eficaces, fruto de un buen entrenamiento. La madre le explicó quiénes éramos, yo había hecho la película *Camino a la esperanza* sobre Los Pipitos, y el niño le respondió, según ella nos tradujo, que la había visto, todos sus compañeritos la habían visto también. Me sonrió de soslayo y se fue.

Pasamos a la salita del lado que hacía de oficina, donde el televisor, que habían traído seguramente del dormitorio junto con la casetera, estaba colocado sobre un escritorio metálico, empujado contra el librero para dejar espacio a las mecedoras abuelita, arrastradas desde el corredor. Les advertí que no teníamos por qué llegar hasta el final de la película, bastaba con las escenas de cabaret, que eran las que a mí me interesaban; pero él dijo que a lo mejor le gustaba, no acostumbraba a ver mucho cine mexicano. Sus preferidas, agregó, eran las de Indiana Jones; y entonces estuve seguro de que se iba a aburrir.

Ella vino con una libreta de resorte y un lapicero que se colocó en el regazo, y con las rodillas muy juntas esperó a que el marido pusiera el casete, que primero hubo que rebobinar. Los trazos de prueba, que de manera distraída hacía en la libreta, eran de taquigrafía.

Entonces empezó a correr la película, unos arañazos primero sobre el fondo negro y después un estallido dramático de música sinfónica, mientras pasaban en cilindro los títulos dibujados con letra caligráfica.

A medida que se aproximaban las escenas del cabaret, más que ver la película yo vigilaba a la pareja, pero la vigilaba sobre todo a ella. De ella dependía que aquella sesión extraña para todos tuviera algún sentido para mí, aunque ella no llegara a saberlo nunca; si no averiguaba nada que justificara mi curiosidad, me iba a sentir ridículo. Ya me estaba poniendo colérico de sólo sospechar mi bochorno.

Él, librado de la cortesía en la penumbra, comenzó por limpiar los anteojos y se distrajo rápido; ella, siempre las rodillas muy juntas, esperaba con atención profesional, tras haberle pedido al marido que me entregara a mí el comando.

El cabaret apareció visto desde fuera y su imagen sórdida no correspondía en nada a la de adentro. Vendedores de lotería, un puesto de tortas, una pareja de policías; llegaba un Buick, se bajaba Antonio Badú, esperaba fumando en la puerta hasta que por la acera húmeda de lluvia se acercaba caminando Meche Barba envuelta en un abrigo de pieles y muy cargada de joyas; la tomaba del brazo y, sin decirse nada, entraban. Ella era la esposa infiel, casada con un millonario de viaje por los Estados Unidos, y él, su amante, un gánster que la chantajeaba.

Con el dedo sobre el botón de pausa yo aguardaba el momento inminente en que la cámara se abriría sobre la concurrencia del cabaret, después de que los protagonistas principales se sentaran a su mesa al lado de la baranda del mezanine. Mi anfitrión, tras recostar la cabeza contra el respaldo de la mecedora, una mano en el

160

entrecejo, dejaba colgar la otra en que tenía los anteojos; por el contrario, ella se había adelantado en la mecedora, manteniendo los balancines en el aire, atenta igual que yo. Igual que Guadalupe.

—¡Allí! —se oyó decir a Guadalupe, en un tono exagerado que no dejó de molestarme.

Pulsé el botón, y la imagen de mi padre quedó congelada en el momento en que aplastaba la colilla en el cenicero sin dejar de mirar a la rubia. Puse de nuevo la cinta en movimiento. Ya estaba mi padre diciéndole algo a la rubia, y algo le contestaba ya la rubia. Volví a congelar el cuadro. Como ocurre siempre cuando uno ve muchas veces una misma imagen, iba descubriendo más detalles, gestos más nítidos. El cenicero tenía el emblema de Cinzano. La boca de mi padre se apretaba en una mueca triste, y no se necesitaba mucha imaginación para comprobar que estaba a punto de llorar. La rubia lánguida lucía un collar de perlas falsas de tres vueltas. Y era obvio que estaba escuchando una confesión, extrañada y a la vez compadecida de lo que oía. Quería consolarlo, pero su papel de extra no se lo permitía.

Con un gesto del lápiz ella me pidió que volviera la película al mismo punto. Mi padre aplastaba el cigarrillo, hablaba, la rubia le respondía, y ella volvía a anotar en su libreta, a grandes trazos, sin dejar de mirar a la pantalla. Entonces sentí de pronto que empezaba a desgarrarse una intimidad molesta, que yo no quería ver expuesta ni aún frente a Guadalupe; pero, a pesar de mi disgusto, la sentía penetrar junto conmigo, llena de avidez, en el trasfondo de aquella superficie borrosa que se movía como un telón viejo.

Congelé la imagen y puse los ojos en la libreta. Pero al descubrir mi mirada, ella me dijo que mejor le gustaría presentar todos los resultados hasta el final.

—Puede ser que en los diálogos siguientes encuentre claves que me ayuden a aclarar lo que ya hallé en éste —se justificó, con timidez.

—Es lo mejor —me susurró al oído Guadalupe, que se había puesto de rodillas junto a mí, y en aquel susurro, en el que había miedo a lo inevitable o ganas de darme consuelo, otra vez sentí que estaba ya de este lado, del lado que yo no quería.

—Sí, es mejor —repetí yo mecánicamente en voz alta. El anfitrión se despertó, lleno de susto por su propio ronquido, y me sonrió, azorado.

Seguimos adelante. Ahora el morocho se inclinaba para darle fuego a mi madre. Su encendedor era grande y pesado, de tapadera, y la llama se elevaba perpendicular hasta quemar el borde del cigarrillo, e iluminaba el rostro consternado de mi madre. Reconocí el lunar junto a su boca, que ella solía destacar con un toque del lápiz de cejas. En el rostro del morocho, en cambio, lo que adiviné fue cobardía. La mano que sostenía el encendedor le temblaba y sus ojos, un tanto saltones, ayudaban a realzar su cara de susto, y sobre todo porque los focos caían sobre él a contraluz.

Me fijé en los labios del morocho todas las veces que hicimos retroceder la cinta. No dijo nada. Sólo mi madre habló, una vez que tuvo el cigarrillo encendido, sosteniéndolo con garbo entre los dedos antes de darle una profunda chupada y sacar el humo por las narices. Era algo que debió haber dicho en voz muy baja; nadie que viera esa película entonces, ni tantos años después, podría oírla hablar; pero en el set sí, los vecinos de mesa para empezar.

Ella, sentada a mi lado, sí estaba oyéndola mientras apuntaba en su libreta. Durante la cena me había explicado que para leer las palabras en los labios no importan los gritos o los susurros, tan sólo basta el movimiento.

Las dos escenas del baile en la pista las vimos muchas veces, hacia delante y hacia atrás. Al empezar la última, mi madre bajaba del mezanine del brazo de su pareja y quedaban por un instante en primer plano frente a la cámara fija. Yo congelé por mi cuenta el cuadro, que la noche anterior me había pasado inadvertido, y pude examinar de cuerpo entero al morocho. Todo me repugnaba en él, la corbata de floripones, el largo saco casi hasta las rodillas, los pantalones flojos como enaguas. Y sobre todo, su aire a cobardía.

Pulsé el botón y los dejé bajar para que fueran a perderse entre las parejas. Pasaba bailando mi padre con la rubia, fuera de foco. Las parejas abandonaban la pista. De vuelta en las mesas, mi madre se sentaba a la suya y el morocho ya no estaba.

Todavía pidió ella ver corrida toda la parte del cabaret una última vez, como si quisiera hacerse una idea de conjunto más precisa, y su trabajo tuviera que ver no sólo con las bocas mudas moviéndose, sino también con el escenario que yo creía haberme aprendido ahora de memoria, el estrado de la orquesta con sus colgaduras drapeadas, la pista de baile de ladrillos de vidrio iluminada desde abajo, las barandas de los mezanines artesonadas en crucetas, las mesas con sus lamparitas de sombra que una película en colores mostraría seguramente rosadas, las falsas columnas dóricas adosadas a las paredes.

Agotada la secuencia del cabaret, la película avanzó todavía un trecho, y cuando comenté que habíamos visto lo suficiente, ella se levantó a apagar el televisor, sin darme tiempo de hacerlo yo mismo con el comando.

De vuelta en la mecedora suspiró, cansada, y me sonrió, como si se excusara de su fatiga. El marido se había levantado ya hacía rato al baño, tardaba en volver, y Guadalupe me miró con cara de sospecha juguetona, a lo mejor se había acostado. El niño lloró de pronto, como asustado en sueños, con un llanto gutural, amordazado. Ella se puso de pie, el oído atento, dispuesta a ir a socorrerlo, pero el niño se calló y el silencio que siguió sólo fue roto por el tanque del inodoro que se descargaba.

Iba a ser medianoche. La operación tardaba más de lo que yo había calculado. Guadalupe, de pie detrás del espaldar de la mecedora, puso sus manos en mis hombros y presionó, dándome masajes cariñosos.

Ella entonces, de nuevo en su sitio, pasó rápidamente las páginas llenas de signos de taquigrafía, subrayó algunas líneas, con aire distraído, y me miró, otra vez sonriente, mientras golpeaba la libreta con el lápiz; y entendí lo que quería decirme con esa sonrisa, que ahora era despreocupada, y que yo le devolví, intentando ponerme de acuerdo con ella: cualquier cosa que hubiera ocurrido entre aquellos viejos fantasmas de la película copiada de los *reels* originales en una cinta máster de video y vuelta a copiar no nos concernía; ni a ella que tenía a un hijo sordomudo, ni a mí que tenía una filmación del spot de los cigarrillos Belmont al día siguiente a las ocho en la playa de Montelimar.

—¿Entonces? —la urgió Guadalupe detrás de mí, con muy poca cortesía.

—Lo que yo he sacado en claro... —empezó ella.

—El hombre del traje traslapado le ha dicho en la mesa a la rubia: "Mi esposa me engaña". Y la rubia le ha contestado: "No puede ser" —dije yo, interrumpiéndola.

163

Las manos de Guadalupe se quedaron quietas sobre mis hombros.

—Más o menos —dijo ella, un tanto frustrada, y leyó sus signos en la libreta—: el hombre del sombrero ha dicho: "Marina me engaña". Y la rubia ha dicho: "No creas".

Marina, mi madre. Las uñas de Guadalupe se clavaron en mi piel. Ella volvió a su libreta.

Cerré los ojos y tampoco ahora le di tiempo.

—La rubia dijo: "¿Qué piensas hacer?". Y el hombre del traje traslapado respondió: "Voy a matarlo" —dije, como si hablara en el sopor del sueño.

—"¿Qué vas hacer, Ernesto?", ha dicho la rubia. Y él ha respondido: "Voy a matarlo, ando armado" —me corrigió ella, con desánimo.

Ernesto, mi padre. Ella dio vuelta a la página.

—La mujer de los bucles, la que fuma, le dice al moreno de pelo rizado...— dijo ella.

—La mujer de los bucles, la que fuma, es Marina— dije yo.

Ella me miró sin comprender.

—Le dice: "Voy a tener un hijo", dije yo.

—"Estoy embarazada" —leyó ella.

Yo pensé entonces. ¿Qué pensé? El morocho se había ido, mi madre sola en la mesa, reteniendo las lágrimas a las que no tenía derecho como extra. Y mi padre incapaz de matar a nadie. Era una mentira que anduviera armado, nunca aprendió a disparar una pistola; si lo exiliaron fue por escribir en el periódico que Somoza era peor que Dillinger.

Entonces regresó el anfitrión. La casetera se había trabado y no me devolvía la película; él dijo que iría por un destornillador y yo le dije que no, no valía la pena, mañana, ya se había hecho muy tarde. Sólo pedí permiso de pasar al baño, y ella corrió delante de mí a asegurarse que la toalla estuviera limpia. El baño comunicaba con el cuarto del niño, y por la puerta entreabierta lo divisé dormido.

Eran pasadas las doce cuando salimos a la vereda. Sentí los dedos de la mano de Guadalupe que buscaban entrelazarse a los míos, y yo seguía resistiéndome a su intimidad, vaya Dios a saber por qué. El pequeño Lada rojo parecía distante, como si nunca fuéramos a alcanzarlo caminando.

¿Llovía desde hacía horas y era acaso ya noche cuando entraron por el portón de la casa de vecindad de General Zuazua, empapados los dos y sin haberse dicho una sola palabra desde que salieron de Churubusco, cambiando de trole en silencio en las paradas, y sacó mi padre del bolsillo el llavero de cadena, torpe como nunca para encontrar la cerradura bajo la luz mortecina de la lámpara del corredor, un globo esmerilado sucio de cagarrutas, demasiado lejano, y apenas se vio dentro de la pieza no halló qué hacer, no quería voltearse porque sabía que ella permanecía aún en el umbral, sin querer entrar, y al fin, como quien en un arresto de suprema valentía se asoma a un abismo, le dio la cara, y vio su quijada temblar por el llanto que pugnaba por salir, el lunar de la barbilla deslavado por la lluvia, y antes de lanzarse al abismo cerró los ojos, y fue que se arrodilló y la abrazó por las piernas mientras ella lloraba ya entre sollozos convulsivos, iba a gritar seguramente, un alarido, y él entonces se incorporó, y le cubrió con la mano la boca mojada de lluvia y de lágrimas, la sosegó, y sin hallar otra cosa más que hacer le alisó el cabello, y sintió en la mano la laca de su peinado de extra de cabaret ya deshecho?

La escena de perdón y olvido entre mis padres sólo yo podía imaginarla. Y sólo yo podía imaginarme en la barriga de mi madre en el largo viaje por tren en el vagón de tercera hasta Tapachula, y de allí en buses, una noche en una pensión en Quezaltenango, otra en Santa Ana, la última en Choluteca, para venir a nacer en el Hospital General de Managua, porque hubo necesidad de un fórceps. E imaginar a mi padre, tras el perdón y el olvido, proclamando en las casas del vecindario que me pondría su mismo nombre, Ernesto. Y el morocho aquel tan infame, ¿cómo se llamaría?

—Todo como en tus películas mexicanas —le dije a Guadalupe, cuando encendí al fin la ignición.

Ella sólo puso su mano en mi rodilla.

REINA DE CORAZONES
Alejandro Bravo

Alejandro Bravo (Granada, 1953). Poeta y narrador. Ha publicado los poemarios Tambor con luna *(1981) y* Merecido Tributo *(1995), así como las colecciones de cuentos* El mambo es universal *(1982),* Reina de Corazones *(1994),* Los días del hilo azul *(1995),* Cuentos Escogidos *(1997),* Leyendas mágicas de Nicaragua *(1999) y* Baile con el diablo y otros cuentos *(2010).*

"Reina de Corazones" aparece en el libro homónimo.

Yo fui jugador. Como lo fueron Dostoievski y el personaje de su novela. Empedernido como gusta decir la gente. Mi fuerte era el desmoche, que es en cuanto a baraja se refiere, el juego nacional de Nicaragua. Tenía mi grupo de habituales. A las siete de la noche, en diferentes casas según la ocasión nos reuníamos los enamorados de la suerte y jugábamos. Primero era el dinero superfluo, luego la plata para la comida de la familia del día siguiente. "La repongo con el dinero que gane", pensaba cuando ponía el dinero sobre las apuestas de los otros. Después eran los billetes destinados al pago del alquiler de la casa y en una noche se deshacía en mis manos el presupuesto mensual de la familia. Cuando la Fortuna me sonreía, saboreaba las bolsas llenas de billetes y cuando repartía el dinero a manos llenas entre mis hijos y mi mujer, recordaba con orgullo cada mano ganadora. Era yo entonces, contador jefe de una empresa estatal de comercio mayorista. Tenía fama de buen empleado, correcto, eficiente, aunque algo tomador de tragos. No sabían los jefes que las copas fluían de las mesas de juego y que no eran las interminables "conversaciones de borrachera que se repiten y se repiten como un disco rayado" las que me hacían llegar al trabajo desvelado y ojeroso, sino los nueve naipes repartidos a cada jugador, la angustia de lograr un buen *embone* o el triunfo saboreado anticipadamente al ver llegar una buena mano. Humo de cigarrillos llenando la habitación, maní tostado comido apresuradamente y la alegría de la victoria o la agonía de la derrota.

Tuve unos días malos. En el trabajo hubo una auditoría. Se detectó un faltante grande y pasamos días y noches enterrados en montañas de cifras y toneladas de papeles. El gerente de operaciones que era amigo mío resultó culpable y lo pusieron a la orden de los tribunales. En esos días sentí la necesidad de jugar. La emoción que depara el azar me hacía sentir muy superior a mis compañeros de trabajo y sus vidas rutinarias. Cuando terminó el trabajo extra me entregué con furor al juego. Perdí mucha plata.

Solicité el adelanto de un mes de sueldo en el trabajo para poder llevar comida a mi casa. Al salir de la oficina decidí multiplicar esa plata en el juego. Pagaría el adelanto, me quedaría mucho dinero y no volvería a jugar. Todo lo perdí.

Se me ocurrió entonces tomar el dinero de la empresa que diariamente debía depositar en el banco. Hice el mismo razonamiento que usé para con el adelanto de sueldo: lo multiplico hoy, repongo mañana lo prestado y no vuelvo a jugar nunca más. Esa noche empecé ganando. Habla tomado prestado trescientos mil pesos. Casi había duplicado esa cantidad. Pensé retirarme y así se lo dije a los demás. Protestaron y medio en broma y medio en serio me obligaron a jugar unas *manos* más. Empecé a perder. Entonces fui yo el que no se quiso retirar. Quería recuperar lo perdido pero la suerte me abandonó. La plata se me fue como agua de las manos. Todo lo perdí.

Los otros comprendieron el estado en que me encontraba. Se retiraron y me dejaron solo. Bebía a más no poder. Acababa de destruir mi vida y la de mi familia. Me había convertido en delincuente y pronto mi cabeza sería puesta a precio. Mil ideas locas cruzaron por mi mente. Suicidarme, fugarme del país, cambiar de Identidad, asaltar un banco con el rostro cubierto. Sentía que odiaba a mis amigos y a mi familia. Quería en ese momento ser un paria y no tener responsabilidad alguna para rodar sin rumbo por la vida y que lo que me sucediera no dañara a nadie. Pero caía como un tajo la realidad cortando el hilo de los pensamientos absurdos. Empecé a pasar los naipes uno tras uno. Apareció la Reina de Corazones. Contemplé la figura, su ropaje rojo adornadas las bocamangas con corazones dorados, una flor en la mano, la boca pequeña fruncida como invitando al beso, la suave línea de las cejas y la nariz perfecta en el óvalo del rostro, triste la mirada, iluminada por dos soles símbolos de la realeza bordados en su pecho, el cabello partido en medio tocado por una corona adornada con flores de lis. Me pareció la más bella mujer del mundo. Empecé a hablar con ella, le dije que mi vida se había perdido por no haberme encontrado a alguien como ella. Mi suerte habría sido otra. Ahora sabía que realmente jugaba sólo por verla fugazmente durante las partidas de naipes. Sentía que la amaba. Con asombro vi que la figura del naipe me cerró el ojo izquierdo y me lanzó un beso. Me pareció producto de la borrachera ese gesto y rápidamente lo olvidé mientras me adentraba en las brumas del sueño.

Al día siguiente la resaca era tan fuerte que no podía pensar con claridad. Me percaté de que faltaba un par de días para la celebración del décimo aniversario de la Revolución. Mi desfalco sería detectado hasta dentro de una semana, más o menos, debido a la festividad. Llegué a casa haciéndome el mal humorado y sin dar explicaciones a nadie. Pensé visitar a un conocido que era prestamista, solicitarte los trescientos mil pesos en préstamo poniendo como garantía un terreno que había heredado. Ya bañado y despejado salí de casa con ese propósito. Se notaba un ambiente festivo en las calles, grandes banderas rojinegras en los postes del alumbrado público, la gente con camisetas que tenían impreso un corazón que era el símbolo de la celebración, visitantes de otros países vestidos con atuendos raros. Nada de eso me atraía, a mí que era un ferviente revolucionarlo, que había combatido a la dictadura en las barricadas callejeras y que fui uno de los primeros voluntarios para defender al país de los ataques de la contra, contemplaba todo ese movimiento con apatía.

Llegué a la parada para esperar el bus. La noche anterior había llovido con fuerza y había charcos por todas partes. Mientras esperaba el bus de la ruta 105 me dediqué a contemplar el paso de las nubes reflejado en un charco grande que estaba a la orilla del andén. Se detuvo un bus grande, rojo, de esos Pegaso españoles que corren la ruta 109 y me divertía viéndolo reflejado en el agua del charco, todo patas para arriba, recorriéndolo con la mirada de adelante para atrás, contemplando las caras de los que ocupaban las ventanas cuando vi a una mujer de vestir extraño, la creí una extranjera más de las tantas que estaban de visita en Nicaragua, pero cuando miré más atentamente la imagen reflejada y contemplé al manto que la cubría, los adornos amarillo y rojo en torno al cuello, los arabescos blancos con fondo negro que flanqueaban los soles de la realeza, me pareció que contemplaba la parte inferior de un naipe, las antípodas de la suerte del que lo sostiene en la mano, el lado que contempla al derecho nuestro adversario cuando lo extendemos en la mesa de juego. Alcé la vista sorprendido y allí estaba ella, la Reina de Corazones en la ventana del bus, me guiñó el ojo izquierdo y me lanzó un beso con su boca pequeña.

Ya no pensé en visitar al prestamista, ni en el enorme problema del dinero, ni en celebración revolucionaria alguna. Corrí como alucinado de regreso a casa y me encerré en mi cuarto, temeroso, pensando que me había vuelto loco.

Ese día no quise almorzar. Temía ver la figura reflejada en el agua que bebería, en la comida, en el aire. Por la tarde llegó a visitarme un amigo que regresaba al país luego de estudiar en España. Me traía de regalo un libro curioso, *La Historia de la Baraja* de A. J. Cronin.

Creí que la lectura me distraería. Devoré las páginas. El autor atribuía un origen hindú a los naipes, hablaba de su evolución y del papel de los árabes en su desarrollo. Finalmente señalaba la significación política de los reyes, reinas y príncipes de la baraja actual, la importancia que tuvieron en el Renacimiento y sus albores. Me detuve con asombro cuando leí que la Reina de Corazones representaba a Margarita de Navarra, la madre del que luego fuera Enrique IV de Francia, que fue pródiga en amores clandestinos y tuvo fama de hechicera. Agregaba el autor que por su elevada posición la Inquisición no pudo procesarla y su cuerpo al morir no fue destruido por el fuego ni enterrado boca abajo según prescribe el *Malleus Maleficarum* y que según este último libro si algún infeliz invoca a la bruja hablando de amor a su efigie, ésta volverá del más allá para apoderarse de su cuerpo y de su alma. Sentí temor pero pronto lo deseché. Creer en brujas es cosa de ignorantes, pensé.

En eso me llegó una carta de una tía que vivía en los Estados Unidos. Me pedía que le hiciera el favor de comprar una casa pequeña en cierto barrio de Managua, pues quería pasar su vejez en Nicaragua. Mil dólares acompañaban a sus letras. Por lo pronto con esa plata pagaría lo del desfalco, luego vería cómo haría para comprar la casa de la tía. Mi humor mejoró notablemente.

El día del aniversario de la Revolución toda mi familia se fue desde muy temprano a la plaza. Yo me quedé en casa diciendo que estaba indispuesto. En realidad era la conciencia de culpa por lo del desfalco. Hasta no reponer el dinero no me sentiría bien. Encendí la televisión para ver el acto, oí los discursos donde se hacía el recuento de la década revolucionaria, vi a los miles y miles de personas agitando banderas y coreando consignas y en el momento supremo en que docenas de helicópteros sobrevolaban la plaza mientras retumbaban veintiún cañonazos se abrió la puerta de mi casa y allí, vestida de rojo, con una rama dorada de roble en la mano, entre destellos de una luz que no era natural y sonriendo malignamente, dispuesta a apoderarse de mí, estaba la Reina de Corazones.

SIN LUZ ARTIFICIAL
María Del Carmen Pérez Cuadra

María Del Carmen Pérez Cuadra (Jinotepe, 1971). Poeta y narradora. Máster en Literatura Hispanoamericana. Ha publicado el libro de narraciones Sin luz artificial *(Premio del II Concurso Centroamericano de Literatura escrita por Mujeres Rafaela Contreras, 2004). Está incluida en las antologías de narrativa latinoamericana* El futuro no es nuestro *(2009) y* Schiffe aus Feuer *(2010).*

"Sin luz artificial" pertenece al libro homónimo.

Desde el fregadero se puede ver hacia la calle sin ser visto. El vidrio de la ventana es de doble acción, él siempre creyó que las revistas *Vanidades* dan buenas ideas. Los heliotropos se han marchitado y la niña de las flores hace ya casi una semana que no aparece. Muriel es un hombre maduro pero tiene la piel suave y firme, como las nalgas de un adolescente. Se ha rasurado el pecho para verse más provocativo, y se pasea a caballo con la mitad del cuerpo desnudo, sus cabellos teñidos de rubio parecen naturales sobre su piel cobriza. Lo veo desde aquí, desde mi muralla de platos sucios. Conquistar nuevas mujeres, confiando quizá en que nadie puede verlo. No sabe, nunca ha entrado a mi cocina. Muriel vive frente a mi casa. A veces sus amantes se acicalan, como parte del rito furtivo, frente al espejo de mi ventana. Mido sus pechos con respecto a los míos, imagino si caben perfectamente en las manos tibias de Muriel. Observo detenidamente la curvatura de los cuellos sintiendo a veces el temblor tibio de sus besos... él es como un dios perverso que las ama y las desecha como estopas de naranja.

Desde el mueble de los platos de porcelana, que me opaca con su brillo veteado de madera preciosa, casi a escondidas y sin proponérmelo, escucho a mi esposo hablando con Muriel, que está orgulloso de mí que soy una mujer perfecta. Muriel se queja de mi silencio permanente. Mi esposo señala que es parte de mi perfección, "la sabiduría del silencio", dice. Porque Muriel no sabe qué es el silencio, cada conquista es relatada en su círculo de amigos con cada detalle de peso y talla. Aunque yo no los escucho, puedo leer sus labios desde mi cocina. El árbol que está entre su casa y la mía, casi en medio de la calle, es testigo del deseo de exhibir que tiene Muriel. Yo, en cambio, prefiero el silencio, mi privacidad.

La niña de las flores volvió con su sonrisa de hojalata a contarme que está yendo a la escuela por la tarde. Esa es la razón de su tardanza, me muestra un poema que ha escrito:

Rosa sangre de Cristo, llevo en las venas
Borrar las penas con azucenas,
el olvido con menta, aunque duela
para seguir, el camino en la suela
que señala el corazón y no la abuela

Me pregunta si me ha gustado. Ya es casi una mujer, es una buena idea expresar los pensamientos, ojalá que estudie y se supere. Mi esposo dice que las mujeres no pensamos, que solo flotamos para chocar con el filo de las ideas, que nuestra inteligencia la expresamos con las manos cuando cocinamos, bordamos o sabemos dar consuelo con el tacto. Que las mujeres estamos hechas de amor y llanto, las buenas, y de envidia y llanto, las malas. "Y qué saben ustedes las mujeres sino filosofías de mujeres." Le doy a la niña el consejo que siempre me da mi esposo:

—Leé libros de poesía, si creés que es lo que te gusta.

Los días pasan sin que ninguno se entere de que no soy ni buena ni mala, ni dulce ni salada, sólo soy yo, el compás de mi corazón, el brillo de mi piel, el color del cabello que va desapareciendo. Si sabe cómo, si toma conciencia de qué camino seguir, la niña de las flores llegará lejos. Le dará una lección a su propia madre.

Calor en madrugada lunar. La sed ha conseguido que me levante, el insomnio por sed no es aconsejable para nadie. Desnuda porque hoy cumplí con el débito marital, nadie que me vea, nadie que se entere de que existo en esta casa de nuevo rico en barrio de pobres. Mis cactus y mis violetas también necesitan agua. La luz de luna que entra por la ventana es abundante por eso no necesito luces artificiales. Quizás éste es el momento de libertad más importante de mi vida.

Frente a mis ojos está Muriel recostado junto al árbol de mangos, como siempre, ni se imagina que lo veo, esta vez apretándole las nalgas escuálidas a la niña de las flores. Los pechitos de botón de rosa y su escapulario no parecen indefensos en manos suyas, parecen perversos, jóvenes y envidiables. Las caricias grotescas, casi de animal, de Muriel le han arrebatado la falda, exhiben una curva suave de la cadera virgen, la apertura del trasero, el sexo tibio y palpitante. La migraña nocturna me azota las sienes. Mi vaso con agua cae al piso haciéndose añicos. La pareja se pone alerta al escuchar el ruido. Trato de recoger los vidrios rotos y sólo consigo ver mi sangre brotando de las heridas. Quiero llorar y no puedo. Ordeno, limpio, recojo, como siempre hago con todo. Me incorporo para ver lo que sucede afuera, es el padre de la niña. Los tres discuten casi en silencio pero con mucha tensión. El papá de ella andaba por allí de madrugada muy borracho, intenta pelear con Muriel, pero éste lo noquea casi sin esforzarse. El padre se va, una nube parece cerrar el espectáculo que veo desde el vidrio de mi ventana. Yo lo escogí así, mi esposo no lo ve como el espejo de *Law and order* porque no le gusta ver televisión. Yo me siento jueza, porque desde aquí puedo dictar el veredicto que jamás nadie escuchará. Entonces pruebo la sal de mi sangre y las puntas erectas de mis senos. Lo veo. Viene caminando despacio y seguro, ellos debían haberlo visto, la nube se fue, pero están demasiado entregados el uno al otro como para darse cuenta. Entonces el novio de la niña la arrastra y la separa de Muriel con fuerzas, sujetándola del pelo negro lacio ahora vuelto una maraña.

La niña trata de interceder pero es catapultada por su novio. El novio saca una pistola de su chaqueta y apunta hacia Muriel. ¿Pero qué podía yo hacer? ¿Hablarle a mi esposo? ¿Salir a la calle gritando como que Muriel me importara un poco? ¿Dejar que Muriel recibiera por fin su castigo? Mi reflexión es muy larga, el joven le ha disparado en el pecho a la niña de las flores. Madrugada de noviembre. ¿Quién diría Muriel, que morirías a causa de tus andanzas con un disparo en la frente y otro en el sexo?

Mi esposo llega a pedirme algo, me dice que vayamos a acostarnos, que hace frío. Le pregunto que si escuchó los disparos, me dice que no, que él se estaba duchando. "Imaginaciones tuyas." Se va a acostar nuevamente.

Bajo la oscuridad crepuscular entra una vecina por la puerta del patio que siempre dejo abierta. Enciende las luces. Que llame a la policía, hay un muerto en la calle.

Yo le contesto:

—Son dos, llame usted porque yo estoy desnuda.

La verdad es que tengo las manos manchadas de sangre.

DOLOR PROFUNDO
Ulises Juárez Polanco

Ulises Juárez Polanco (Managua, 1984). Escritor, autor de las colecciones de cuentos Siempre llueve a mitad de la película *(Nicaragua, 2008),* Las flores olvidadas *(México, 2009),* Los días felices *(Costa Rica, 2011), y* La felicidad nos dejó cicatrices *(España, 2013). Entre otras recopilaciones, ha sido publicado en antologías como* Cerrado por reparación *(México, 2009),* El océano en un pez *(Cuba, 2011),* Puertos abiertos. Antología del cuento centroamericano *(México, 2011) y* Cuentos del hambre *(Guatemala/Costa Rica, 2012); y es uno de sólo dos autores incluidos en ambos volúmenes de la Antología de la novísima narrativa breve hispanoamericana, que reúne "a los escritores de ficción más prometedores menores de 27 años". En 2011 la Feria Internacional del Libro de Guadalajara lo nombró uno de Los 25 secretos mejor guardados de América Latina.*

"Dolor profundo" fue publicado originalmente en Las flores olvidadas.

Toda maldición es circunstancial.
Libro de la memoria

Uno

¿Qué recomienda el manual de instrucciones cuando nuestro rostro se asoma al espejo y uno no se reconoce? Soy un fugitivo, Gregorio Samsa después de la metamorfosis, no soy el de hace unas semanas. He cambiado. Bruscamente. Debo hacerlo, no hay marcha atrás, es lo mejor para mí y mi pareja. Alguien me apura, por la espalda me fastidia y apura. Agua en mi rostro para limpiarme, las palmas de mis manos uso como vaso y bebo, me limpio la cara y me asomo con temor a ese rostro que, macabro, me mira desde el interior del espejo. Alguien que no soy yo.

Dos

Es sábado por la mañana y el Mercado Oriental está a reventar. El corazón del comercio capitalino es una gran mancha que desde arriba, cuando los aviones pasan rumbo al Aeropuerto Internacional, parece una orbe en miniatura dentro de Managua, muñecas rusas urbanas. Aquí se promete desde un alfiler hasta mansiones completas, y si las leyendas son ciertas, misiles SAM 7, submarinos rusos y hasta una avioneta cuyo descubrimiento, sin aparecer en los noticieros de nota roja, se trató de aquella bautizada como Narcojet. Todo aquí tiene precio. Todo.

El joven Julio Cortés salió de la letrina improvisada y pagó los dos pesos a la señora. Preguntó dónde quedaba el área de las verduras y dio un nombre. La señora obesa que llevaba las cuentas, le dijo, "por allá, ¡sinvergüenza hijueputa!". La reacción no tuvo relación con la tardanza en el lavamanos, menos, con la ubicación del área de verduras. Era el nombre por quien había preguntado.

Tres

"Cuando me busqués el sábado, preguntá por el Señor de las cunas, ahí en el área de las verduras. En el mercado todos me conocen, no te me vas a perder. Llevá todo el dinero, que no tengo tiempo para regalar; si me regateás, olvidate de mí. Soy directo, a mi modo, o ni modo. Si sentís que estás cambiando de opinión, decite a vos mismo: 'Debo hacerlo, no hay marcha atrás, es lo mejor para mí y mi pareja'. Te me vas de camisa roja, gorra negra y lentes oscuros, para reconocerte. No te preocupés, una vez que llegués, yo sabré que estás aquí."

No podía sacarse de la cabeza la conversación telefónica. Pensando iba, cuando una niña le salió al paso:

—¿Qué anda buscando, señor? ¿Seguro que no quiere que le venda algo? Quizá para su muchacha...

—Nada, nada. Ando buscando unas cosas para la casa. Dame lugar...

—Tengo unas cunas bien bonitas para usté.

La línea se hizo materia y espada cruenta le rompió su costado. Ni el calor infernal del mercado con todo su genterío evitó que dos gotas heladas le perlaran la sien. De su frente para adentro había una gran masa derritiéndose paralizaba por completo.

—No se preocupe, ni tiene que decir nada, solo sígame—, le pareció escuchar antes de que la niña le tomara la mano y lo condujera por los laberínticos trechos del Mercado Oriental.

Julio Cortés era un autómata ambulante.

Cuatro

—Así que vos sos el famoso Julio. Sos tal como te imaginé —escuchó el autómata. La mesa estaba al fondo de un tramo que publicitaba objetos, libros y revistas religiosas. Antes, durante la caminata con la niña, sintió la angustia de los hombres que entraban al laberinto del Minotauro. Ahora, solo atinó a balbucear un par de palabras incompletas, evitando mirar a los ojos del Señor de las cunas.

—El asunto es el siguiente. Como te tardaste en actuar, hay que entrar y sacar. Eso lo hago yo, rápido, en unos minutos. Después, yo desaparezco, me hago humo, pero te ofrezco asesoría y acompañamiento a distancia después del procedimiento. Soy médico, o lo fui, es lo mismo. Todo esto es 100% seguro, pero por si acaso, en caso de irregularidad posterior, llamás a este número, avisás, y te me vas al Vélez Páiz, ahí vas a emergencias, preguntás por Carlita o Martita que ellas te atienden sin hacer preguntas. Por todo este servicio, son mil verdes. ¿Hay trato?

Julio Cortés, 26, administrador de empresa y gerente de ventas de una lujosa tienda de ropa de la familia, sacó diez billetes de cien dólares; contándolos, recordó que a un trabajador suyo le habían cobrado menos de cien dólares. Tuvo intensiones de reclamar, mas le venció el miedo, ese monstruo de mil cabezas que inventó Poseidón. Nadie tenía idea de lo que estaba haciendo. Ninguno de los dos estaba listo para lo que estaba sucediendo y menos lo que sucedería en pocos meses si no se detenía. Era una pesadilla de la que, desde hace un mes, no podían despertarse. Una espaciosa oscuridad.

—Estamos listos, y cuando vayás a hacerlo, me llamás el día temprano, llego, entro, saco y vuelo. Aquí somos dedicados y honestos en nuestro pegue, y cumplimos lo que prometemos. Preguntale a Ricardo, que te puede dar las buenas referencias.

—Ya le pregunté. Estoy claro de todo. Solo le pido discrecionalidad en este asunto.

—Claro, claro, ¿y vos qué creés? ¿Que yo soy 22-22 o Canal 10 para meterme donde no debo? Noooo, por algo me dicen el Señor de las cunas, porque soy tan fino en mi negocio que hasta las madres me confían sus bebés, nadie se dará cuenta bróder... Para cerrar el bistec, dame un abrazo.

Era el abrazo de un caníbal listo a devorar su almuerzo, pensó el autómata.

Cinco

Julio Cortés comienza a recuperar el control de su cuerpo, buscando cómo salir del Mercado Oriental lo más pronto posible. Quiere desvanecer su cuerpo, hacerlo arena y cabalgar al viento sin que nadie lo vea. La intensidad paranoica de ser vigilado le punza en la cabeza. Siente que los escasos policías y vigilantes del mercado lo siguen, la multitud lo sigue, recuerda los sucesos del francotirador gringo que mata desde quién sabe dónde, y Julio, solo, sólo se siente en la mira del rifle. Hace lo que un hombre normal haría en la misma situación: correr desesperadamente hasta un supuesto lugar seguro, esto es, subirse a un taxi, cerca de la Carretera Norte. Lléveme a Metrocentro, le dice desde el asiento trasero, y se sumerge en un sueño de ojos abiertos.

Al bajarse en Metrocentro frente a Radio Shack, entra directo a su oficina. Son las tres de la tarde. Pide que nadie lo moleste y llama al celular de Rossana, para encontrar que, similar a las últimas semanas, está apagado e invita a dejar un mensaje. "Amor, ya lo tengo. Voy mañana por la mañana, ¿está bien?", dice a la contestadora y corta. Repasa todo lo del día e inexplicablemente, la tranquilidad lo mira desde la esquina, por primera vez en buen rato.

Esto hay que celebrarlo a lo grande. Toma otro celular guardado bajo llave en una gaveta y le dice a la persona al otro lado de la llamada que llegará en un rato. "Te tengo buenas noticias. Hoy hay fiesta."

Le había bajado el volumen a la angustia de la mañana.

Se asoma a la puerta de su oficina y desde ahí llama a Ricardo Santana. Le actualiza lo sucedido durante la mañana y le pide que se encargue de cerrar la tienda.

—Acordate que ya este mes te subo el sueldo, ¿ok? Voy a salir ahorita. Vos mandás el resto del día. Ah, y si llama la Rossana, decile que tuve que salir de emergencia a desaduanar unos productos. Ahí ve qué inventar si se pone a preguntar.

Seis

Aparcó su Toyota Yaris frente a un apartamento de la Colonia Centroamérica. De su bolsillo extrajo el celular verde y volvió a llamar al mismo número. Una voz femenina le contestó. Bastó un "estoy afuera" para que la puerta del apartamento se abriera. Ábrete Sésamo, pensó, a las cinco de la tarde.

Sabemos lo que ocurrió en las siguientes dos horas: Julio Cortés entró al apartamento, besó en la boca a Luisa Ventura, apretó sus nalgas de ébano y acarició sus pechos, bebiendo en el sendero de una lujuria animal, devorándose él a ella y ella a él y terminar fundidos en un cuerpo único. Sudaron tanto que el efecto del licor se desvaneció inmediato, dejando la cama completamente humedecida. Rito ya frecuente, tuvieron que exprimir las sábanas para luchar contra el exceso de líquidos y fluidos. Disfrutaban esta rutina placerosa, especialmente los últimos días cuando Julio urgía un vientre amigo.

Se vistió mientras la muchacha tomaba un baño. Ella en la ducha y él en el dormitorio, platicaron sobre los últimos aconteci-

186

mientos. Callada, Luisa escuchó la historia. Había algo que no estaba bien. No tenía relación con saber que el hombre al que acababa de entregarse estaba comprometido, eso era información ya procesada. Tampoco los planes del mismo hombre, pues durante los últimos días fue ella quien lo consoló con sexo astronáutico. Era una mera sensación, sexto sentido femenino cuya realidad, posteriormente, descubriría desabrigada de todo coraje.

—Ya me voy a ir, que la Rossana me llama a la casa siempre a las 10 antes de dormirse.

Él estaba mejor. Ella, cada vez menos. Se despidieron.

A las nueve de la noche con diez minutos, el joven Cortés estaba de regreso en su casa, ubicada en Altamira, cenando con su madre y dos hermanas.

A las nueve con cincuenta y nueve, el teléfono de su casa sonó.

Siete

Luisa Ventura, veinticinco años, amiga de infancia de Julio Cortés, poseía una belleza exuberante. Su madre era una costeña descendiente de garífunas y su padre un chele británico que trabajó para BBC a inicios de la década sandinista. La historia que unió a sus padres es la siguiente.

Mr. John Ventura trabajaba un reportaje *in situ* sobre el territorio que alguna vez fuese protectorado británico, conocido como la Mosquitia, hace más de siglo y medio, pero que duró poco, pues pasó a llamarse Departamento de Zelaya cuando en 1894 Nicaragua reincorporó el territorio guiada por Rigoberto Cabezas. Actualmente, en los tiempos de Luisa Ventura, pasaron a conocerse como Regiones Autónomas Atlántico Norte y Atlántico Sur.

Emilia Sambola trabajaba de mucama en una mansión blanca de madera caribe construida sobre una loma, una de las más grandes de la ciudad de los campos azules. No ganaba mucho dinero, pero disfrutaba de la seguridad de un techo y comida diaria. Por esas cosas del destino, Mr. Ventura llegó a parar a la casa de Mrs. Sambola. Se enamoraron inmediatamente y a los 8 meses Emilia Sambola pariría a Luisa Ventura, mientras el desesperado padre tomaba el último vuelo del día Managua-Bluefields, después de un vuelo desde Londres. Antes de que Emilia quedase dormida con

Luisa, llegó Mr. Ventura, justo para dar las primeras buenas noches a su primogénita. Era 1983.

Ocho

Y entonces, Ross, ¿qué vas a hacer?, pensaba para sí Rossana Ortegaray, veintitrés años, tercer hija de un militar de alto rango. "Si ya te metiste en esto, ahora hay que terminarlo, ¿no? Mañana será un día largo." Se acomodó en su cama, y ahí, presa del temor, cayó en los brazos de Morfeo.

Nueve

—¿Y ya te hiciste la prueba de embarazo?

—Sí, la de orina, sí... dos veces. Siempre el resultado es negativo.

—¿Y entonces por qué me salís con que estás embarazada?

—¡Porque ya tengo más de seis semanas de retraso! ¡Seis! En dos días serán ¡siete!

—¿Y es mío?

—¡Y DE QUIÉN MÁS, IMBÉCIL!

—Ya, ya, ya, no grités, que tu papá va a venir a vernos... ¿y de sangre? ¿Por qué no te hacés un examen de sangre? Así salimos de la duda...

—Mi papá se daría cuenta si voy a una clínica, vos sabés que soy su bebé, su tierna, y por su trabajo, sus informantes me delatarían antes de que yo misma decida si voy o no voy...

—¿Y qué hacemos?

—Nos quedamos dos: vos y yo.

—¿Ah? No entiendo.

—No seremos tres.

—No seremos tres.

—Sí, no seremos tres.

—Nos quedamos dos: vos y yo.

Domingo. Dos semanas después. Julio Cortés recordó la conversación al despertarse. Se levantó y marcó el número entregado por el Señor de las cunas, avisándole que "la pizza va en camino". Saludando a su madre, doña Julia, desayunó huevos revueltos con jamón, una rodaja de pan, una taza de café bastante cargada. Sin darse cuenta, al terminar su desayuno había explicado a su madre que saldría a pasear con su novia fuera de Managua, y que lo más probable es que regresarían hasta el martes. Le recordó que su hermana Carmen se haría cargo del negocio, que ya todo estaba arreglado con el joven Santana.

Doña Julia solo lo miró, bendiciéndole la frente con un beso y un "te me vas con cuidado, mi angelito".

Una vez arreglado, dispuso todas las herramientas extendidas sobre su cama. Su celular particular, el verde, para los planes indiscretos, las llaves de su carro, la factura anticipada de un cuarto en un hotelito sobre Carretera Sur, una mochila con toallas, ropa de cama, dos camisetas y un botiquín de emergencia con pastillas para el dolor y relajantes, entre otros detalles. Agregó un condón, "no vaya a ser y me entran las ganas".

A las nueve y cinco minutos de la mañana, estaba en camino a la casa de los Ortegaray.

Diez

¿Quién en su sano juicio se haría llamar El señor de las cunas? ¿Y quién, aún más insensato, confiaría en alguien con tremendo apodo?

Once

Mientras Julio manejaba su vehículo plateado, se sentía divagar en una nube densa de contradicciones y temores. Al doblar en la Suburbana, justo frente a la Embajada brasileña, encendió la radio y puso un disco de reggaetón para animar el ambiente de aquel carro fúnebre.

Al pasar por el retén policial de Carretera Sur, el oficial de tránsito José Gutiérrez apenas escuchó un fragmento de ♪*¡Castígala! ¡Dale un latigazo! Y coge un latigazo... ¡Perréala! ¡Coge un latigazo!* ♫ El reloj marcaba las once y cincuenta y tres minutos de la mañana.

Estate tranquila amor, que todo va a salir bien, dijo Julio, pero en su interior la culpaba por quedar embarazada antes de "lo planeado". Segundos después de pasar el Calasanz, entraron a un camino de tierra que les llevó al hotelito.

Doce

Cuando Mr. Ventura intentó por todos los medios posibles llevar a su nueva familia a Londres, para residir y disfrutar *the civilized*

189

style of life, en la sangre de Emilia Sambola retumbó su sangre garífuna.

—No, nos quedamos aquí. Aquí vinieron mis padres y los padres de mis padres, en esta tierra nací yo y nació mi hija, aquí viviremos.

—No, nos iremos a Londres. En Londres tenemos todo. Es mucho mejor para la niña...

Doscientos años antes, los británicos expulsaron de San Vicente y Granadinas, lágrimas de tierra en el Caribe, a todos los garífunas, después de luchas sangrientas por territorio. Antes de ser esclavos, prefirieron emigrar a las costas caribeñas de los países centroamericanos...

—¡Jamás! ¡Yo no me voy allá! ¡Yo muero aquí! *You bastard, I knew it all the time...* ¡Esta niña no será esclava, no lo será, por mis ancestros que ya no están que no lo será!

—¿Pero de qué estás hablando?

—Ahorita mismo nos vamos, nos vamos... *You know the history of my people!*

(La historia de los garífunas es compleja y trágica. Descienden de indígenas y negros que llegaron a las islitas del Caribe cuando hace cuatro siglos un barco británico en donde viajaban como mercancía, esclavos, maquinaria de carne, naufragó sin causa aparente. Los esclavos venían cantando, y así murieron...)

Los Ventura no abandonaron la Costa, pero sin explicación aparente, a los pocos días murió Mr. John, víctima de una indigestión que ningún médico ni curandero supo explicar. Emilia sí sabía.

Trece

—Amor, me he sentido mal. No estoy segura si esto es lo mejor.

—No te preocupés, esto es lo mejor. Vos lo dijiste, lo mejor es quedarnos dos. Vos y yo...

—...sí, pero no me siento bien. Creo que es mejor esperar que...

—Son los nervios, mi amor. Tomate estas pastillas para relajarte.

—Pero es que de verdad no me siento bien, y no sé si sea buena idea. ¿Por qué mejor no esperamos hasta mañana? Es que creo que voy a...

—No, niña, ya lo platicamos esto varias veces. Es lo mejor, acordate...

190

En el cuartucho, un aire rancio llenaba los pulmones. Al procurar encender el aire acondicionado, un ruido seco aconsejó abrir las ventanas. No. Las ventanas no se podían abrir, por precaución. Julio Cortés y Rossana Ortegaray oyeron llegar un carro. Los nudillos del Señor de las cunas tocaron la puerta. "La pizza está aquí."

Entró.

Rossana lo observó atrapada entre los barrotes de la angustia.

Catorce

Dos piernas abiertas. Un hilito de sangre. Un puño ardiente que abriéndose, desgarra el interior de Rossana. Luego, mucha sangre. Sudor. Nerviosismo. Calentura. Dolor en todo el cuerpo. Me duele todo. Ayyyyy. Negritud. Sangre. Choques eléctricos. Relajación. Menstruación. Un grito. Más menstruación.

—¡Esta mujer no está embarazada!

—Es que, no me sentía que...

—¿...amor?

—No sé, no sé, supongo que... no sé —contesta ella, perpleja pero sin esconder su júbilo. Creo que el estrés del trabajo... o no sé...

El joven Cortés no sabe qué hacer. Alegría o enojo. Alivio o rencor.

—Bueno, supongo que esto significa que puede regresarme el dinero...

El Señor de las cunas se fue antes, como un pájaro que vuela libremente.

Quince

Suena el teléfono.

—Corazoncito, ¿estás en tu casa? Hay algo bueno que quiero contarte...

—Yo también, pero no estoy segura si decírtelo... ¿Vas a venir?

—Lo que sea, ¡ahorita me resulta lindo! Llego en una hora...

Dieciséis

Garífuna significa *dolor profundo*. Algunos concuerdan en que ese nombre viene por la desocupación perpetua que ha sufrido este pueblo, generación tras generación. Otros, más atrevidos, afirman que existe un toque divino que castiga a quienes se burlen de sus últimos descendientes. Nadie lo sabe con seguridad.

Diecisiete

—Amor, ¿cómo estás?

—No sé qué hacer...

—¿Pasó algo malo?

Luisa Ventura rompe a llorar. En su mano, un papel de un laboratorio tiene algunos datos que no alcanzamos a leer con claridad. Que nosotros no veamos, no impide imaginar el desenlace de este cuento.

Que lo diga Luisa, garífuna, soltera y quien pronto regresará a la Costa. Con dos meses de embarazo.

COSTA RICA
Carlos Cortés (1962)
Jessica Clark Cohen (1969)
Carla Pravisani (1976)
Guillermo Barquero (1979)

MIAMI CHECK POINT
Carlos Cortés

Carlos Cortés (San José, 1962). Poeta, narrador y ensayista. Estudió Periodismo en Costa Rica y España y en 1997 obtuvo una maestría en la Universidad de París II. Recibió el Premio Mesoamericano Luis Cardoza y Aragón por el poemario Autorretratos y cruci/ficciones *(2006). En 1985 obtuvo el Premio Carlos Luis Fallas por su novela* Encendiendo un cigarrillo con la punta del otro *(1986) y en 1994 reunió sus cuentos bajo el título de* Mujeres divinas. *En 1999 publicó en México la novela* Cruz de olvido, *la cual recibió el Premio Nacional de su país, la Medalla de Oro del Círculo de Escritores de Venezuela y fue escogida como uno de los libros del año en Latinoamérica. En 2003 se publicó en España su siguiente novela,* Tanda de cuatro con Laura. *En 2007 publicó* La gran novela perdida. Historia personal de la narrativa costarrisible, *que combina varios géneros y recibió el Premio Nacional de Ensayo. En 2010 publicó el libro de relatos* La última aventura de Batman, *Premio Nacional de Cuento en su país, y cuyo relato que le da título fue incluido en la antología* Les bonnes nouvelles de l'Amérique Latine *(2010).*

1

Alzo la vista del periódico y me encuentro con Cano, el oficial de Migración. Mi euforia por haber alcanzado el final de la fila se borra cuando reconozco su mirada de rotundo galán de telenovela venezolana e hijo de inmigrantes. Su apariencia, de *latin lover* recién llegado al país de las maravillas, me produce un escalofrío. Me ve como si pudiera escanear en mis ojos las últimas caricaturas antinorteamericanas y las crónicas europeas de los horrores en las cárceles de Iraq. ¿O eso ya se puede rastrear y mi rezago no es sólo ideológico sino también tecnológico?

No vi nada, no dije nada, no oí nada, quiero decirle, pero la telepatía no es mi fuerte y entre nosotros cualquier conexión es imposible.

No me ve más, atareado en la fórmula blanca en la que, estúpidamente, dejé vacío algún espacio vital. *Mea culpa.* Él se encarga de rellenarlo con la lentitud con la que arde el aceite sobre la sartén, hace un par de preguntas inocentes —eso creía— y no me ve más.

Es un profesional, digamos.

Frente a nosotros identifico un cubículo de cristal que se va llenando poco a poco de gente. ¿Esos quiénes serán? ¿Qué pecado habrán cometido?, me digo, intentando que mis pensamientos no sean captados por ninguno de los radares que pululan en el ambiente. O, como vivimos en tiempos preventivos, ¿qué pecado serán capaces de cometer y que, gracias a Dios, y al Diablo, será identificado, reprimido y castigado antes de que suceda?

El trámite está durando más de la cuenta, me digo, y borro la sonrisa confiada que llevo, de quien aguarda cinco horas por delante en el aeropuerto de Miami, y pongo la única cara que puedo poner: la del latinoamericano resignado en la frontera entre la civilización y el mundo del mal. Es culpa mía. Si uno es culpable es siempre su culpa, ¿no?, aunque no se sepa la razón. Y uno siempre es culpable frente a una ventanilla.

Cano no es un mal muchacho, aunque no me vea, pero tiene que cumplir con su trabajo. Unos segundos más tarde, no sé muy bien cómo, ni por qué, me encuentro del otro lado del cubículo de cristal y son los demás, los que están afuera, temporalmente inocentes hasta que se les demuestre lo contrario, los que se preguntan qué habré hecho yo, qué clase de terrorista, narcotraficante o pederasta podré ser a pesar de mi sonrisa confiada de cinco horas por delante en el aeropuerto de Miami que se me escurre como un helado en el desierto.

La chica de American me pide el nombre y dice que le avise cuando salga.

¿Saldré? ¿Cuándo?, digo aparentando control.

Ah, eso nunca se sabe.

Se va a darle la misma información a otro recién llegado.

Mi perdición fue llegar junto al vuelo de Avianca. Me doy cuenta porque estoy rodeado de colombianos sospechosos: una madre soltera con un bebé y un niño que empieza a impacientarse −¿un talibán disfrazado?−, un anciano en silla de ruedas −oye, tú, ¿qué tiene'allí?−, una pareja de viejos con la ropa en bolsas de plástico −¿explosivas?− y hasta una familia entera −incluyendo una guitarra y una niña con un vestido, similar al de Primera Comunión, seguro para despistar−.

Somos veintiséis adultos y cinco niños sentados en hileras frente a un mostrador de oficiales con computadoras en plan interrogatorio. Pero no podemos quejarnos: al fondo hay un par de máquinas de refrescos y *snacks* −el sueño americano−, servicios sanitarios y, una bendición del cielo, aire acondicionado. Lo más parecido que yo recuerde al paraíso si no fuera porque el *duty free* se va alejando cada vez más de mis posibilidades.

2

¿Puedo ir al baño? ¿Qué pasa si me llaman y yo no respondo? ¿Perderé mi oportunidad? Ya tengo tres horas aquí. ¿Tendré que esperarme otras tres?

Na... Te tocan la puerta, papi.

¿Cómo? ¿La puerta del baño?

Sí, la puerta del baño.

¿Está usted segura?

El tipo que quería ir al baño entra y vuelve a salir.

¿No... me llamaron?, regurgita con alguna timidez.

No llamaron a nadie, tú, tranquilo.

¿De verdad que no? ¿No me llamaron? Oí que decían mi nombre. Por eso salí.

La empleada de American ni siquiera quita la vista del listado que ausculta en la mano.

¿No me oíste? Voy a quedarme aquí, sin ir al baño, hasta que me vuelvan a llamar. Me estoy orinando, pero prefiero aguantarme con tal de no perder el turno. Ya he esperado mucho y puedo esperar un poco más sin orinar aquí y orinar con tranquilidad en el aeropuerto, no en Migración. ¿No cree usted? Me da asco orinar en Migración.

Como tú quieras, papi. No te llamaron, contesta al vacío, como quien ha respondido la misma pregunta miles de veces. Y así lo ha hecho.

¿Está usted... segura? No sé si pueda orinar aquí. No creo que pueda aguantarme.

Nunca se sabe, vuelve a decir en una exhalación. Está ocupada en otras cosas.

¿Cuánto?, le repito. No quiero causar ningún problema, nada más quiero que me repita la respuesta. Lo hace. Me gustaría contestarle: usted habla muy rápido y no le entiendo. No es nada personal, eso es todo, y no le digo nada. Se me queda viendo con desconfianza. Por fin, finalmente, me presta un poco de atención.

¿Usted es...?

Martínez, Miguel Martínez.

¿De Colombia, velda?

Niego con la cabeza.

¿Avianca?

No, American.

¿American? Hum. No, no, no te tengo en lista.

Le juro que vine por American, señorita. Vine por American...

¿Pero tú eres colombiano?

No, tampoco. ¿Es por el acento? Ni vine por Avianca ni soy colombiano.

No, no, lo siento.

¿Cómo que no? Ahora me viene usted a decir que yo soy colombiano. Estamos todos locos.

Oye, óyeme acá un momento, papi, que lo que yo te estoy diciendo es que no te tengo en lista. Más nada. Seguro no tenías reservación. Ahora mismito nos traen la lista nueva.

Mi conexión también es con American. A las seis. ¿Podré tomar mi conexión en tres horas?

Yo no sé.

¿Pero tardan mucho aquí? ¿Tardan más de tres horas como para perder el otro avión?

Mira, yo sé lo mismo que tú. Hay que esperar a que te llamen y después te vas a la terminal.

Pero voy a perder la conexión. ¿Eso es lo que usted me quiere decir, verdad? ¿Por qué no me dicen de una vez que voy a perder la conexión y me permiten llamar por teléfono a mi familia para decirles que no voy a llegar hoy? ¿Es para ahorrarse la llamada? ¿Es porque sale más barato de noche, verdad? ¿Es eso? ¿Para ganarse el precio de la llamada? Yo sé que las compañías están en bancarrota después del 11 de setiembre, pero esto es el colmo. ¿No le parece? ¿No tengo razón? Si de Panamá a aquí nos dan una bolsa de maní y una botellita de agua.

Imagínate, tú.

Y con lo que uno paga por estos vuelos. Mil dólares. Eso es lo que yo pago. Vamos a tener que traer la comida, como en los vuelos de enantes de Aerofló. Cuando existía la URSS. Por lo menos eran baratísimos. 15 horas del Caribe a Moscú, por Irlanda, a punta de champaña. Ahora estamos igual pero hay que pagar mil dólares. Mil. Si así es en American me imagino cómo será en Aerofló.

No sé, señor.

Seguro que hay que llevar hasta el cinturón de seguridad. ¿Por lo menos me van a pagar un hotel? Una vez me dejaron botado aquí, en Miami, y yo iba para Europa, hace como cinco años o más, no importa, me metieron en un hotel de seis estrellas. El Don Shula's. Qué te digo un hotel. Un club de golf. Un espectáculo. Solo la cafetería parecía un estadio. En el cuarto bata de baño, caja de puros y cocacolas gratis. Gratis. Los puros no, claro. Si me van a hacer lo mismo por qué no me lo dicen de una vez y me quedo tranquilo.

¿Voy a perder la conexión, verdad? ¿Es eso? ¿Cuándo nos van a dejar salir?

Oye, oye, oye, ¿qué tú estás diciendo? Tú lo que quieres es meterme a mí en tremendo lío, ¿velda? Yo no te dije nada de eso. Lo que te dije es que yo no sé a qué hora te van a llamar ni lo que va a pasar cuando te llamen ni si te van a dejar salir de aquí, pero segurito que tú no pierdes la conexión, ¿okey? Eso es todo lo que yo sé.

Pero, ¿por qué lo meten a uno aquí?

La señorita se levanta y se marcha con aire irremediable. Quiero la nueva lista, escupe por el *walkie-talkie*. La interferencia y el ruido de la sala hacen que se me escape el resto de la conversación. Se acerca al policía de la puerta y ambos me vuelven a ver. El guarda me dirige una nueva mirada. Se desprende de la puerta, siempre mirándome, cruza el salón, oigo sus grandes zapatones de reglamento resonando contra el piso, a pesar de la alfombra, y se acerca vigorosamente a mi hilera de butacas, haciéndome sentir su presencia. Sigue de lejos y se pierde en el servicio de caballeros.

La chica de American ya no está. No está en la puerta, aunque tampoco salió del cubículo. La hubiera visto porque estamos encerrados en un cuarto de vidrio. A la izquierda, en el exterior, un enorme pabellón con 25 ventanillas para trámites de Migración. Frente a cada ventanilla la aglomeración de pasajeros de los nuevos vuelos se va acumulando hasta formar una fila de la que no puedo ver el final.

De las 25 ventanillas cuatro dicen *U.S. Citizens*. Las demás son para *Visitors*. De ahí se desprenden de vez en cuando los que ingresan al departamento en el que estamos nosotros. Los que no son remitidos a Migración siguen de frente con temor a volvernos a ver y que los atrapen. Pasan de lejos y atraviesan varias puertas hasta la recogida del equipaje con miedo de que a algún oficial de Migración se le ocurra llamarlos: oye, tú. Si estás en tránsito, hay que hacerlo todo como si se fuera a salir de la terminal y empezar de nuevo, volver a entrar y acarrear el equipaje de un lado a otro del aeropuerto hasta depositarlo en el despacho del nuevo vuelo. Esto debe tener alguna lógica, pero no la he entendido nunca. ¿Evitar ataques *kamikaze*, ahorrarse el costo de las bandas transportadoras, impedir el trabajo de los inmigrantes ilegales?

La mujer de American se encuentra charlando animadamente con otro pasajero, sentada en el extremo contrario de la habitación. Estoy a punto de incorporarme para seguirla cuando el tipo español se dirige a mí. Venimos en el mismo vuelo y entramos juntos al cubículo. No le presto mucha atención porque tiene sandalias y barba y no quiero que me identifiquen con él. Trato de colocarme en las hileras de adelante, seguro de que me llamarán en cualquier momento, pero me habla directamente y a los ojos. Sigue entrando gente y ninguno se estaciona en nuestra fila.

Es porque vine sin visa en el 85, me dice, con aliento alcohólico. ¿Qué harán si ya no cabe nadie? ¿Nos sentarán en el piso o tendrán un local mayor para movilizarnos por orden de espera?

¿En el 85?, le contesto, sin ánimo de conversar.

¿Que no? Lo archivan todo en computadoras. Estos tienen una mente organizada y no como nosotros, los hispanoamericanos.

Bueno, si fuera así Al-Qaeda no pega un tiro.

Calla, loro, calla, se dice a sí mismo.

¿Qué pasa?

¿No estarán grabando todo lo que digamos?

¿Aquí? No, qué va.

¿Que no? ¿No será que nos tienen aquí para que digamos lo primero que se nos pase por la cabeza y que les sirva para incriminarnos? Por eso te cuento lo del 85.

Intento relajarme y que los minutos transcurran con rapidez, aunque la voz del español no se detiene. Pienso en otra cosa y sonrío. Tampoco me atrevo a despegarme de la silla ni ir al baño.

Si no fue negligencia mía, es que desde hace rato andan detrás de mí. En la embajada me dijeron que por menos de seis horas en tránsito no había necesidad de sacar visa. Es suficiente con prevenir a la línea aérea.

Claro, en el 85. Ahora te vas preso. No pueden culparme por algo que hice hace 20 años. ¿O sí? ¿Estas leyes antiterroristas serán retroactivas? En España estuve en un grupo provasco y siempre gritábamos Gora Eta, Gora Eta, y esas chorradas, sin saber lo que decíamos. La verdad es que me dio miedo pedir visa y que me la negaran. ¿Me entiendes? Cuando llegamos al espacio aéreo norteamericano me escoltaron dos miembros de la tripulación y al llegar me esperaba un oficial de seguridad. Fui el primero en salir del vuelo y el primero en entrar, en el vuelo de regreso, como si estuviera en primera clase. Y mis documentos iban en custodia con la tripulación. Solo les hizo falta llevarme en silla de ruedas, como si yo fuera un anciano, o tuviera una minusvalía, ¿me sigues? No me puedo quejar. Me atendieron muy bien. ¿Por qué me salen ahora con esto?

Yo creo que no tiene nada que ver.

Me dejaron dos horas en un cuarto con unos negros, pero no me importó. Te hablo del 85. De ida y de vuelta fue igual. Me permitieron comprar un bocadillo y un refresco y el oficial me acompañó al *water*, pero se quedó fuera del cubículo. No entró conmigo ni nada. ¿Qué pasa si quiero ir al *water* ahora? No te dejarán solo.

Los servicios sanitarios están ahí detrás. Cualquiera puede ir.

Ya. ¿Fuiste?

Bueno, no, pero no hay problema. No creo. Debe ser otra cosa. Oí a alguien que quería ir al baño. Fue y listo. Son unos servicios sanitarios comunes y corrientes.

Qué va. No te van a dejar solo en un lugar tan comprometido. Por lo menos tendrán cámaras de circuito cerrado o un sistema de escucha.

No es para tanto.

¿Que no es para tanto? Ya me dirás tú. Mi hermano pasó por Miami exactamente un mes después del 11 de setiembre.

Estarían todavía en estado de shock.

Había que tener el pasaporte en la mano hasta para ir a cagar. Lo que te digo. Todo el recorrido lo hacías con perros ladrándote a los pies, olfateándote, oyendo mensajes histéricos, en un tono falsamente tranquilizador, por los megáfonos, arrastrando el equipaje, porque si no perdías la conexión. No había forma humana de convencerlos de que lo enviaran directo al destino final. Te diré lo que le pasó a mi hermano. Ni te lo puedes imaginar.

No, no me puedo imaginar.

Pues que traía un jamón serrano y un queso manchego y oyó por los altoparlantes que había que reportarlo o la multa eran diez mil dólares. Diez mil dólares. Se dice fácil. Lo machacaban a gritos por las bocinas. Diez mil dólares. Así es. Así que los declaró y se los quitaron. Mi hermano estaba convencido de que el agente del departamento de Agricultura se enamoró del jamón, el muy hijo de puta, y lo quería para él.

Todo puede suceder.

Yo le dije que no lo trajera, pero entonces se levantó el embargo contra la fiebre aftosa. Después lo volvieron a implantar. ¿Sabe usted que durante 20 años tuvimos que meter el jamón serrano de contrabando?

No me diga.

Lo traíamos en el equipaje de mano envuelto en capas de papel encerado y nunca hubo problemas. Bueno, nunca hubo problemas hasta esa vez. Así son los yankis.

Si usted lo dice.

Mi hermano les dijo que el jamón no podía ser terrorista porque los musulmanes tampoco comen animales impuros y el cerdo es un animal impuro.

Sí, yo sé.

Eso los enfureció mucho más.

Me imagino.

No le cobraron la multa pero lo dejaron en cuarentena.

¿Al jamón?

No. Al jamón lo requisaron y se perdió. Estoy seguro que el agente de Agricultura cenó esa noche jamón serrano con su familia. A mi hermano. Lo acusaron por incitación al terrorismo y pasó 40 días en una cárcel del condado de Dade. Al final no lo citaron y lo dejaron libre. Es lo que te digo yo. Es mejor quedarse callado. Pero él no iba a dejar que el jamón se perdiera.

Es mejor quedarse callado.

El español se levanta y se apresura a hablarle a un oficial de tripulación que acaba de entrar. Luce gorra, uniforme y la maletita con ruedas que usan todos los miembros del equipo. El tipo luce bastante exasperado y no acepta sentarse. Se queda de pie con el porte olímpico que tuvieron los tripulantes hasta el 9-11. Está tan inquieto porque lo llamen que ignora al español a su lado. Sigue entrando gente, un pasajero nuevo cada cinco minutos, y cuento los que estamos aquí. Treinta y cinco y seis niños.

Aún hay bastantes hileras vacías y los de Migración no parecen tener mucha prisa. Entra un sujeto rubio, alemán, danés o algo así. No se queda mucho tiempo. A los pocos minutos lo sueltan. El miembro de la tripulación sigue mirando inerte la larga mesa en la que se mezclan terminales de computador y oficiales de Migración.

Ingresa al cubículo un señor en silla de ruedas empujado por una mujer joven. Se lleva las manos a la cabeza calva, cierra los ojos y llora despaciosa y desesperadamente. No lo hace de forma tremebunda o melodramática y pienso que no tiene nada que ver con el hecho de estar retenido en la sala. Su hija, o quien lo acompaña, intenta calmarlo. No escucho lo que dicen. La mujer, mucho más joven que él, repite con insistencia la misma palabra y le acaricia la cabeza desnuda.

Dos niños atraviesan la sala persiguiéndose, uno detrás del otro. Corren por entre los espacios vacíos y chocan con algunos de los pasajeros que aguardan al frente del mostrador. Con dificultad permanecen en pie por el peso de las mochilas que llevan a la espalda. Una chica de American los increpa de mal modo.

Ven acá, aquí no puedes correr ni nada de eso.

El padre de los niños no se inmuta y sigue leyendo *The New York Times*. Lo reconozco. Es venezolano y animador de una cadena de cable. No hace ningún esfuerzo por detenerlos mientras la madre los zarandea tomándolos de las mochilas. El aire se torna turbio y escaso. Cobro conciencia del tiempo que llevo en un lugar cerrado y me pesa el cuerpo. Intento dormir y no puedo. La niña con el vestido de Primera Comunión, sin moverse, y la familia numerosa ocupan una hilera.

Un oficial de policía abandona la puerta de entrada, lanza algunas frases con impaciencia y se precipita sobre mí. Sé que es uno de los policías porque llevan camisas azules y pistola al cinto. Los funcionarios de Migración, detrás del extenso mostrador y de las terminales de computadora, portan camisas blancas y van desarmados.

¿Es porque vine a Miami sin visa, verdad? Que me tienen retenido, joder. Hijos de puta. No soy yo el que grita. Los alaridos provienen del español, pero los oigo dentro de mí. Movilizan a una buena cantidad de policías desde la sala de Migración. La chica de

American me retiene y revisa diligente las hojas que tiene en la mano. Junto a mí pasan varios oficiales que me observan airados.

No soy yo...

¿Señor...?

Martínez.

¿Colombiano, verdad?

No, no. Ni vine por Avianca ni soy colombiano, digo negando con la cabeza.

El español se incorpora sobre la fila de asientos y varios oficiales lo inmovilizan a porrazos. Un ataque de pánico, pienso cuando lo veo esposado en el suelo. Un ataque de estupidez. Da vueltas como un animal furioso. Contemplo con tristeza algunas piezas dentales, blancas, casi inmaculadas, que brotan de su cara enrojecida. En alguna parte hay un poco de sangre, sobre la alfombra sintética y sucia, en la que hay chicle pegoteado de varias generaciones.

Me levanto con brusquedad y me dirijo al otro lado de la sala.

Yo no haría eso, me increpa uno de los oficiales, empujándome con fuerza contra la butaca. Me siento. El policía duplica mi tamaño y lleva todo un arsenal en el cinturón. Nuestras miradas se encuentran y aparto mis ojos de los suyos. O quizá debería encararlo. Reparo en el batón de madera que lleva en la mano derecha y en sus zapatos. Parecen construidos para gigantes. La cabeza me estalla como si me hubieran machacado a mí también. Sé que no es cierto, pero es difícil abstraerme a la sensación de encontrarme perdido y no encontrar la salida.

El señor Martínez...

No sé, no sé, insisto, venía conmigo en el avión, desde Madrid.

Los otros pasajeros contemplan la escena con aburrimiento. Busco con la vista a la chica de American sin hallarla. Hace un instante estaba a mi lado. No importa.

Venga con nosotros...

No pasa nada y me trasladan a otro sector. Sin saber por qué, me encuentro en una pequeña oficina administrativa y el retrato oficial del presidente Bush, detrás del escritorio, me despierta. No me sonríe. Tampoco me odia. Estoy muy por debajo de su dimensión sobrehumana. Él mira hacia el infinito, hacia la eternidad. Es la inmortalidad misma y yo no existo o estoy a punto de desaparecer.

Soy invisible a sus ojos, y sin embargo, me mira. No tiene más remedio.

Mi mal inglés empeora en estos casos, aunque el personal no tiene ningún pudor y habla en español. Los apellidos sobre las placas de identificación son latinoamericanos. *Latinos.* Bush me sigue mirando cuando Castellanos revisa mi expediente. Lo hojea repetidas veces y al fin se decide a tomarme las huellas dactilares y hacerme la foto con la burbuja flexible que le sirve de cámara. Observo el ojo sin párpados y aparento tranquilidad.

Señor Martínez... a ver... oye, no te puedo dejar entrar. Tenemos un problema contigo, con una persona que tiene tu mismo nombre.

¿Y los apellidos...?

Yo sé que no eres tú.

¿No?

Yo lo sé.

En ese instante se permite una sonrisa tranquilizadora. Sin embargo, es apenas una fracción de segundo. Bush permanece incólume y yo recapacito en las horas que tendré por delante. Horas que son días en el cubículo de cristal. Está bien. No pasa nada.

Pero no te puedo dejar pasar hasta que me den autorización. Yo no te la puedo dar. ¿Entendido?

Lo veo impacientarse por la cantidad de expedientes que tiene sobre el escritorio. Está a punto de despacharme y seguir con el siguiente.

¿Y la autorización...?, me atrevo a decirle antes de levantarme.

No depende de mí. Me la envían y yo te dejo pasar. ¿Okey?, me dice mostrándome un fax en la mano, casi levantándose.

¿Y cuánto dura eso? Yo estoy en tránsito y... conexión...

Niega con la cabeza y yo me detengo. No hay nada que hablar.

Señor Martínez...

Pronuncia las palabras con un tono condescendiente. Observo que intenta ser amable, no salirse de sus casillas, mirarme a los ojos. Bush también lo hace. En mi cabeza resuena el sonido hueco de los dientes del pasajero español contra una alfombra sólida, dura, hecha de cristal.

Lo más pronto posible, me dice, a veces tarda horas, a veces tarda más... ¿Ya tú me entiendes? ¿Velda? No depende de mí.

Es un buen chico y no quiere mandarme al carajo. Finalmente, estoy a las puertas de Roma, de la civilización, y todos lo sabemos. Seamos civilizados.

Vuelvo al cubículo sin aliento. El español sigue hablando tranquilamente con otro pasajero que no lo escucha. No tengo donde sentarme y después de buscar un rato y de pensar que me han robado todo descubro la maleta y las cosas contra una de las paredes. La sala está a reventar y sigue entrando más gente.

Señor... avísame cuando salga, le dice la chica de American a un pasajero. No es la misma chica ni el mismo pasajero, pero da igual. Con varias horas de esperar la cabeza se me encoge y se me agranda con cada bocanada de aire turbio. Llega hasta mis pulmones con la fluidez intravenosa e irreal de otro mundo.

Del otro lado del vidrio se arremolinan cientos de personas en filas irregulares. Desbordan la sala de Migración. Cierro los ojos y escucho el sonido del vidrio al romperse con un aullido sordo.

ALFARO PARA CACIQUE
Jessica Clark Cohen

Jessica Clark Cohen (San José, 1969). Narradora, autora de los libros de cuentos Los Salvajes *(Costa Rica, 2006) y de las novelas* Telémaco *(Costa Rica, 2007) y* Un fuego lento *(2013), escrita gracias a la Beca para el Fomento de la Creación Literaria del Colegio de Costa Rica. En 2003, el Centro de Cooperación Española eligió su guion "Mandelbrot" como parte de una colección de trabajos de guionistas costarricenses. Sus cuentos y guiones, generalmente de temas fantásticos y ciencia ficción, han sido publicados en más de una docena de antologías en Costa Rica, Guatemala y España, como* F5, Reset de la Literatura Latinoamericana *(Guatemala, 2010) e* Historias del Paraíso Perdido *(España, 2009).*

"Alfaro para cacique" *es inédito.*

Los dos hombres esperaron en la antesala de la oficina del Presidente sin mirarse y sin conversar. Uno de ellos sostenía el maletín ejecutivo defensivamente sobre el regazo. El otro paseaba de un lado a otro, gastando sus finos zapatos de cuero sobre la gruesa alfombra gubernamental. El miedo no era un estado normal para ellos: los representantes de su firma de asesoría se reunían con ministros y diputados diariamente. Vestían trajes finos, explicaban con soltura sus presentaciones digitales, entregaban reportes confidenciales en archivos cifrados. Los mismos Duque & Quirós rara vez asistían a una reunión y jamás lo hacían los dos al mismo tiempo. Excepto esta vez, para el Presidente.

La eficiente Secretaria Ejecutiva que trabajaba en una esquina no les mostró ninguna compasión. Notó la discreta luz verde en su intercomunicador y les informó que el Presidente los vería ahora. Si detectó la mirada de pánico que pasó entre los dos hombres, no fue suficiente para hacer mella en su indiferencia oficial. Ya estaba trabajando de nuevo cuando entraron a la oficina.

Leonel Alfaro tal vez no iba a ser un gran Presidente, pero por lo menos era entusiasta. Había ganado las elecciones por un ligero margen porque era el candidato menos abiertamente corrupto. Sus ambiciones eran más del estilo de la autopromoción descarada: Alfaro veía la presidencia de un pequeño país como el primer paso para una carrera en organismos internacionales y fondos mundiales de comercio. No le daba vergüenza ser un mojado con credenciales. Pero sus planes a futuro dependían de hacer un trabajo pasable por cuatro años, de modo que conducía todos sus asuntos bajo el lema súper optimista de: "Para unirse al primer mundo hay que dar el primer paso".

Había convocado la reunión de esta noche para comprender, en los números claros y confiables de Duque & Quirós, por qué ninguno de sus programas de renovación social y reestructuración económica había logrado despegar en casi ocho meses de mandato.

—Hicimos un segundo estudio —reportó Duque— sin costo para la Presidencia, para comprender por qué los conceptos de la campaña no están calando.

Alfaro jugó con su lapicero sobre un escritorio casi completamente despejado. Le gustaba decir que no era ordenado, sino que tenía la mente brutalmente clara.

—Se me ocurren dos cosas —dijo—, que la gente no entiende la idea o que no le importa suficiente su comunidad.

Duque y Quirós se miraron.

—Nuestros investigadores descubrieron que la población está casi obsesionada con la limpieza y la decoración de sus casas —dijo Duque—. En todas las casas que visitaron el piso estaba siempre pulido a la perfección y todo se mantenía en su lugar. De hecho, la cera para pisos es con mucho el producto de limpieza más vendido en las zonas urbanas.

—Pero usted tiene razón en cuanto a la comunidad —dijo Quirós—. Nuestro estudio muestra que la gente no incluye a sus vecinos en el concepto de comunidad.

Alfaro lo miró con la expresión inteligente y capaz que tenía en todas sus fotos de campaña.

—¿Cómo que no incluyen a los vecinos en la comunidad?

—Piensan en su familia extendida, no importa dónde viva pero, de la puerta para afuera, la calle es tierra de nadie —dijo Duque.

—Literalmente —agregó Quirós.

—Tenemos que empezar por ahí, entonces —dijo Alfaro— ¿Qué puede hacer la Presidencia para cambiar eso?

Quirós y Duque cayeron en un silencio profundo.

—La cosa es que tampoco creen en la Presidencia —dijo Quirós luego de varios segundos.

Alfaro detuvo la mano sobre el escritorio.

—¿Cómo así?

—No creen que el Presidente esté relacionado con el país: lo ven como una persona corrupta que le ganó a otras personas corruptas para montar un desfalco por cuatro años.

—Muchos sienten que la vida sigue igual sin importar quién gane las elecciones —agregó Duque servicialmente.

Alfaro tuvo que asentir. La verdad, dado el historial de sus antecesores, no podía decir que la gente estuviera equivocada.

—Con razón ninguno paga impuestos —dijo con una sonrisa—, ¡pero igual la mayoría votó por mí!

Duque y Quirós asintieron juntos.

—La mayoría de los que votaron, pero eso fue solo el cuarenta y ocho por ciento del electorado. Y creemos que ellos votaron... ejem... no por el candidato, sino por el partido por el que la familia ha votado tradicionalmente. Votaron por costumbre.

Alfaro se sentó más derecho en su silla.

—Entonces soy Presidente de la mitad del país y eso solo por inercia.

Los dos hombres permanecieron inmóviles. Alfaro miró de uno a otro con creciente alarma.

—Con respecto al país —dijo Duque—, ochenta por ciento de los entrevistados no reconoce ninguna de las estatuas de héroes de la patria y un número similar cree que el dinero para obras públicas que se recauda nunca es utilizado en ninguna parte. Quince por ciento sospecha que los botones de los pasos peatonales no están conectados a nada. Un cincuenta por ciento dice que no iría a la guerra por el país porque el país no ha hecho nada por ellos. Noventa y cuatro por ciento dice que su mayor problema es el crimen y que considerarían armarse para defender a su familia porque no creen que nadie vaya a venir a protegerlos si llaman a la policía.

Con esto Duque & Quirós se sintieron incapaces de completar el reporte y Alfaro tuvo que llegar a la conclusión por su cuenta.

—¿La gente no cree en el país? ¿Soy Presidente de un montón de familias sueltas?

Quirós se aclaró la garganta antes de hablar.

—Pensamos que el término clanes es más apropiado.

El Presidente aceptó el delgado documento que le dieron y dio la mano a cada uno de ellos. No mencionó si volvería a utilizar sus servicios y ni Duque ni Quirós se atrevieron a preguntar directamente, mientras los escoltaba de regreso a la puerta.

El Presidente llevó el reporte consigo cuando subió al auto oficial camino a su casa. Era de noche, pero el tránsito seguía siendo infernal. Probablemente, bromeó su chofer, era gente que había quedado atrapada en la presa del almuerzo y hasta ahora lograba avanzar. Alfaro no logró encontrar el humor en la broma. Estaba mirando hacia atrás, a la hilera de taxis y autos privados que seguían a su escolta policial para saltarse las líneas del tránsito.

Impulsivamente, tomó su teléfono y, con una llamada, se deshizo de los policías motorizados, lo que atrajo una mirada infeliz de parte del chofer, no tanto porque se preocupara por la seguridad de su Presidente, se dijo Alfaro, sino porque acababa de triplicar su tiempo de viaje a través de la ciudad. En efecto, no bien desaparecieron las motocicletas, el auto se vio al final de una larga fila en un semáforo. Alfaro vio a través del vidrio blindado cómo otro auto pasaba la fila de largo y se detenía tranquilamente, justo bajo el semáforo, esperando el cambio para pasar primero, triunfal en su demostración de fuerza. Otros conductores comenzaron a buscar sus propias soluciones, saliendo a como pudieran de la fila y armando, entre gritos, insultos y bocinazos, una especie de choque en cámara lenta.

Y desde su asiento trasero el Presidente comprendió: los autos eran modelos recientes, importados, pero para las personas tras los volantes representaban simplemente una versión más imponente y llamativa de los camellos, caballos o elefantes de sus ancestros. En la forzada proximidad vial, pudo fácilmente imaginar que en cualquier momento iban salir las lanzas, los machetes y las cimitarras.

En la esquina, los resistentes basureros triples de metal que habían instalado para reciclar habían desaparecido, reciclados sin duda por las pandillas de la comunidad. La gente, obediente, había seguido botando la basura en el mismo punto, conmemorando su ausencia. A la vuelta de la esquina, la calle estaba bordeada de verjas ornamentales, murallas coronadas de alambres barbados y portones cerrados, todos protegiendo fortalezas particulares coronadas de antenas parabólicas, que despedían los destellos amenazantes de los televisores y pantallas de video en su interior.

Frente a un muro marcado de coloridos signos territoriales, una pequeña manada de adolescentes con pañuelos en la cabeza y zapatos espaciales pasaba el tiempo conversando en sus celulares. Un perro amarillo pintado en la pared les hacía compañía, mostrando dientes como cuchillas. Sus ojos parecieron encontrar los del Presidente en su auto... y Alfaro comprendió.

Al día siguiente no fue a la oficina. Su secretaria le explicó a los ministros y diputados que quisieron verlo que el Presidente sentía que no valía la pena perder tiempo en el tránsito y que pensaba trabajar desde su casa. El rumor corrió como pólvora y para el final de la semana los trabajadores de varias empresas comenzar a hacer lo mismo. Si el mismísimo Presidente no se atrevía a tirarse a la calle, ¿por qué debían hacerlo ellos?

Cuando las compañías se quejaron, Alfaro dijo que él estaba del lado de los trabajadores, siempre y cuando se encontrara un sistema de comunicación apropiado para conducir negocios desde residencias familiares. Cuatro sistemas revolucionarios fueron patentados antes de que pasaran tres meses.

Poco después, Alfaro comenzó una discreta obra de construcción sobre el techo de su casa. Al preguntarle un periodista desde la tapia, Alfaro le respondió a gritos desde el techo que estaba construyendo otro patio.

–¿Un patio?

–Di sí, es mi techo –dijo el Presidente defensivamente– no pueden cobrarme más impuestos si no toco el piso.

Y en efecto, poco a poco los vecinos y los curiosos reunidos afuera de la casa vieron aparecer sobre el amplio tejado caminos de grava, bancos de coloridas flores y hasta dos árboles pequeños, entre los que Alfaro colgó una hamaca. De hecho, notando la cobertura de medios, el Presidente comenzó a aprovechar las oportunidades para anunciar su propia empresa de patios encimados, vendiendo a un precio "ejecutivo" las tarimas especiales para sembrar y ofreciendo paquetes con diseño de jardines. Pero el negocio no pegó: a la gente le pareció genial la idea de multiplicar su espacio disponible, pero se las arregló con tarimas hechas de materiales de desecho porque nadie quería pagar tarifas profesionales. Al poco tiempo los suburbios eran una verdadera babilonia de gente en el techo sembrando sus vegetales, haciendo carne asada, subiendo la mecedora de la abuela y dejando a la vieja olvidada arriba todo el día, o durmiendo la siesta dominguera en sus propias hamacas ejecutivas.

Grupos de jóvenes podían verse peinando las calles en busca de materiales de desecho, que al poco comenzaron a aparecer en ventas más o menos formales.

Tal vez fue el robo descarado de su idea lo que hizo que Alfaro perdiera su relación amistosa con su gente y con la prensa. Tal vez fue un incidente con una familia de curiosos afuera de su casa, a los que Alfaro pescó dejando caer envoltorios de comida barata en la acera. El Presidente montó en cólera y, tomando una escoba, corrió a los insolentes a golpes, gritándoles que fueran a ensuciar sus propias aceras y que no fueran tan caraepichas de venir a tirarle su basura a él. El video —en cámara subjetiva y con el audio sin editar— salió en todas las cadenas de televisión al medio tiempo del partido de la noche y antes del final del juego ya estaba en YouTube. La gente se reía, pero todos concordaban en que Alfaro no tenía por qué aguantar que nadie le fuera a botar la basura al frente de la casa y muchos admiraron su destreza con la escoba.

Muchas personas sacaron sus escobas a la mañana siguiente y barrieron para darle su apoyo al Presidente loco que se habían echado encima. Las mujeres en los suburbios siempre habían sido muy diligentes, barriendo el frente de sus casas todas las mañanas, pero ahora se les unieron los dueños de negocios en el centro y todos los hombres con ira reprimida, que buscaban una excusa para volarle un escobazo a alguien.

Al principio, mirando la televisión en sus oficinas, Quirós y Duque admiraron la locura del Presidente, pero a los pocos meses comenzaron a preguntarse si la genialidad inicial no habría sido accidental. Alfaro parecía haber perdido todo interés en gobernar lo ingobernable. Frente a los problemas administrativos cotidianos, decidió que cada municipalidad debería funcionar como una empresa privada, con sus funcionarios respondiendo a una junta directiva conformada por el electorado local. Así fue como Duque dejó la agencia, aceptando la oferta de gobernar su distrito y la oportunidad de hacer rentable un negocio mucho mayor que el suyo.

Quirós, ahora que no tenía que pagar oficinas porque nadie venía físicamente a trabajar, contrató más empleados remotos, que enviaba como asesores, también virtuales, a otros países. Le fue bien y comenzó a ahorrar para el colapso inminente. Todos los días aparecía un editorial en pánico en el periódico insistiendo en que Alfaro estaba arrastrando al país del borde de la industrialización de regreso al tercermundismo: los edificios de oficinas estaban dando paso a restaurantes y salones de baile, la mitad del país se enriquecía vendiendo gansos de cerámica, móviles y decoraciones para jardines encimados, muchos vecinos se hicieron guías de turismo y comenzaron a pasar el día paseando gringos por los techos de la ciudad. Otras personas estaban convirtiendo los antiguos estacionamientos en huertas, porque así pagaban menos por la comida.

La única ley que promulgó el Presidente salió como un pie de un resumen legislativo: una enmienda constitucional declaraba que la corrupción sería ahora considerada traición a la patria y que la pena sería la pérdida de todos los bienes y un viaje gratis a la frontera. Sólo los pescadores empobrecidos de los pueblos costeros notaron las consecuencias, cuando se les comenzó a pagar generosamente para que remolcaran pangas al límite de las aguas internacionales y las dejaran a la deriva, con sus pasajeros bien vestidos llorando con sus corbatas al viento y sus zapatos de tacón en la mano.

Sólo los tramposos más astutos sobrevivieron. Bajo la nueva administración municipal, comenzaron a pagar por cualquier idea ajena que los hiciera quedar bien en los reportes semestrales a sus comunidades: de pronto un número de burócratas redonditos comenzaron a tener inspiraciones brillantes para celdas fotoeléctricas que bajaban el costo de la energía, o programas avanzados que se vendían en el extranjero por barbaridades de plata.

El público casi se olvidó de Alfaro: parecía que todo el mundo estaba ocupado en su propia loquera, así que Quirós estuvo honestamente sorprendido cuando el Presidente apareció en forma de holograma en la sala de su casa.

—Ya es hora de que comencemos a trabajar en mi estrategia para las Naciones Unidas —le dijo.

—¿Seguro que no quiere quedarse para otro período? —respondió Quirós irónicamente— a cómo va la cosa, si no lo cuelgan lo nombran emperador.

Alfaro apenas sonrió.

—Más razón para ir buscando la salida —dijo.

—¿Y nos olvidamos de dar un paso para el primer mundo?

La sonrisa del Presidente se amplió ligeramente.

—No estábamos listos para el primer mundo.

—Así que nos lo saltamos —dijo Quirós.

Alfaro rio, viéndose tan optimista y seguro como en sus afiches de campaña.

—Usted y yo nos entendemos.

Quirós estuvo de acuerdo. Pero meses después, cuando el avión despegó del aeropuerto que conocía tan bien y pudo mirar hacia abajo, comprendió que en realidad no había ni comenzado a adivinar la magnitud de la visión del Presidente. Bajo sus pies, la tierra se extendía verde: la ciudad capital se había vuelto casi invisible desde el aire. Nuevos caminos irradiaban desde el centro discreto hacia las pequeñas comunidades a su alrededor. Era un mundo rediseñado y Quirós se volteó para comentarlo con Alfaro, pero el Presidente miraba hacia delante, absorto en visiones que sólo él podía imaginar.

LOCACIONES
Carla Pravisani

Carla Pravisani (Argentina/Costa Rica, 1976). Escritora y Consultora en estrategia y creatividad. Publicó los libros de cuentos Y el último apagó la luz *(2004) y* La piel no miente *(Premio Nacional Aquileo Echeverría 2012) y el poemario* Apocalipsis íntimo *(Mención de Honor Luis Cardoza y Aragón 2010). Algunos de sus cuentos se incluyeron en las antologías* Pasajeros en Arcadia *(2000),* Poetas y Narradores *del 2010 y* 12 relatos centroamericanos *(2010). Algunos de sus poemas se tradujeron al italiano, al maltés, al ucraniano y al serbio. Realizó el master en Creación Literaria (Universidad Pompeu Fabra), y el posgrado en Literatura Digital (IL3 / Universidad de Barcelona).*

"Locaciones" es inédito.

EXTERIOR-SAN PEDRO SULA-NOCHE

Llegamos a la medianoche. Miro por la ventanilla de la minivan tratando de descubrir algo, pero no se distingue nada de la ciudad, salvo el verde oscuro de los árboles y el lento abanicar de las palmeras. A menos de un mes para las internas del partido, el alcalde nos contrató para filmar una campaña que levante su imagen.

Todo el equipo técnico duerme, menos el chofer y yo. En esta forzada intimidad, me mira con lascivia. Lo ignoro. Su cabeza tiene la forma redonda y chata de una moneda; y su mirada no desprende la más mínima luz de inteligencia. Pero sus pupilas, como la de los tiburones, hacen suponer que detrás de esa aparente estupidez ronda un ser peligroso.

INTERIOR-HOTEL-NOCHE

El productor nos espera tomando un ron en un comedor anclado en los años cincuenta. Unas lámparas cuadradas iluminan de manera tenue la recepción forrada en cuero y la chimenea de piedra en la que colocaron una colección de orquídeas y de helechos.

—Necesito hablar con vos —me susurra Alexis apenas entro y me aparta del grupo—. Vamos a mi habitación.

El insólito tono suave de su voz indica que algo no anda bien. Mañana comenzamos el rodaje y todavía no he visto ni el casting ni las locaciones.

El ascensor se descompuso. Subimos por la escalera de emergencia las maletas y las cámaras. Su habitación es con vista a la piscina. A pesar del lujo (las alfombras, las frazadas, el baño) todo huele a cigarrillos fumados hace décadas.

Alexis se sienta sobre la cama y se restriega los ojos. Me cuenta que lleva dos noches sin dormir porque se las pasó de juerga con el alcalde. Abre la portátil para enseñarme las fotos.

—Este es Cristian, el líder del grupo de ex mareros.

—¿Por qué tiene así la cara? —pregunto.

La piel de la frente parece la mezcla mal revuelta de una lata de pintura. Alexis me explica que Cristian se borró los tatuajes con ácido de batería. La tinta se le derritió y las antiguas palabras le llegan arrastradas hasta las cejas. Cristian también fue líder de la mara Salvatrucha, y para poder salir y reinsertarse en la sociedad tuvo que desaparecerse la mayor parte de los tatuajes. Digamos que no los disimuló de la mejor manera. En uno de los brazos todavía lleva la lista de los que ha matado, más de quince.

—¡Estas son las hijas! —me muestra Alexis otra foto de Cristian donde aparece abrazado a dos niñas—. Y este es Edwin. A mi juicio, el más potable. Si no te lo digo, ni te das cuenta de que fue marero.

Convencerlos de aparecer en un comercial no fue tarea fácil. Al principio se resistieron por miedo a las represalias. Ninguno quiere arriesgar su vida o la de su familia. Cristian, por el alto rango al que llegó, logró conciliar con la MS. Negoció su futuro y el del resto del grupo con la condición de no meterse en ninguna bronca, de mantener un perfil bajo. Por eso se negaron a aparecer en la campaña. Pero, después de una encerrona que tuvieron, Cristian le comunicó al productor de que estaban dispuestos a hacerlo a pesar del riesgo. Concluyeron que este esfuerzo podría ser el primer paso para que muchos mareros se percaten de que sí existe una salida.

—¿Cuál es el problema entonces? —pregunto.

—Las locaciones —me responde y me muestra las foto de la casa de Cristian. Un cuartucho sin ventanas con una sola cama en la que duermen los cuatro, una mesa y dos sillas, un fierro para colgar la ropa y una refrigeradora un poco más grande que la de la habitación del hotel.

—¡Todas las casas de ellos son así! ¡Es una picha! Parecen celdas. No tenemos nada de profundidad de campo, no hay ni dónde poner los tarros de luces... ¡Nos va a quedar horrible! ¡No es cómo nos lo imaginamos!

INTERIOR-RESTAURANTE-DÍA

El restaurant es una mala copia del lejano oeste. Planteado como un *sketch* del Chapulín Colorado: un mini rodeo decora la entrada con caballos y jinetes modelados en fibra de vidrio y una puerta giratoria. En el estacionamiento, un lavacar termina por dinamitar el sueño texano. Adentro la ambientación se reduce a una cueva oscura donde los mozos atienden con chalecos de flecos y sombreros de *cow-bowys*.

Todavía no se logró definir con Cristian el tema de las platas. Primero pide un monto, luego algo surge y quiere renegociar. Nos citó para eso. Quiere doscientos para el actor y el doble para él por haber logrado convencerlo.

—Unamos las mesas —dice Alexis y comienza a encastrarlas.

Enfrente de mí tengo a Cristian y a Edwin. Cristian ayuda a acomodar las sillas. En su barbilla se dibujaba ya sin tinta la "M" y la "S". La piel le quedó como un papel borrado con furia. Su mirada es esquiva. Sus ojos oscuros y opacos parecen un vidrio polarizado del que es imposible adivinar el interior. Edwin, en cambio, tiene la facha inofensiva de un cajero de banco o de un burócrata del estado. Sus camisas de manga larga borran la cartelera furiosa de su pecho y de su espalda. Se muestra extremadamente servicial y con una amable y peligrosa predisposición para hacer lo que sea por complacer. De todos los que vimos, es el que mejor calza para mostrar un cambio positivo.

El mozo nos deja el menú; un trozo de madera con un indio grabado donde los platos tienen nombres como "Arroz Apache Kid" o "Pechuga de pollo Wild West". Cristian se concentra en su orden. Sin embargo, yo siento que es capaz de verme hasta por los agujeros de la nariz. Su estado es el de alerta permanente.

—¿Unas cervezas? —les ofrezco.

Los dos se miran incómodos. Cristian me pone los ojos encima como si me agarrara del cuello. Pienso en los buses atacados a tiros, en los niños degollados, en las cabezas colgando de la plaza de San Pedro Sula, en las mujeres embarazadas destazadas como vacas. Pienso en todo lo que no debería pensar.

—No, muchas gracias, señora —me responde Cristian por los dos—. Somos cristianos.

EXTERIOR-COLONIA LÓPEZ ARELLANO-DÍA

El viento de las tres de la tarde parece salir de una secadora de pelo. Los niños descalzos y sucios juegan a las bolitas en medio callejón. Una capa de polvo cubre las hojas de los árboles como en una nevada de tierra. De la calle principal, empedrada y ancha, se desprenden otras más angostas. A pesar de los árboles, las sombras son débiles. A lo lejos se oye el perifoneo hostigador de un vendedor de huevos.

Edwin nos guía por el barrio como un edecán. Los vecinos nos ignoran, pero al advertir las cámaras, se meten en las casas y se reproducen. Sale el doble de gente a vernos pasar como en un desfile. Llegamos a las afueras de un muro gris. Sentada en la vereda una joven rolliza y avejentada se abanica con un diario viejo.

—Ella es Yensi —nos presenta Edwin—: mi señora.

Una beba camina hasta él y le agarra los pantalones para lograr mantenerse en pie dejándole a la vista el calzoncillo negro con elástico ancho y blanco como un cinturón de boxeo. Edwin la alza.

—Ella es mi hija... y aquel también —señala a otro niño flaco y largo de unos ocho años—. En realidad, Mynor es hijo de mi hermano, pero yo lo adopté, vive con nosotros desde que la mamá lo abandonó. Es sordomudo.

Mynor baja la mirada cuando se da cuenta de que hablamos de él.

INTERIOR-CASA EX MARERO-DÍA

Alexis definió que la locación que mejor funciona es la casa de Edwin. Hay más espacio. Pero a las paredes les falta el revoque y todo está en obra gris; eso genera tristeza. Nos metemos a conocer. La sala: del centro cuelga un póster de un bebé blanco y risueño flotando adelante de un arcoíris. Hay varios cuadros con la fotografías una mujer pequeña tomadas en diferentes viajes.

—¿Esa sos vos? —le pregunto a Yensi.

—No, esa es la mamá de Edwin. Esta casa era de ella. Pero se fue de mojada a los Estados.

—Cruzó el desierto solita, sin nadie —cuenta Edwin—. ¡Dios la protegió para que no le pasara nada! Ahora vive en Carolina del Norte con una hermana.

–¿Y cómo está? –pregunto, viendo con más detenimiento esa señora morena con forma de vasija indígena que sonríe a la cámara.

–Hace como ocho años que no sé nada.

La cocina: hay una mesa de plástico y dos sillas, además de la heladera repleta de imanes. La habitación: dos camas y una cómoda con cremas y colonias florales. En la pared una hilera de sandalias y tacones viejos, un espejo cubierto por calcomanías de Cristo y de Fórmula 1.

–¡Urge pintar todo esto! –digo.

–¿De qué colores?–pregunta Alexis.

–Verde, la habitación. Amarillo, la cocina. Turquesa, la entrada.

Sale en busca de Edwin para consultarle.

–¿A ustedes les gustaría pintar la casa? ¡Se vería lindo! ¿No creen? –oigo que les dice– ¿Les gustaría el turquesa, el amarillo y el verde?

–Está bien –dice Edwin.

Corro los muebles y pruebo la combinación de las sábanas con el color de la pared. La pareja, desde el umbral, se acerca a mirarme con respetuoso temor. Mientras tanto Alexis sale al barrio a reclutar gente para pintar, el hijo de Edwin lo persigue.

–Edwin... necesitaría verte la espalda –le digo–. ¡Sacate la camisa por favor!

–Claro, con gusto.

Se la desabrocha y se para firme como en una foto policial y, solito, se pone de perfil y después de espaldas. Su cuerpo parece el obituario del periódico. En uno de los brazos hay una tumba con siete nombres. En el otro, debajo de una cruz, dice: *"Chepe, mi hermano que en paz descanse".* Sobre el pecho un escorpión gigante y el nombre de la que fue su pandilla: "Lopeños Locos".

–Mi esposa también tiene tatuajes, por si le sirve –me dice.

Sin que se lo pida, Yensi se quita la blusa, se tapa los pechos y se coloca de espaldas para que aprecie su majestuoso rosal.

EXTERIOR-COLONIA LÓPEZ ARELLANO-DÍA

Cuatro jóvenes con los rodillos todavía húmedos esperan a que Alexis les cancele el trabajo. Pintaron durante toda la noche. Todo el barrio la pasó en vela. Algunos por ganarse una chamba, otros simplemente por no perderse la novedad. La casa se ve luminosa y alegre. ¡Lo que hace la pintura! Pienso en los tatuajes, en la piel decorada.

Los cuatro están vestidos y peinados. La niña, con un gran moño rosado y un vestidito de tules. Mynor, con una camisa blanca, pantalón azul y zapatos lustrados. Edwin, una camiseta de básquet y un pantalón reggeatonero; y Yensi, un vestido *animal print* ajustado.

–Esa ropa no nos funciona –le digo a Edwin– ¿El jean que tenías ayer?

Se pone pálido.

–¿Éste? –dice y me muestra el trapo lleno de manchas turquesas que saca del canasto de la ropa sucia.

Me alejo para verlo a la distancia.

–No te preocupés, no se va a notar. Es blanco y negro el comercial. Y vos, Yensi, veamos más opciones de vestuario. Necesito algo más informal.

Yensi me lleva al patio trasero y me señala la ropa tendida.

–¡Esto es lo que tengo! –dice y también saca de un balde una blusa enjabonada–. Y esta verdecita.

Reviso lo que cuelga en la soga y selecciono un pantalón negro y la blusa enjabonada. Yensi la enjuaga y la tiende al sol. Me asegura que en quince minutos estará seca.

Doy la vuelta a la casa para cerciorarme de que todo esté como lo necesitamos. Adentro, el equipo de producción coloca las cortinas y las plantas. Edwin se acerca y me dice, muy respetuoso, que quiere hablar conmigo en privado. Nos metemos en su habitación y me cuenta que recibió una amenaza. Saca de abajo de la cama una caja que le trajo un vecino.

–Prefiero no mostrarle lo que hay adentro –dice–. No es mi intención asustarla. Más tarde, cuando terminemos, voy a ir a hablar con Cristian para que arregle esto y no haya más problemas.

A mí se me afloja la inmunidad del cuerpo y me paraliza el miedo. Por otro lado, me corroe la curiosidad. ¿Qué habrá ahí adentro? ¿Una cabeza, una mano, un corazón? Quisiera arrebatársela y abrirla, sacarme las dudas. También tengo deseos de salir corriendo. ¿Qué clase de vecino la trajo? ¿Uno de los que andaba con el rodillo? ¿Uno de los que nos veía pasar por la vereda? ¿Cómo no percibí nada? ¡Todos parecían tan normales! ¿Dónde estoy? En un estanque de tiburones. En una película de la vida real. En un cuento de ficción. No tengo idea.

—Podemos suspender esto... —le aclaro aunque, en el fondo, no sé si lo haremos; pero me parece lo más sensato que puedo decir en semejante contexto.

—No, ya lo decidimos con el grupo —me explica—. Sería lo peor. Nos veríamos como unos cobardes y le daríamos pie a que ya no nos dejen en paz. Ahora lo importante es que el comercial salga al aire.

—Te doy mi palabra —le prometo mirándolo a los ojos.

INTERIOR-COCINA-DÍA

La familia de Edwin se sienta a la mesa a simular un almuerzo. Alexis coloca los vasos y la leche, y pone unas tortillas en los platos. La niña desesperada quiere agarrar la comida, pero su madre le pega en la mano.

—No hay problema, no se preocupe —la tranquiliza Alexis—. ¡Hay más! Si quiere, que coma...

El fotógrafo prende las luces, pero cuando llega la hora de filmar, de la casa vecina suena una cumbia a todo volumen. Alexis sale a negociar, a darles unos lempiras para que lo apaguen.

—¡ACCIÓN! —grito finalmente.

Todos empiezan a actuar. Yensi llena los vasos de leche, los niños comen tortillas y se alistan para ir a la escuela, Edwin camina hasta la ventana y la abre para que entre el rojizo sol del amanecer.

Yo repito la toma siete veces, hasta que finalmente lo hacen bien.

INTERIOR-TOYOTA PRADO-NOCHE

El alcalde no aparece. Nadie sabe nada. Lo buscamos en la casa, en el celular, en la oficina, donde el gerente de campaña, en la municipalidad. Nada.

—¿Y si lo secuestraron? —me pregunta Alexis.

—Esperemos —miro de nuevo la hora.

Finalmente llega su 4x4 y se baja el vidrio del acompañante. El alcalde tiene la nariz roja y los cachetes como *marshmallows*. Nos subimos con él. Adentro el olor es intoxicante: una mezcla de tabaco, alcohol y sexo.

—¿Cómo... —sonríe el alcalde— están?

—Muy bien, gracias —dice Alexis—. Nos costó bastante localizarlo.

—Es que... —sonríe— teníamos algunos pendientes.

INTERIOR-CASA DEL ALCALDE-NOCHE

Entramos a la medianoche por la cocina. Todas las ollas cuelgan relucientes de un cordón metálico. No parece haber nadie. No hay ruidos ni movimiento. Nos cuenta que él funciona mejor de noche. Es más eficiente. Su día comienza recién a las dos de la tarde. Siempre ha sido así.

Nos conduce por su laberíntica casa. Llegamos a un living con una biblioteca atestada de libros, la mayoría enciclopedias y colecciones de fascículos. Sobre nuestras cabezas cuelgan más cabezas del alcalde en dos dimensiones: el alcalde con la bandera hondureña, en caravana por los barrios, dándole la mano al Presidente, en caricatura.

—Los libros... —dice y se queda tildado. Cada vez que abre la boca, uno no sabe si se le va a olvidar o no lo que pretendía decir.

En poco tiempo, el sitio se llena con sus colaboradores. Aparecen de los lugares más insospechados. Se abre una puerta del fondo y sale la esposa: una mujer elegantemente vestida y muy bien peinada a pesar de la hora. Rogelio, lo presenta como el mejor amigo de la secundaria. Trae un *sixpack* y lo apoya sobre la mesa ratona. El guarda. El gerente de campaña.

Alexis hace su cajonera introducción sobre lo difícil que fue producir la campaña, las condiciones tan tercermundistas no solo de Honduras, sino de toda Centroamérica con respecto al audiovisual, las ganas de que hubiera un poco más de tiempo y de planeamiento para sacarle mayor rendimiento a las imágenes y —¿por qué no?— pensar en un documental sobre la obra de la alcaldía. Finalmente agradece la confianza depositada en la productora y manifiesta el orgullo por los visibles resultados obtenidos a pesar de los obstáculos.

—¡Lo mejor es que el trabajo hable por uno! —dice Alexis con total convicción y le entrega un CD al alcalde.

Este lo introduce para verlo en el plasma, se aleja y le da *play* con el control remoto. Los comerciales empiezan a correr.

Las caras se mantienen inexpresivas, vacías de cualquier emoción, a pesar de la música que invita al llanto instantáneo. Al terminar, el silencio se instala como un telón. Todos esperan que alguien sea el primero en arrojar su opinión, en picar la pared de hielo.

—¿Qué pensás, Rogelio? —lo empuja el alcalde.

El mejor amigo apoya la lata en el piso, se cruza de brazos y se refriega la nariz varias veces.

—Vea, Alcalde... —nos mira, luego se lleva al mano al pecho como si le doliera—. Los primeros dos están muy bien. Pero, con todo mi respeto, ese último no me parece. Creo que la idea de asociar un marero a su gestión es peligrosa, y esa imagen de él con esos tatuajes tan feos... no sé, puede traerle problemas. Esa es mi humilde opinión.

El alcalde cede el turno al guarda.

—Ellos son los especialistas... pero yo coincido con don Rogelio, ese comercial puede hundirlo.

Yo me levanto ofuscada de la silla.

—¡Yo más bien creo que este podría ser el primer paso para que muchos mareros se percaten de que sí existe una salida! —digo repitiendo textualmente lo que nos dijo Cristian.

—Es cierto. Lo que pasa es que la campaña no es para mejorar la imagen de los pandilleros... es para mejorar la imagen del alcalde —dice el gerente de campaña y me guiña el ojo.

El alcalde se pone de pie y gira en semicírculo para vernos a todos.

—La campaña... está muy bien. Estoy... muy agradecido. Me gusta el de los niños en la escuela y el de... —se tilda de nuevo.

—La policía municipal —lo socorre la esposa.

—¡Ese mismo! —agradece—. Pero este comercial del maleante tatuado lo voy a dejar en reposo. Prefiero salir al aire con el de los niños.

229

–¡Estoy de acuerdo! ¡Lo podemos descartar! –se suma Alexis–
Aquí lo importante es hacer esfuerzos permanentes. No nos
olvidemos de que la comunicación es una construcción en el largo
plazo.

Rogelio reparte las cervezas y propone un brindis por el equipo
de campaña. Luego el alcalde nos conduce a su despacho, se sienta
en su escritorio y saca la chequera del cajón.

–¿Le digo al chofer que los acerque? –nos propone mientras
firma.

Nos despedimos con un abrazo efusivo deseándonos un futuro
prometedor. Afuera nos espera el chofer con el carro en marcha.

A las tres de la mañana la ciudad es un cuarto oscuro. El hotel
en el que nos hospedamos es lo único iluminado de la ruta. Una
flecha de luz dice "Cinco estrellas". Sin embargo, una de ellas
apenas se sujeta a la frágil constelación.

LA HORA DE LAS CONFESIONES
Guillermo Barquero

Guillermo Barquero *(San José, 1979). Escritor y fotógrafo, autor de los libros de relatos* La corona de espinas *(Costa Rica, 2005),* Metales pesados *(Costa Rica, 2009) que mereció el Premio Áncora en cuento, y* Muestrario de familias ejemplares *(Costa Rica, 2013), así como de las novelas* El diluvio universal *(Costa Rica, 2009), que mereció el Premio Áncora, y* Esqueleto de Oruga *(Costa Rica, 2010). Compiló, junto a Juan Murillo, la antología* Historias de nunca acabar: antología del nuevo relato costarricense *(Costa Rica, 2009). Ha publicado artículos y relatos en revistas latinoamericanas y costarricenses como* Los Noveles, Su Casa, SoHo, Suelta *y* Specimens.

"La hora de las confesiones" fue publicado originalmente en Muestrario de familias ejemplares.

Pedro le dijo a Jesús que no lo traicionaría, aunque resultó que la piedra angular de la iglesia católica terminó siendo el más taimado de los traidores: su delito fue el silencio, y no la visible muestra de Judas o la estupidez de Tomás. Así es que el fundador de toda la civilización occidental (sin afán de exagerar) fue un traidor taimado y bonachón. Yo reparé en que cualquiera, entonces, podía mentir y traicionar hasta que desperté en plena madrugada, con Violeta al lado (ese es seguramente su nombre falso, de profesión) mientras ella dormía, plácida. Recordé de golpe a Elena, de quien me había despedido la noche anterior, antes de salir a la supuesta junta de trabajo; nos habíamos dado un beso más bien frío, en los labios, pero apenas en su delgada capa de piel arrugada, sin llegar más adentro. Si Pedro negó a Jesús, ¿por qué no habría yo de negar a Elena? No es que esté tergiversando la muy conocida historia del gallo que cantó tres veces, pero todos somos al final de cuentas parte de la escoria humana: pura carne y sangre, pura inercia y levedad.

Debo aclarar que Violeta no es una prostituta, aunque los términos en los que ambos despertemos después del sexo de la alta noche, podrían parecer sospechosos. Y tampoco la estoy insultando, porque su aquiescencia hacia todo lo que hacemos y decimos es asombrosa en todo su desapego; aunque nunca he necesitado justificaciones vanas, en el caso de Violeta, ella es una justificación por sí sola, sobria y acostada a mi lado, dentro de la tétrica luz del cuchitril.

Ya antes hubo eyaculaciones aquí y allá, infidelidades y bajezas, y no estoy hablando de mí, sino de Elena, y años antes habría podido decir lo mismo de Estela. Sus nombres son tan parecidos, que a veces pienso que es la misma con la que me siento en completo silencio a la hora convulsivamente calma de la cena. El hecho de oír solamente la masticación y el estómago recibiendo los desechos en la boca es suficientemente desgarrador: somos sólo dos máquinas imperfectas moviendo el hierro de los huesos, dando al traste con la supuesta belleza de la creación divina. Pero, de todas formas, ¿quién cree en el Dios que creó todas las cosas sobre la tierra?

Es decir, no soy ateo ni nada que se le parezca, o más bien estoy tan convencido de la divergencia entre los caminos de Dios y el mío, que me resisto a creer en la grandeza de las cruces, del amor y la resurrección a través de una tétrica hostia blanca, aunque esté acompañada por el mejor cabernet sauvignon. *Serratia marcescens*, una bacteria que crece casi en cualquier superficie viva, produce un pigmento rojo, de un color encendido y profundo, como el de la sangre; las hostias sangrantes de la Edad Media no son más que fragmentos en putrefacción de viejos panes dejados en depósitos húmedos. Pienso en todo eso y no es ni descorazonador ni absurdo.

Pero esto de la religión es pura divagación, me aleja de Violeta, de su cuerpo, de sus cavidades sucias por los miembros de otros hombres. A ella seguramente la lapidarían si alguien lo pidiese a los libres de pecado, porque su cuerpo dicen que se presta para la violencia y el descaro, y las piedras no pesan tanto como en la antigüedad, y a nadie le importa hacer sangrar el rostro de una prostituta, aunque no lo sea de verdad. Pero su imagen en el espejo es bella, y la ilusión de su muerte no es más que una ilusión absurda. Hablando claro, todo lo que nos mueve es el cuerpo, a unos más que a otros, cada músculo y cada gota de sangre, saliva y semen; en el caso de Violeta, su amplia experiencia amatoria provoca que ya no tenga cuerpo, que sea un cúmulo de alma, una suerte de ángel que ha encontrado a través de la carne la mistificación; es decir, todo se logra a través de la carne, inclusive la salvación en un más allá (de todo esto, mi opinión no es más que la que dicta la preeminencia de la carne, el resto me lo ha tratado de inculcar Violeta).

Tomé inmediatamente el teléfono, aturdido por el dolor de los músculos y la tromba súbita de sabor de cerveza añeja. Me mojé la boca y escuché la voz de ultratumba de Elena. Nos saludamos; aduje razones que no me había preguntado y soné más falso de lo que hubiera querido. Recordé la traición de Pedro y apenas logré contener la risa, o el impulso de la risa. Sin embargo, era evidente que no estaba feliz, ni cuando hablaba, ni después, cuando tomaba la ducha fría junto a Violeta, cuando me vestía y desayunaba, cuando recogía los boletos en la agencia de viajes, por la mañana, caliente como las del resto de la época.

Le dije a Elena que lo mejor habría sido buscar un destino en España, específicamente en Galicia, pero de pronto me encontré fumando en una dársena llena de polvo, tragándome el humo de un cigarro duro y repugnante, con la idea del suicidio en la costa mediterránea tan lejana como un mal sueño recurrente de la infancia, clavado en la memoria, aunque débil y absurdo. Pensé de nuevo en Violeta, en sus 25 años, en su boca radiante y lista para los besos y las felaciones. Me toqué la barba recordando su cuerpo. También recordé, como en un golpe de mala suerte, el camastro en el que mi padre había agonizado. Tomé el teléfono, grité "puta" y colgué. Hubiera deseado ver la reacción de Elena, la arruga en el lado derecho de los labios, el odio en los ojos marrón, si es que había sido ella y no su hermana la que había contestado el teléfono. Y no fue por mero capricho que me tomé la molestia de gastar una moneda de las pocas que tenía, en el teléfono público; estaba la historia del payaso, la primera de las historias de una Elena joven y bonita, morena y delgada. Estábamos en el Parque Y., en el centro de la ciudad, en el espacio verde al que íbamos cada sábado o cada dos sábados. Hacía frío, ella llevaba una bufanda negra y una chaqueta marrón, casi del color de sus ojos. Recuerdo cada detalle agudamente, aunque no quiera. Un hombre y una mujer se sentaron junto a nosotros, en una gran banca de piedra, que recorría casi cada rincón del parque, como una serpiente disecada, hasta que se llegaba a extender hacia las columnas de la entrada principal. Eran dos payasos, que practicaban hacer figuras con globos alargados como salchichas, quizá después de una jornada de trabajo en alguna fiesta de niños o algún circo. De pronto, estábamos hablando con ellos, y nos estaban tratando de enseñar cómo hacer una espada, un pájaro, un perro y una extraña herradura. Esa noche, Elena se acostó con el payaso. Me di cuenta por indicios animales: el olor, la indiferencia, los silencios, los reproches. Nunca supe cómo pasó todo aquello, ni cómo me encontré solo en la barra de una cantina, mientras ella se revolcaba (en esos momentos no podía saberlo, entonces no pensaba en nada ni sentía celos de ningún tipo) con el payaso. Ahora, trato de imaginar las posturas que usaron en la cama, si él estaba o no con su traje multicolor, si usaba o no la nariz roja, si sacaba globos alargados como falos, mientras gemía y sudaba como un perro, porque así deben de coger los perros. Y los payasos.

En el autobús sólo pensaba en el payaso y en Elena, más intensamente que ahora, y quería fumar y estar junto a Violeta, pero sabía que la huida hacia la frontera Este del país era inclasificable, quedaba obstinadamente fuera de todas las cosas que me había atrevido a hacer hasta aquel momento. Claro, no se trata de un relato iniciático ni de un cuaderno de viajes, sino del sueño del despertar a la media noche y encontrarse en el olor rancio de entrepierna de zorra en cada centímetro cuadrado de la sábana. Aunque, insisto, Violeta no es ninguna puta, ella sólo apareció y punto, cuando Elena me dijo lo mismo que hacía años también había dicho Estela con la misma voz y la misma mueca de admonición descarada: eres un pintor de segunda, mejor dedicate a lo tuyo. ¿Qué es *esto* mío? Bueno, nadie lo sabe, ni a nadie le interesa, solo puedo decir que comencé a pintar al óleo a los doce años, que comencé a dibujar a los trece, es decir, al revés, mal, de la manera más equivocada que se le podría ocurrir a cualquier artista. Lo que pasa es que no me interesa ya la pintura, ni el teatro, ni el trabajo de arquitecto, que tuve que practicar cuando conocí a Violeta. Estela me espetó directamente a la cara mi inutilidad, que puedo resumir en una sola palabra: diletantismo. Ser un diletante no es un mal, ni menos una enfermedad, sino una intermitencia del ritmo cardiaco, un acercamiento paso a paso a la muerte, sigilosamente, en el que de tiempo en tiempo se mira de frente a la gran Muerte a la cara, y a uno le espeta cosas peores que las de Estela o las de Elena, que también llegó a odiarme, que también me dijo que me dedicara a lo *mío*, que le llevara la plata que ocupaba todos los días, o la parte del dinero que entre los dos ganábamos y gastábamos absurdamente. Por dos años fui biólogo, hasta que vi a mi abuelo en su lecho de muerte, sin gemir, recostado sobre su lado izquierdo, mientras miraba un vacío que nadie conoce, más que los que van a morir, que los que agonizan en sus camas ensalivadas y llenas de excremento y olores que ya no son de los vivos. ¿Quiénes son los vivos? ¿A quién le importa el ciclo de vida de *Drosophila melanogaster*? A nadie, mucho menos a alguien que está en los últimos minutos de una vida miserable, soltando flemas verdes y pedazos de pulmón fuera de una boca putrescente; cuando reparé en ello, me dije que la vida es lo mismo de todos los tiempos, que la biología no le era necesaria a nadie, que los científicos se iban a convertir, tarde o temprano, en piezas de museo, arrancadas de las entrañas de la tierra hostil por sus colegas del futuro, que los desarmarán y les medirán los huesos y las carnes, y les arrancarán cada uno de los cromosomas para hacer una sopa que hará nacer a nuevos hombres, a nuevos bastardos de la ciencia. Es claro que no pensé todo eso en el momento en el que mi abuelo agonizaba, pero le conté mis disquisiciones a una Violeta que sonreía apenas, sin burlarse en lo más mínimo de mí, y entonces hicimos el amor en una cama vieja y olorosa, como las de los hospitales. Ahora lo recuerdo todo con la agudeza, y sobre todo el significado no oculto de la palabra "arrabal". Esas cosas no se saben hasta que no se huelen los orines y los excrementos animales mezclados con el rojo intenso de las herrumbres.

Era un día apacible, de esos que algunos dicen que son perfectos para la muerte, como si alguno no lo fuese. Dejando el lirismo de lado, Violeta me tomaba de la mano y me precedía, un domingo húmedo y maloliente. En ese lugar el olor de entrepierna de puta y de semen seco y cobijas sudadas era sempiterno; sólo así supe el significado de la palabra "arrabal", cuando me resbalé en una de las gradas múltiples, tan diminutas y angostas que solo cabía un pie de un niño, y sentí el musgo sucio en la orilla de la palma de la mano. El cuartucho no me pareció tan malo como el entorno insalubre, lleno de latas de cinc, de las clásicas que adornan las casas de los barrios pobres. Esas cosas, sin embargo, no pueden ser contadas, porque las palabras han demostrado una y otra vez, obstinadamente, sin esperanza siquiera de una redención improbable, su inutilidad, su error craso como apéndice de comunicación del ser humano, encerrado en su intercambio con los otros.

En el centro del autobús, un hombre cantaba, o más bien intentaba recitar una vieja canción de cuna, con la mano torcida e inútil, con sus monedas que tañían el hueco de la palma de la mano como una antigua campana tomada por la voraz pátina. Me toqué los bolsillos; una sola moneda. Hice un recorrido en los recuerdos, en la forma de la casa que había dejado, en el grueso fajo de billetes que mes a mes engrosaba, porque desde hace tiempos sabía que la huida iba a ser perentoria y, más que perentoria, de auténtica *vida o muerte*. Recordé el instante en que conté por última vez los billetes, cuando después los envolví en el sobre de manila con el membrete de la empresa, hasta que los eché en la gaveta desvencijada, que chirriaba, sobre la cual Elena había puesto la lamparita de las lecturas, de los besos, del sexo que a los dos nos gustaba ver, con lujo de detalles. Pero la historia se detuvo súbitamente allí, en el instante en que guardé los billetes en la gaveta. No tardé más de un minuto en darme cuenta de que había olvidado toda la plata que tenía prevista para el viaje, la ida sin retorno. Me toqué los bolsillos durante media hora, revisé cada bolsa lateral de la maleta que llevaba al lado. Nada.

El hombre seguía canturreando, con su horrible rostro de pobreza en cada arruga olorosa a polvo, que me recordaba el arrabal que conocí con Violeta y en Violeta.

Me pidió dinero, cuando el bus estaba detenido en una de las estaciones del otro lado de la frontera, no sé bien si en Santa Rosa o en Lagunas; lo golpeé en la cara, antes de escupirle. Todo fue muy rápido. Pensé por microsegundos en el pecado, en que no había tenido necesidad de reprimir el deseo de matar al hombre que pedía con el irrespeto del mendigo que se cree con el derecho a mendigar. Después pensé brevemente en el arrepentimiento, igualmente execrable, aunque me arrepienta de cada cosa que he hecho en la vida, sobre todo en el hecho de nacer. Aunque hubiera deseado que el hijo de Estela naciera, y que no se hubiese convertido en el feto guardado en alcohol que terminó siendo. Pensé en el pequeño cuerpo, en el frasco que tenía formalina, en el que el rostro del niño parecía chupar su dedo pulgar izquierdo, como si de verdad estuviese vivo. Corrí a lo largo de las polvaredas sucesivas, perpendiculares a una línea del tren, huyendo de gente que supuestamente me perseguía. Cuando reparé en las noticias, supe que el hombre, el mendigo, estaba muerto, que yo era un asesino, que no bastaba con que fuese un diletante condenado a la muerte feroz de los inútiles, sino que ahora era un asesino cobarde, lleno de toda la ignominia que puede acumularse en el universo. El hombre ofrecía productos en los autobuses que hacían los viajes fronterizos; su rostro apareció ensangrentado, reproducido en cada uno de los malos periódicos de los dos lados de la frontera. Llevaba un bulto que fue abierto después de su muerte: cascanueces. Pensé en los cascanueces en cada noche de la huida, en la madera tallada de sus formas de esbeltos señores del ejército, y por asociación, en Tchaikovski, en la melancolía, en la muerte. Al final del todo, en Violeta y en el arrabal, en el olor nauseabundo de la pobreza. Me importaban pocas cosas, pero por encima de todo, inclusive sobre Violeta, rememoraba el bebé en el frasco transparente, en el fruto abortado de la concepción de una Estela joven y atormentada, loca y fugaz, como las balas o los odios, que son eternos. Me di cuenta de que el pecado no existe, como existe todo lo de la naturaleza o como las cosas inventadas (teléfono, telégrafo, metalurgia), porque estamos enterrados en él, imbuidos de toda su magnificencia, entonces su existencia se hace paralela al origen del hombre, y entonces la salvación es nula, y buscarla es buscar la antinaturaleza del ser humano. Varios retazos de estos pensamientos se me abalanzaban en el autobús, antes de matar al hombre, varios de ellos después, en cada uno de los cuartos sucesivos en los que orinaba en el piso, vomitaba licores regalados por mártires, y recordaba la desgracia de la vida anterior. Es decir, de toda la posible vida que siempre he podido llevar.

Mi abuela. No pude evitar recordarla. Cuando ella rezaba a contraluz, esbelta, sentada en una silla de mimbre que parecía un reclinatorio clásico. La luz se esparcía desde detrás de su cuerpo. Rezaba tímidamente, como lo hizo en cada uno de los días de sus últimos tiempos; una vez me atreví a preguntarle por qué rezaba, si ella no tenía pecados; sonó como a una pregunta de las que hacen los niños y los idiotas, pero yo ya tenía casi treinta años, y no sentí vergüenza alguna, ella tampoco. Me dijo que de niña había azotado a cada uno de sus hijos (mi padre y sus hermanos), porque sabía que alguna vez necesitaría rezar para expiar las culpas, para ser ante Dios todo lo buena que podía ser una católica ejemplar que se arrepiente de los pecados veniales y mortales antes del último minuto; es decir, su concepto es el que fue inculcado en mí en la más tierna infancia, y entonces estoy convencido: me infundió el pecado como nece-sario, el oprobio como obligatorio, el odio y el desdén como dos de los motores que guían el mecanismo complejo de la salvación, el perdón y la Vida Eterna (las mayúsculas son por la costumbre de reverenciar estas cosas que mi abuela admiraba desde que yo vivía en su casa, cuando estaba pequeño). En el camastro, su imagen de mujer rezadora, en el borde de una ventana bañada por la luz oblicua del sol de la tarde, esa imagen se me metía detrás de los ojos, y me tranquilizaba, y el pecado del crimen se convertía en la justificación para seguir la vida dentro del fango y la mierda de la culpa eterna y el perdón.

Un día entró la horrenda señora de la pensión, o lo que llamaban "pensión" por estos lados, que no son más que cuartos que semejan diminutos establos con abrevaderos, orinales y herraduras transformadas en tazas en las que hay que limpiarse los testículos, después del acto amoroso. Me llamó por mi nombre, que no repetiré por miedo a la justicia, me dijo que estaba muy bien, que era muy conmovedor que estuviese cortejando a su hija, que si no quería ganarme la plata que me costaba alquilar la porquería de lugar en que me tenía metido, a falta de mejores opciones. Me dijo que si podía trabajar en el negocio familiar, el de ofrecer el cuerpo por un par de monedas. Pensé ahora en Judas Iscariote, recordando el gesto cuando le fueron entregadas las monedas de oro, las doce tristes monedas que se había ganado en su trabajo de traidor por los siglos de los siglos. Me negué, y entonces doña Clara (siempre dijo que ese era su nombre, guiñando levemente, como una salvaje sanguijuela) me propuso la segunda opción: hacer un trabajo que parecía el de un espía de algún servicio secreto. Era algo fácil. Entregar sobres, recoger dinero, y no dejar que ninguna bala alcanzara ninguna parte del cuerpo, ni que el rastro mío fuese trazado hasta el lupanar, ya de por sí lejano en el abandono de la montaña fronteriza. Era eso o abandonar el sitio asqueroso de la montaña, para huir hacia el centro, en el que los precios eran impagables, y la dureza de la vida de diletante se notaría más, en mi inutilidad para llevar a cabo cualquier tarea de cualquiera de las cosas que sabía hacer.

Tomé el teléfono que me ofreció el amasijo de sombras que era esa mujer, y llamé instintivamente a Elena; le pedí perdón. De nuevo llegó la imagen de mi abuela rezando y arrepintiéndose, de Pedro negando dos veces, de Judas traicionando una sola vez, suave e ineluctablemente. Ya había pecado, así que la hora del arrepentimiento llegó por sí sola, a través del cable del teléfono. Nuevas imprecaciones. Doña Clara, saliendo de su asiento de una esquina maloliente, llegó incluso a escuchar los insultos a través del auricular, contaminado con el odio de Elena. Pensé en llamar a Violeta, pero donde ella vivía no había quien tuviera teléfono. Allí todo eran gradas de cemento viejas, estrechas y resbalosas. Todo eran niños fétidos, dioses muertos en la vida de los pobres, oraciones que no invocaban perdones fáciles, sino una salmodia que era repetida antes de cada crimen, en el entreacto de un trabajo de prostituta. Le dije de nuevo a Elena que era una zorra, que se gastara la plata como mejor le sirviese, que de por sí yo no regresaría y podría entonces dedicarse a la vida rápida de sus amantes jóvenes, de la edad que ambos teníamos cuando nos casamos.

Las escaleras del arrabal seguramente estaban enmohecidas en la época del año en que me presentaron con Piotr Vasilienov, el ruso que me protegería o me asesinaría, dependiendo del estado de ánimo de los negociantes de la señora Clara. Puso las cartas sobre la mesa desde el principio: o lo tomaba o abandonaba la casa, y se acababan las prostitutas, las comidas y la oculta vida del fugitivo.

La noche en que el negocio de espía me fue ofrecido, lloré cinco minutos exactos, y me sequé las lágrimas con una de las sucias sábanas que me facilitaba doña Clara. ¿Por qué a mí? ¿Acaso era la resurrección de Lucifer en el cuerpo de aquellos enfermos, maleantes y desesperados por la muerte? Sentía que el demonio me hablaba, que estaba pagando ya todos los pecados que había cometido, que no me parecían tantos como para descontar una pena tal, la de la vida miserable de los asalariados del miedo. Piotr, a quien llamé don Pedro desde el inicio, se mostró compasivo conmigo, sobre todo porque sabía que yo había matado a un hombre sin quererlo, y que además ese hombre era un vendedor de cascanueces de madera, y por toda la cuestión del ballet de Tchaikovski y la nostalgia y su pasado en San Petersburgo... Es difícil decir, a ciencia cierta, por qué se mostró afable don Pedro, sobre todo porque no hablaba con nadie más que conmigo, quitaba su máscara de odio solamente cuando se dirigía a mí, refulgiendo sus ojos de diablo, de poseso. Le hablé de Violeta, comprendió que se trataba de la fugacidad de la carne, aunque intuyó, en su mente profunda, que aquello tenía algo más, un telón de fondo de desdichas, odios encontrados y miserias que iban más allá de lo económico, como solía llamarlo don Pedro. El sonido de mi zapato contra el pecho del vendedor ambulante del autobús fue el mismo, o por lo menos se hallaba en el mismo registro, que los ruidos de las balas lanzadas al aire, entre ropas negras y holgadas, humos de cigarrillos finos y palabras ásperas entre los sobres atestados de dinero y droga. Pensé en el hecho de que se llamara igual que Pedro, el de los doce de Cristo, y seguramente éste debía parecerse a Piotr, gordo, bonachón y perdido en su mirada que coagulaba cada punto que le quedaba de frente, imbuido de la magnificencia de su amor por Jesús, y arrepentido con razón tiempo después, luego de los tres cantos de aquel gallo de muerte. Las entregas duraban poco, aunque algunas veces era necesario un fugaz intercambio de palabras, un proemio de falsa decencia que nos metía en los absurdos papeles de un teatro en cuyas tablas nos sentíamos ridículos. Palabras más, palabras menos, las obscenidades que alguna vez le dije a Estela, eran dichas. Puta, malnacida, malnacido, imbécil, bueno para nada, y la lista que sería moroso ir repitiendo por allí, sólo por el resabio de viejos odios que permanecen en la lengua y en los recuerdos. Le conté a don Pedro la historia del niño metido en el frasco de formalina, en la criminalidad inconfesa de Estela, y él sólo asentía con la cabeza pesada quizá de recuerdos, quizá de todos los actos criminales en los que había participado al servicio de doña Clara, que era la del dinero mancillado (¿cuál no lo es?), y me dijo que yo le parecía de lo más particular del mundo, aunque no supe nunca qué quiso decir con eso. Lo único claro, sacando del atolladero de lo inservible las palabras de don Pedro, fue que me confesara que yo me le parecía a su primogénito, que tuvo que dejar abandonado en San Petersburgo, muriéndose de hambre y de frío, porque no sólo en Siberia la gente se muere de hambre y de frío. Y entonces llegamos al acuerdo tácito de que me llamaría, de ese momento en adelante, Hermes Litvinienko, una mezcla entre las cosas en las que don Pedro creía y las que odiaba. Me gustó el nombre, y autoricé a todos los de la casa de doña Clara a que usasen el apelativo de mi nuevo bautismo en la bajeza, la desidia y el odioso encuentro del descaro y el olvido. Aunque ese olvido nunca ha sido posible: seguí llamando a Elena, cargado de las culpas de todos los años, pero sabiendo que las conversaciones entrecortadas de insultos terminarían siempre en la obscenidad de recuerdos innecesarios y el teléfono golpeado con recriminaciones de parte de los dos.

La deflagración vino luego, un lunes por la mañana. Estaban todos comiendo. Los candados de seguridad reforzada probaron que su precio exagerado no era en vano. Las amarras de acero se multiplicaron con la primera lengua de fuego, exageradamente grande, estridente, llena de todo el odio de las llamas, que todo lo consumen, como el odio y el olvido, que tanto se parecen en su saña absurda. Se quemaron todos los que estaban dentro de la casa: eran las segundas víctimas a las que daba muerte, y me pareció más normal que la primera, la del bus, que ya se iba haciendo puros recuerdos viejos, atestados de caras, ánimos, niños abandonados, odios, traiciones como las de Judas, perdones como los del Cristo, que se le quedaron incompletos. Piotr ardió hasta los huesos, y la sensación, el olor de la carne quemada lo iba yo adivinando al correr hacia el este, al adentrarme en el país, en el que llevaba poco menos de dos meses. Recordé las conversaciones con el ruso, los ominosos actos que había presenciado día tras día, oculto en el velo de noche de la aspereza de la frontera, que me daba el golpe de la ráfaga de viento en la cara, con el cielo negro que vomitaba estrellas.

El próximo teléfono que hallé se pareció más que nada a un cadáver, con su estructura en medio de la noche. El territorio llamado "agreste" por los de todos los países que rodeaban a aquel desdichado pueblo, mostraba las luces de la capital occidental, cercana al punto hasta el que tuve que caminar, días y días, huyendo de una nueva justicia. Llamé a un número que creía recordar como el de Estela, pero una voz ronca me disuadió inmediatamente del intento de convocar viejos recuerdos. Pensé varias veces en Piotr y en Pedro el apóstol, en la traición del segundo y mi traición hacia el primero, atizada (literalmente) por el fuego del infierno. ¿Dios, es esto acaso una broma?, dije un día, extrañamente, porque nunca he creído en la costumbre de encomendarme ni pedir cosas prestadas, tales como la vida, la inutilidad de la fe o la supervivencia en el mundo de la eternidad. Fue la misma noche que soñé con nenúfares, que alguna vez vi de niño, en la reproducción de algún cuadro de algún pintor francés. Como asociación lógica, algunos momentos de la infancia llegaron de nuevo, de entre todos el más fuerte, como siempre, el acto de oración de mi abuela, perdida en sus pecados de joven buscados en su perdón de vieja, que sabía que alcanzaría. Fue inevitable preguntarme si para mí alguna vez llegaría la hora del verdadero arrepentimiento, del perdón de alguien de afuera, o del espectro bañado en culpa que la gente busca en las iglesias. Y la mente ortodoxa de don Pedro me persiguió en las noches convulsas de los sueños de nenúfares, cuando me despertaba agitado en los matorrales, hasta que hallé un hotel de verdad y, como cargaba una maleta llena de billetes, pude descansar con la calma del asesino en serie, del destripador de las oscuras calles.

Las luces de la ciudad, al caminar incansablemente hacia el este, se fueron haciendo concretas, fueron perdiendo su difuminación en la neblina abundante del centro del país. Las formas de los edificios de lujo se convirtieron de pronto en armazones de cemento y tungsteno.

La vi, era la Ciudad de las Luces. Se me pareció a todo lo que alguna vez dijeron de Las Vegas, esa ciudad falsa, hecha de capillas para bodas cortas y casinos llenos de perdición. No soy Judas, pero jugué mis doce monedas de oro, las que había conseguido llevarme en mi huida de la casa de lenocinio de doña Clara y don Pedro. Quizás había tenido razón Estela, aquella primera vez que me llenó de amargura, cuando me dijo que no servía para nada, que ninguna de las cosas que sabía hacer me llevarían a la gloria, o al menos a la normalidad de la vida burguesa que ella siempre había buscado. Entonces, tuve que confesarle al hombre mi verdadera profesión, sin rodeos, con todos los recuerdos de Estela amalgamados molestamente, amargándome la vida. Había terminado la carrera de ingeniería mecánica, así que sabía de torques, de palancas, algo de circuitos, de estabilidad, de fuerza y velocidad. ¿De poleas? También de poleas, muy *a grosso modo*. Me dijo entonces él que era perfecto para el trabajo. Llevaba ya una semana en la Ciudad de las Luces (no hay otro nombre con el que llamarla), y este tipo, Carlo (supongo que así quería que lo llamasen, puesto que no tenía rasgos ni acento italianos, ni nada fuera de lo común), me insinuó tímidamente (primero) y abiertamente (después) que formara parte de su organización, que se encargaba de trabajar en las máquinas tragamonedas del centro de la ciudad. En dos reuniones tuve que repetir la magnitud de mi conocimiento: torques, palancas, fuerza, movimiento, gravedad y energía. Todos estuvieron de acuerdo en que yo sería el perfecto estafador: técnica con apuesto rostro de normalidad (utilizando sus extrañas palabras); tenían aparatos de los que había en la mayoría de los casinos, escondidos en un viejo taller, transformado en cuarto de pruebas. Recordé, en el momento de entrar por primera vez, el frío del arrabal, a Violeta, y las palabras de Piotr, matizadas con su ruso sentido del humor, menos estricto de lo que alguna vez pude haber imaginado. Les dije que el mecanismo era el más sencillo y elemental que había visto en toda mi vida. Creé en cuestión de día y medio un pequeño gancho, que se introducía en la parte de abajo de las máquinas, donde las monedas eran vomitadas; un simple artilugio que impulsaba una suerte de bomba que activaba el mecanismo de expulsión de monedas, con el que podía vaciarse una máquina en diez minutos. Por fin eran refutadas las palabras de Estela, dichas hacía muchos años, rememoradas de vez en cuando entre la amargura y la atrocidad del miedo. La inutilidad ya no se notaba, y las anteriores carreras y trabajos iban quedando en el magma seco del olvido. Los miembros de la organización usaron el aparato: todos se hicieron millonarios en cuestión de un mes. Pero los dueños de los casinos fueron descubriendo los trucos poco a poco, y el reforzamiento de las máquinas se iba haciendo mayor. Nos reunimos dos veces, de emergencia. Todos tenían dinero, pero querían más. El fabricante de las tragamonedas hizo toda una nueva camada de "invencibles". Las vencí en dos semanas, hasta que siguió la nueva camada, que no funcionaba con piezas mecánicas, sino con una mezcla de pistones y haces de luz infrarroja, que detectaba la cantidad de monedas introducidas. Duré un mes para descifrar la posible invencibilidad del nuevo aparato; estábamos acabados. Hubo huidas hacia el este, hacia fuera de la ciudad, que se había convertido en una nueva Sodoma de luces de neón y de monedas falsas. La sombra de los asesinatos se fue haciendo enorme. El tipo de los cascanueces, el del autobús; los cuerpos incinerados, que fueron hallados semanas después, en estado de aparente momificación. Boté el dinero ganado con la estafa. Los lazos con el pasado eran tormentosos. Una piara me seguía. Llamé cada dos días a Elena, desde distintas cabinas telefónicas: tal vez me seguían el rastro a través de la línea imaginaria del centro del país, entre los montes de S. y T. Tuve el descaro de decirle que necesitaba hablar con Violeta. A veces la desesperación toma forma de una llamada telefónica a la medianoche, y las voces de dos locos se encuentran en la distancia del cable. Consintió a hacerlo, sorprendentemente. Seguí el recorrido, oculto en los hoteles de la peor muerte que nunca se podrían encontrar, en los campos más alejados de la carretera. Piotr me hablaba en sueños; me mostraba un casca-nueces de metal, que al final se convertía en arma de fuego. Los sueños se sucedían a la velocidad demencial de la realidad.

¿Acaso todo esto es lo que llaman infierno? Si es así, ¿qué es el paraíso? Me imagino que será acaso la inexistencia del mundo, las leyes que rigen un absurdo novelado por alguien, en tiempos inme-moriales. Tuve que dejar la ciudad atrás, entre gritos y balas, nuevas muertes a cuestas y nuevos paraísos quemados y destruidos. Atra-vesar el país por su borde se me hizo obligatorio, máxime cuando el capricho de sus montañas y valles me obligaban a deshacer reco-rrido, a ir de nuevo hacia el oeste, en una suerte de camino paralelo al de antes, en la ida. No pasé de nuevo por la Ciudad de las Luces, pero sí por los incendios de un bosque que presagiaba la llegada a la frontera que había dejado hacía más de un año. Estela tenía razón: un diletante está condenado a la muerte, a la inutilidad, al oscu-rantismo. Recordaba a Piotr como se recuerda o se presiente a un espectro, como una forma celeste en el recuerdo. Los sueños de cascanueces se multiplicaban, invadiendo la vigilia. Piotr, Clara, Estela, Elena, Violeta, las niñas de todas las mujeres y todos los hombres del mundo, la entrepierna de Violeta, hasta el súbito despertar, mojado en una madrugada maloliente de hotel sucio.

Lo único sensato que mi padre alguna vez dijo es inolvidable: si la muerte se acerca, pegate un tiro, envenenate o hacé cualquier cosa, pero no dejés que te atrape primero, porque dirán que sos un creyente de Dios, pusilánime y resignado. Por eso no sentía reparo alguno en tragar los pedazos de herrumbre que conseguí disolver en el agua que me llevaban por las noches. El óxido de hierro sólo sirve para asquear, para producir una somnolencia que no lleva a la muerte, para vomitar hasta el fondo del estómago. Me siguieron golpeando por dos semanas más: querían ver qué se podía sacar de mí. Se dieron cuenta de que estaba sin dinero, de que no era el preso millonario con el que me confundieron. Pedí tres deseos antes de la ejecución, planeada para un lunes en la tarde. Recordé las estafas en los casinos. Me consiguieron una de las modernas máquinas traga-monedas. Me liberaron como agradecimiento, después de llevarse el adminículo, ofreciéndome formar parte de la organización, que me pareció sucia y equívoca. Lloré dos noches seguidas por el feto guardado en el frasco de formalina. Me pregunté por su forma de ahora, por las palabras de odio de Estela, por el devenir de los violentos tiempos. El transporte que me ofrecieron, por supuesto que ilegalmente, era de primera clase, en una suerte de carro blindado, en el que había toda clase de comodidades. El chofer me preguntó si alguna vez había estado en Moscú, si tenía familiares rusos, si conocía la Plaza Roja: me reí con decoro, como si algo se cerrara (una válvula, una arteria que empujaba sangre hasta el cerebro) y algo se abriera (una puerta, la frontera que había dejado hace tanto tiempo atrás).

Un chorro de sangre subía y bajaba, arriba y abajo, fuerte y más fuerte, mientras los pasos se me hacían pesados e insoportable la lentitud. El corazón es la máquina más perfecta sobre el mundo, sobre todo cuando las cavidades se abren por medio de los miedos, los impulsos súbitos de excitación y la espera de largos años, que es la más amarga. Las escaleras estaban tan enmohecidas como antes, en los viejos tiempos. Nadie me reconocía ya. La puerta se abrió lentamente, con el dramatismo de una última cena. Fue el fin de la traición, el ciclo cerrado de hijos pródigos vueltos a la patria. El arrabal se mantenía incólume, impertérrito en su fealdad. El calor de los brazos de Violeta era el mismo de siempre.

PANAMÁ
Ariel Barría Alvarado (1959)
Carlos Oriel Wynter Melo (1971)
Melanie Taylor (1972)
Lucy Cristina Chau (1971)

AL PIE DE LA LETRA
Ariel Barría Alvarado

Ariel Barría Alvarado (Las Lajas, 1959). Licenciado en Humanidades. Profesor de Lengua y Literatura en la Universidad Católica Santa María La Antigua, y en el Diplomado de Creación Literaria de la Universidad Tecnológica. Tiene una columna en el suplemento DíaD, *del diario* Panamá América. *En el 2000 obtuvo el Premio Nacional Ricardo Miró con su novela* La Loma de Cristal, *que gana por partida doble en 2006 con* Ojos para oír *(cuentos) y* La casa que habitamos *(novela). En 2002 gana el Premio Nacional de Cuentos José María Sánchez. Ha publicado las colecciones de cuentos* El libro de los sucesos *(2000),* Al pie de la letra *(2003),* En nombre del siglo *(2004),* Ojos para oír *(2007), entre otros.*

"Al pie de la letra" pertenece el libro homónimo.

Ulloa no era como nosotros, él era bien raro; extraño, esa es la palabra. A veces, cuando le daba la gana, iba a la escuela, pero ni ahí era normal. Llegaba de madrugada, o eso creíamos, porque cuando entrábamos ya estaba allí, en su esquina. Debe haber saltado la cerca, o tal vez entraba levantando alguna esquina del techo; vaya usted a saber. Eso sí, a cualquier hora se iba, sin que la maestra o alguien del grupo lo molestara. Solía desaparecer por semanas, aunque todos sabíamos dónde podíamos encontrarlo. En ocasiones nos desviábamos de nuestro camino, entrábamos por la vereda donde estaba su casa y, ¡zas!, lo veíamos en el portal, meciéndose en su vieja mecedora, horas y horas, sin parar. Nosotros nos escondíamos detrás de los papos, vigilando para que no nos descubrieran los perros, y le lanzábamos marañones maduros, mangos verdes o pepas de mamón, según la temporada. Lo golpeáramos o no, él seguía cantando (porque lo decía cantando, como un sonsonete): "Ba-bi-lo-nia-Ba-bi-lo-nia-Ba...". Siempre era su madre la que nos echaba a gritos; ella y dos perros flacos que acostumbraban ladrarnos sentados. A Ulloa no le importaba aquello, ni las cosas que decían (decíamos) de él. Dicen que tenía la edad de Temístocles, quien era el más viejo de la gavilla, dieciséis; pero yo no sé, podía tener más, o menos, nadie sabe. Una vez la maestra nos llevó con ella a su casa: ¿qué fuimos a hacer? Ya no recuerdo. Lo cierto es que fuimos y entramos. La maestra, nosotros y la curiosidad. Ulloa no estaba en el portal, sino en la sala, haciendo un castillo de naipes. En vez de castillo era un edificio, enorme, como de siete pisos. No se volteó a mirarnos, ni se enteró de que estábamos allí, hasta cuando Robles echó abajo la construcción con el resoplido de sus narices. Entonces fue que explotó Ulloa. Comenzó a gruñir, porque no eran llanto aquellos mugidos, y a darle cabezazos a la mesa hasta que su madre pudo atarlo a una cama grande, de hierro, donde debían haberlo amarrado antes, porque tenía sogas a los costados. Para nuestra sorpresa, el lunes siguiente estaba en la escuela, como si

253

nada. La maestra usaba un metro, una regla larga que servía para muchas cosas, desde ayudarla a dibujar un ángulo en el tablero hasta refrescarnos la memoria a la hora de recitarle las inflexiones del verbo amar en antepretérito del subjuntivo; ocurría que a veces, muchas veces, el metro se le perdía. Hubo ocasiones en que nuestra mano tenía que ver con la tal pérdida, pero no aquel lunes en que ella llevaba gastados diez minutos de la clase buscando la dichosa madera. Ulloa le dijo, al cabo de aquel lapso: "–Está bajo las láminas de Religión y Moral". La maestra se echó a reír; ella ya había buscado allí. A la segunda vez que habló Ulloa, como para desmentirlo, alzó las cartulinas y de entre ellas cayó el metro. Entre apenada y agradecida, la maestra siguió dando la clase, segura de que algo teníamos que ver con el suceso, pero no era así. Dos días después, bien temprano, la maestra preguntó si sabíamos algo de Rodríguez, el que siempre le traía frutas, y fue Ulloa el que contestó: "–Se caerá de un caballo ahora como a las diez". La maestra lo reprendió por aquella salida; dijo que no se le desea mal a nadie, pero, por si acaso, le preguntó que quién le dijo eso: "–Ulloa", contestó Ulloa. Todos entendimos que eran parte de las locuras del pazguato, hasta la tarde, cuando nos enteramos de que Rodríguez se había caído del caballo de su padre mientras buscaba una res perdida entre los matorrales del llano. Al día siguiente lo visitamos; estaba en cama, con una pierna amarrada a un palo para disminuir el dolor. La maestra escuchó el minucioso relato de la madre, y a ella y a todos nos llamó la atención que dos veces dijera la hora exacta del suceso: "–Ayer a las diez", pero no comentamos al respecto. Dejamos de meternos con Ulloa; ya no hubo más parodias en el salón, ya no más amarrarlo a la silla, ni tirarle cosas, ni pegarle sustos (le temía a los gatos como nosotros a los duendes). Hubo días de paz en el salón, hasta que Ulloa le contestó a la maestra, cuando ella le preguntaba a Tejeira la fecha de nuestra independencia: "–Velarde se va a morir el seis". Velarde era una niña enclenque, enfermiza, de ojos asustados, pero muy inteligente. En el salón ella era la única que sabía lo que era una rima, y se había aprendido las tablas de multiplicación hasta la del siete, pero no se metía con nadie. Por eso nos dio rabia que Ulloa la incluyera en sus babosadas, y tres de nosotros dimos por terminada la tregua en ese instante. De ahí en adelante volvimos a pincharlo con tachuelas en los codos, para verlo sangrar (porque

254

Ulloa tampoco se daba por enterado de los pinchazos, ni de los que le hacíamos con verdadera furia), hasta que la maestra lo mandó a la casa, temerosa de que le hubiese sobrevenido algún tipo de hemorragia. Descansamos de Ulloa por unos días, o él descansó de nosotros, hasta que el seis amanecimos con la noticia de que Velarde se había muerto. Estuvimos en el sepelio, todos con un ramo de flores blancas que conseguimos por los linderos del llano, verdaderamente dolidos por aquel crimen de Ulloa. El cortejo tuvo que pasar frente a su casa, ahí estaba él, meciéndose en la silla, repitiendo su "Ba-bi-lo-nia" detrás de los perros flacos que ladraban sentados. No giró el rostro para vernos, a pesar de que todos teníamos la mirada fija en él. Enterramos a Velarde cuando ya la tarde se iba haciendo noche, y en ese mismo instante clavamos en nuestra alma el deseo de vengarnos de algún modo. El lunes estaba Ulloa en su puesto, como si nada, y en cierta forma pensamos que todo era solo un sueño, una pesadilla. Sin embargo, por si las moscas, lo dejamos en paz. Pero él no a nosotros. Esa misma tarde predijo la muerte de los Velarde, madre, padre e hijo, y en menos de tres días los enterraron a todos, luego de unas fiebres tenaces. Ya para entonces escapábamos de su presencia, aunque él seguía ignorándonos como siempre. Dejamos de ir a la escuela para no verle la cara ni ser objeto de sus iras, supimos que la maestra preguntó por nosotros, pero nos escondíamos en lo más profundo de los huertos paternos, inventando labores que ni existían, sólo para evitar el salón de clases donde Ulloa seguía asistiendo con diabólica puntualidad. Hasta una mañana en que me topé con él en el callejón de los Cáceres, cuando yo regresaba de buscar leña. Parecía esperarme a la orilla del camino, aunque no levantó la vista cuando le pasé enfrente. Ya pensaba que estaba lejos de él cuando le escuché decir: "–Ulloa muere hoy..." Me devolví, caminando con lentitud, con rabia. El baboso no me miró. Yo puse a un lado la carga pero recuperé un madero grande, lo así con fuerza y me paré frente a él, con la cara levantada y el pecho afuera. Entendía que me estaba lanzando un reto y ese era mi modo de aceptárselo. Pero el revejido no alzó la vista, se limitó a repetir: "–Ulloa muere hoy y tú mueres con Ulloa". El primer garrotazo lo recibió en el hombro; no fue fuerte, apenas una invitación a responderme, pero el bobo no se inmutó, no dijo ni una palabra, no hizo el mínimo gesto. El segundo golpe fue a la cabeza, sonó hueca, como siempre me imaginé que le sonaría la cabeza al idiota; tampoco reaccionó. Volví a darle otro golpe en los costados, y otro en los hombros, y otro y otro, hasta que lo vi desvanecerse, bañado en sangre, pero sin soltar una queja. No se me olvida que no sentí dolor alguno por la muerte del ignaro, me quedé ahí, como aliviado, pensando que esa era la única forma de evitar que se cumpliera en mí su palabra. No fue hasta esta mañana, al verme fuera de la cárcel, al convencerme de que no hay quien me extrañe fuera de estos muros, que no hay un rincón aparte de mi celda al que pueda llamar hogar, cuando vine a comprender que no fui otra cosa que un peón gobernado por las palabras malditas de Ulloa. Y ahora que regreso a tocar las puertas de la cárcel, a rogarles que me acepten de nuevo como huésped, igual que lo he hecho antes, y antes, entiendo que de veras morí con Ulloa aquella lejana mañana en el callejón de los Cáceres.

HOMBRE Y MUJER
Carlos Oriel Wynter Melo

Carlos Oriel Wynter Melo (Ciudad De Panamá, 1971). Narrador y profesor. Ingeniero industrial y Magíster en Desarrollo Organizacional por el Instituto Tecnológico y de Estudios Superiores de Occidente (México). En 1998 gana el Premio Nacional de Cuento José María Sánchez. En el 2007 fue elegido entre los 39 mejores escritores latinoamericanos menores de 39 años, siendo incluido en la selección Bogotá39. Ha publicado los libros de cuentos El escapista *(1999),* Desnudos y otros cuentos *(2001);* El escapista y demás fugas *(2003),* Invisible *(2005);* El niño que tocó la luna *(2006);* El escapista y otras reapariciones *(2007),* Cuentos con salsa *(2008).*

"Hombre y mujer" fue publicado originalmente en Otro Lunes. Revista Hispanoamericana de Cultura. *No. 10. Octubre 2009.*

Verónica es una escultora genial. De la corriente realista y hacedora de cuerpos femeninos, modela el barro como Dios seguramente torneó la costilla. Comprendía su género más que el de los hombres.

Conoció a Agustín en una galería. Al principio sólo les gustó hacerse el amor. Luego, con ánimos de compartir sus vidas, se mudaron juntos a un pequeño apartamento.

A los pocos meses de unidos, ella quedó embarazada. Hombre con todas las de la tradición, Agustín insistió en que no saliera de casa. Él, comerciante de arte, vendía las obras. Pero en el ambiente bohemio, no sólo hacía negocio sino que se echaba sus tragos y cortejaba mujeres.

Verónica, que tiene aguda intuición, sabía que la traicionaba.

—Agustín —le dijo—, tú no sabes lo que es ser mujer; me siento usada, no sé si me quieres realmente o sólo soy la que esculpe y la que coge.

Con el tiempo eso no fue cierto. El niño había nacido y algo de Verónica había nacido en Agustín: los gestos, las costumbres, los hábitos. Y eso tenía de fondo un mirarse en el espejo, un comprender lo que ella sentía porque, poco a poco, lo sentía él también.

Verónica dormía sobre el cuerpo de su hombre y le hacía caricias en el pecho hasta la madrugada. No notaron que el pezón de Agustín fue creciendo.

Una mañana él tuvo sobre su pecho un apéndice redondo y henchido. Después del susto inicial y de mirarlo con detenimiento, no hubo lugar para la duda: a Agustín le había crecido una teta. Para Verónica fue una experiencia luminosa.

—¡Como yo, Agustín, eres como yo!

¡Pero no era sólo un seno, sino que era el seno más hermoso que hubiera existido jamás!

Aunque Agustín callaba, tratando de mantener la hombría, lloraba por dentro.

Al principio lo ocultaron; siempre era posible aplastar el pecho con vendajes y cubrirlo con la ropa. Agustín tenía la esperanza de que desapareciera. Pero un día, al Verónica quedarse sin leche para el niño, la teta de Agustín sirvió para alimentarlo. Y llegó un inoportuno visitante, un pintor. Y en las prisas de abrir la puerta y ocultar el seno, para que todo pareciera normal, la teta quedó mal cubierta.

—¿Qué es eso, Agustín? ¿Un seno? —dijo el invitado— Ese es un seno hermoso, Agustín, realmente.

Ya no había modo de negarlo. Conversaron Verónica y el pintor con mucho alboroto. Y primero él insistió, luego ella, en que Agustín fuera parte de un montaje artístico. Comprometida con su arte, ella le rogó a su pareja que dejara de lado los miedos y compartiera la magia de la naturaleza con otros.

—Tú no sabes lo que es ser hombre... o dejar de serlo un poco —dijo él—. ¡Me van a hacer trizas!

—Tus amigos son gente de arte, Agustín: ¡se van a maravillar!

Debilitado por una honda depresión, accedió a sus peticiones.

Agustín, pintada cada mitad de colores diferentes, como si lo hubieran partido, representaba una figura andrógina. Lo pararon en medio de pinturas y esculturas, con el deber de imitar una estatua. Llevaba por todo vestido una toga al estilo griego.

La gente pasaba en raya la mayoría de las obras y se quedaba mirando a Agustín (Agustina) quien, tomando en serio su papel, no movía un músculo.

Llegó el momento en que absolutamente todos los visitantes rodeaban a Agustín. El más osado tocó el seno. Agustín no se movió.

—¡Es de verdad! —anunció el atrevido— ¡El seno es de verdad!

Y el resto de las personas, en un tupido murmullo, hablaron de la hermosura del seno. Ya descaradamente, se acercaron, sobre todo hombres, a darle suaves caricias, a apretarlo y unos, incluso, le dieron besos agresivos, con lenguas inquietas. Agustín no se movía.

Verónica había observado todo con un dolor propio; vio su reflejo. Ahombrada caminó hacia el grupo y haciendo sonar sus palmas, ordenó que salieran de la galería. La exposición ha terminado, dijo.

Casi de madrugada, salió la pareja.

—Me siento usado, Verónica, tan usado.

—Sí, pero no llores, gordo. Los hombres no lloran.

MANOLO
Lucy Cristina Chau

Lucy Cristina Chau (Panamá, 1971). Premio Centroamericano de Literatura Rogelio Sinán 2010 en la categoría Cuento; Premio Ricardo Miró 2008 en la sección Poesía, y Premio Nacional de Poesía Joven Gustavo Batista Cedeño en 2006. Es egresada de la Universidad de Panamá como Licenciada en Humanidades con especialización en el idioma inglés. Entre sus publicaciones se cuentan los poemarios La Casa Rota, La Virgen de la Cueva *y el libro de cuentos* De la puerta hacia adentro. *Ha representado a Panamá en gran parte de Centroamérica, Colombia, Perú, Puerto Rico, México, Cuba, Suiza, Inglaterra y España con diversos recitales y conferencias. Varios de sus cuentos han sido inspiración para cortometrajes, incluyendo "Manolo".*

"Manolo" fue publicado originalmente en el diario La Prensa *(Panamá, 9 de junio de 2002).*

Pronto llegará Manolo e iremos a comer. Será divertido. Seguramente querrá cambiarse de ropa y lavarse la cara antes de salir. Tal vez deba esperarlo vestida para que no se arrepienta. Me he maquillado para que no se sienta mal por verme el moretón en el ojo, puede pensar que lo hago a propósito para culparlo. Me ha pedido disculpas como la otra vez, pero ahora lo sentí sincero.

Ha llegado Manolo. Está iracundo, quién sabe por qué. Se me ha quedado viendo con rabia, dice que qué hago vestida como una puta, que si no veo lo ridícula que estoy, que parezco un arlequín. Yo le recuerdo que íbamos a salir. Ahí viene su mano.

Se ha marchado Manolo. Se lo llevó la ambulancia esta mañana. Vomitó toda la cama y el piso del cuarto. Me pidió ayuda, pero yo primero tenía que limpiar para que luego no se fuera disgustar con el desastre. Cuando se calmó le di más sopa, pero no pudo. Ya era suficiente raticida.

BAILE CON LA MUERTE
Melanie Taylor

Melanie Taylor (Ciudad De Panamá, 1972). Escritora y poeta, autora de los libros de cuentos Tiempos acuáticos *(2000),* Amables predicciones *(2005) y* Camino a Mariato *(2009), con el que ganó el Premio Único del Concurso Centroamericano de Cuento Escrito por Mujeres Rafaela Contreras (2009). Su obra aparece en antologías como* Qubit. Antología de la nueva ciencia ficción latinoamericana *(Cuba, 2011),* Cuentos del hambre *(Guatemala/Costa Rica, 2012) y la* Antología mujeres en la historia *(España, 2013). Es violinista de la Orquesta Sinfónica Nacional de Panamá.*

"Baile con la muerte" fue publicado originalmente en Camino a Mariato.

Dos hombres ocupan una mesa frente a la pista de baile. Se sientan al unísono, sin hacer ruido, en unas sillas de aluminio y el que viste camisa negra, entallada al cuerpo, pide dos tragos. El bar está vacío pues son acaso las nueve de la noche de un miércoles, un día flojo que a las meseras y al bartender se les desliza como arena húmeda y espesa. Los hombres miran a las pocas parejas que se mueven en la pista. Ambos son de estatura mediana y piel clara. El de camisa negra tiene ojos pequeños y hundidos que parecen observarlo todo, nariz discreta y labios carnosos. El otro tiene ojos grises enmarcados por espesas pestañas, nariz achatada y labios muy delgados. Al llegar la mesera con los tragos, cada cual agarra su vaso sin mirar. El de ojos pequeños toma whisky en las rocas y el de los ojos grises, ron con limón. Sorben un poco, se levantan y salen del bar dejando los vasos sobre la mesa. El de la camisa negra le dice algo a la mesera. Ella asiente con la cabeza. Mientras los hombres se alejan, dos chicas de escasos veinte años entran al bar vestidas con unas camisitas sin mangas de las que se desbordan sus senos juveniles y unos jeans que permiten ver unos tatuajes en la parte baja de la espalda. Una arrastra los pies al caminar, pues se siente demasiado alta; la otra camina dando saltos, ya que lleva unos tacones enormes para disimular su corta estatura. Mientras la mesera retira el ron con limón y el whisky en las rocas, las chicas le piden una soda y un vaso con hielo a lo que la mesera reacciona con una torcedura de boca. Las chicas intercambian miradas y también tuercen la boca, a la vez que se tocan nerviosamente el cabello. Miran la pista casi vacía, las mesas y sillas nítidamente ordenadas y se preguntan si no están perdiendo el tiempo. Media hora más tarde regresan los dos hombres, se sientan y ordenan otra vez. Beben y miran de reojo a las chicas sentadas a su lado quienes comparten una soda. Al de camisa negra, la chica de pelo rojo le parece bien y al de los ojos grises, la alta de pelo rubio atado en un moño le despierta algún interés. El de camisa negra exhala desesperado y el

269

otro mira el reloj. Aún no pueden distraerse pues han de salir una vez más para terminar esta primera etapa. Una vez concluyan el trabajo deben desaparecer lo más rápido posible de escena. A la chica bajita le parece simpático el de camisa negra, pues su boca se tuerce levemente hacia la derecha y parece que sonríe, aunque no es así. A la alta también le parece simpático el de negro, pues es más alto que el otro. Tocan una bachata y la chica alta se mueve rítmicamente en su silla entrecerrando los ojos, mientras la pelirroja canta en voz baja la letra. Los hombres se levantan una vez más. Las chicas los observan mientras se alejan y dejan escapar juntas un suspiro. El bar les parece aún más vacío y piden una cerveza y otro vaso con hielo. Los hombres manejan una camioneta cuatro por cuatro vieja, azul oscuro, con placa robada, vidrios ahumados y sin señas visibles. Manejan hasta un edificio en Paitilla llamado Roca Vieja y se estacionan en la acera opuesta. El guardia del edificio está distraído pues conversa con una empleada doméstica que pasea un perro. Finalmente llega un auto rojo, un Audi A4 que entra al área de estacionamiento. Los hombres se hacen una nota mental: 11:20. La primera etapa ha finalizado. El hombre a quien vigilan hace exactamente lo mismo cuatro días a la semana. Saldrá del área de estacionamiento, pero no irá por el ascensor directo a su apartamento sino que caminará hasta el frente del edificio para fumarse un cigarrillo. Una manía muy conveniente. "¿Será que su mujer le prohíbe fumar en casa?", pregunta el de los ojos grises. "¿Y a quién le importa?", responde el otro. El de ojos grises no dice nada. Le parece que el otro es arrogante y pretende no tener curiosidad. Enciende el auto manejando de vuelta al bar. Entran y, sin mediar palabras, cada quien invita a bailar a la chica que le ha parecido simpática. Ellas se levantan sin mirarlos directamente al rostro y los siguen a la pista sincronizando sus pasos con los de ellos aun antes de empezar a bailar. El de negro agarra a su pareja firmemente con una mano que le parece a ella cálida y suave. Él la lleva con propiedad, como si hubiese bailado con ella siempre y pudiera dictarle cuando dar una vuelta, cuando girar su cadera hacia la derecha o hacia la izquierda, cuando desplazarse sobre la pista. Él logra todo esto con una leve presión de su mano derecha pues su mano izquierda se posa sobre la cadera de la pelirroja, justo en la corva, haciéndola sentir un cosquilleo interior y ella, mientras gira, se memoriza el perfume del hombre sin percatarse. El de ojos grises lleva a la rubia de la mano, pero luego de intentar un rato bailar agarrados se dejan el uno al otro y ella empieza a mover las caderas cadenciosamente con tildes y asincopaciones que él admira. La pieza termina, llevan a sus parejas de regreso a la mesa y dejan el bar, esta vez para no volver. A las 11:15 de la noche del día siguiente unos motorizados pasan veloces frente al edificio Roca Vieja. Dan una vuelta hasta atisbar un Audi rojo y regresan rociando el auto con balas de una mini Uzi despareciendo en la noche, mientras el guardia del edificio y una empleada doméstica que pasea un perro corren hacia el auto que se ha estrellado contra una fila de carros aparcados. El que conduce la moto piensa que debieron haber esperado a que el hombre se fumara el cigarrillo y matarlo de un disparo, pero el de la mini Uzi se opuso y al final el que dispara es el que manda. Ahora han de dejar la moto y salir en un auto donde tienen todo preparado. A las 11:30 la pelirroja sale de su turno como dependienta en un restaurante de comida rápida, se calza sus tacones y con su particular caminar se dirige a una de las mesas del negocio para saborear un café antes de tomar el bus a casa. Mientras el café negro humea en su rostro, su mirada se pierde rememorando el baile de la noche anterior, la mano cálida que la guiaba y la otra que se posaba en sus caderas, el perfume... Se pregunta si el hombre va con frecuencia al bar y desea regresar otra noche a ver si se lo encuentra. A las 11:45 la rubia se levanta pues su hijo más chico, de apenas seis meses, despierta llorando a gritos. Con el sueño fastidiado y un calor insoportable, que el abanico no logra disipar, enciende el televisor y mientras prepara un biberón escucha el noticiario de medianoche donde se anuncia que un importante empresario ha sido asesinado por sicarios en su auto frente al edificio Roca Vieja.